LES ANNÉES DU SILENCE

DU SILENCE

– TOME 2 –

La Délivrance

Louise Tremblay-D'Essiambre

LES ANNÉES DU SILENCE

– TOME 2 –

La Délivrance

Guy Saint-Jean
ÉDITEUR

Données de catalogage avant publication (Canada)

Tremblay-D'Essiambre, Louise, 1953-
Les années du silence

Sommaire : t.1. La tourmente. – t.2. La délivrance.
Comprend des réf. bibliogr.

ISBN 2-920340-97-2   (v.1) – ISBN 2-89455-009-X   (v.2)
I. Titre. II. Titre : La Tourmente. III. Titre : La délivrance

PS8589.R476A86 1995   C843' .54   C95-940768-5
PS9589.R476A86 1995
PQ3919.2.T73A56 1995

Page couverture : reproduction d'une huile sur toile de Gilles G. Gosselin, *Les Grandes Tantes (sœurs de mon père)*, 76,2 X 111,8 cm, Collection privée (M. Richard W. Pound) Montréal, 1989

Conception graphique : Christiane Séguin

Dépôt légal 4e trimestre 1995
Bibliothèques nationales du Québec et du Canada
ISBN 2-89455-009-X

DISTRIBUTION ET DIFFUSION
Amérique : Prologue
France : Vilo
Belgique : Diffusion Vander S.A.
Suisse : Transat S.A.

GUY SAINT-JEAN ÉDITEUR INC.,
3154, boul. Industriel, Laval (Québec) Canada H7L 4P7. (450) 663-1777.
Courriel : saint-jean.editeur@qc.aira.com. Web : www.saint-jeanediteur.com

GUY SAINT-JEAN ÉDITEUR FRANCE,
48, rue des Ponts, 78290 Croissy-sur-Seine, France. (1) 39.76.99.43.
Courriel : gsj.editeur@free.fr

Imprimé et relié au Canada

À papa...

Te souviens-tu des
pique-niques de la paroisse?

Des étoiles de mer
à Hampton Beach?
De ma première truite
sur un lac du parc des
Laurentides?

Merci d'avoir si bien partagé
mon enfance...

NOTE DE L'AUTEUR

Et voilà! C'est ici que je vais quitter mes personnages. Et je vous avoue que j'ai le cœur gros. N'oubliez pas que cela fait près de deux ans que je partage leur existence et je les aime. Cécile, Rolande, Jérôme... Des vies difficiles, mais sincères, qui n'aspirent qu'à un peu de bonheur. Tout comme vous. Il y a aussi Dominique et Charles que vous rencontrerez. Et le petit Denis...

Ensemble, nous les suivrons dans leur quête de chaleur humaine, de compréhension, de joie. Non, décidément, je n'arrive pas à les abandonner facilement. Alors je m'installe, avec vous. Pour une dernière fois, lisant par-dessus votre épaule, je vais partager leurs peines et leurs joies. On y va? Moi, je suis prête.

GLOSSAIRE

Anyway: De toute façon (anglicisme).
Assire: Asseoir.
Astheure: Maintenant, pour le moment.

Ben aise: Heureux, satisfait.
Betôt: Bientôt.
Bonyeu: Juron signifiant «Bon Dieu» pouvant aussi s'écrire bongyeu.
Brailler: Pleurer, se plaindre, se lamenter.

Call: Appel.
Chercher midi à quatorze heures: Demander l'impossible.
Chicoter: Tracasser, ennuyer.
Chus: Je suis.
Coudon: Écoute donc.

Déguerpir: Se sauver, courir.
Drète-là: Là, sur-le-champ, peut aussi s'écrire dret-là ou drè-la.

Entécas: En tous les cas, quoiqu'il arrive.

Grand croche: Route courbée, détour marqué.
Graine à graine: Peu à peu.

Jongler: Songer, rêvasser.

Menute: Transcription sonore du mot «minute» selon la tradition orale de la région de Québec.

Pantoute: Pas du tout.

Quèque: Quelque.
Qu'essé: Transcription sonore de l'interrogation «Qu'est-ce que...».
Quetchose: Quelque chose.

S'adonner: S'entendre, sympathiser.
Sainte-nitouche: Femme qui refuse toute avance sexuelle.

Toé: Toi.
Toués: Tous les.
Traîner en longueur: S'éterniser.
Tusuite: Tout de suite.

Vieux-pays (les): Europe, France.

*La liberté n'est pas de faire
ce que l'on veut, mais de vouloir
ce que l'on fait.*

Bossuet

*«Heureux», même au singulier,
a des allures de pluriel.
On ne peut pas être vraiment
heureux tout seul.*

Gilbert Cesbron

*Ne croyez pas que l'amitié
permette de dire toute la vérité.
La franchise utilisée sans
discernement fait plus de mal que
les mensonges... Tant que vous ne
vous mentez pas à vous-même, il
n'y a aucun mal à dissimuler
quelque chose à un ami.*

David Brown,
«The rest of your life
is the best of your life».

Partie 1

1945 – 1946

1

Québec, printemps 1945

À pas lents, Cécile Veilleux revient chez sa tante Gisèle qui habite toujours sur la rue Saint-Olivier, à Québec. Il fait une température idyllique, en ce mois de mai 1945. Malgré cela, Cécile l'apprécie à peine. Tout juste une profonde respiration par-ci, par-là, prenant conscience, presque surprise, de l'arrivée du printemps. Mais rien de plus, elle qui disait préférer le printemps à toute autre saison. Pourtant, il faut la comprendre... En seulement quelques mois, parmi tout ce qui avait du prix à ses yeux, bien des choses ont changé. Modulées par le cours de jours que nul n'avait prévu ainsi. Il ne reste qu'un grand vide en elle. Un vide qu'elle n'arrive pas à combler. Cela fait maintenant presque un an qu'elle habite à la ville. Depuis la curieuse disparition de Jérôme, son fiancé, lors du débarquement en Normandie, elle n'est pas retournée chez son père dans la Beauce. Quand Gabriel et Mélina Cliche, les parents de celui-ci, avaient reçu la lettre officielle de l'armée annonçant que leur fils était porté disparu, en juillet dernier, Cécile avait fui le village et ses souvenirs pour se réfugier chez «ma tante» Gisèle. Orpheline de mère, Cécile comptait sur la présence de cette tante qu'elle affectionnait particulièrement depuis son séjour chez elle, lors de sa grossesse. Oui, s'il y avait quelqu'un qui puisse l'aider, c'était bien la tante Gisèle. Car depuis deux ans, la vie de Cécile Veilleux ne ressemblait guère à ce qu'elle avait espéré. Une bourrasque aussi imprévue que brutale avait tout balayé ne lui laissant, au cœur, qu'une amertume sans nom, qu'un désespoir insondable tant il était profond. En quelques mois à peine, elle avait connu la douleur d'une grossesse inattendue, l'abandon d'une petite fille qu'elle rêvait de garder, la mort soudaine d'une mère qu'elle chérissait et le départ, pour la guerre, d'un fiancé dont on avait perdu la trace lors du débarquement. Depuis un an, elle n'a reçu aucune nouvelle de lui. Et cette disparition, à ses yeux, est bien plus pénible que la certitude de son décès. Ce flottement de l'attente qui se greffe, à certains jours, sur son espoir de le retrouver vivant et, à d'autres moments, sur la conviction qu'il est bel et bien mort... Cette inquiétude incessante quand elle pense à lui... Toute sa vie, maintenant, oscille comme un pendule, entre l'espérance de le revoir un jour et la crainte que tout soit fini entre eux. Avant même d'avoir vraiment commencé. Jérôme, son Jérôme, disparu, peut-être prisonnier ou malade... Le lieutenant de sa division leur avait confirmé avoir reconnu sa veste sur la plage. Mais rien d'autre. Alors Cécile garde espoir en se répétant, inlassablement, qu'un corps ne peut disparaître sans laisser de traces. Elle veut y croire, se refusant d'écouter ceux qui, trop nombreux, suggèrent que la marée aurait très bien pu... Non, Cécile cultive farouchement ses convictions et l'assurance de son instinct. Contre tout bon sens. Malgré les conseils de son père. Malgré les supplications de sa tante qui ne sait à quel saint se vouer pour lui faire entendre raison. Personne, autour de Cécile, ne croit encore au retour du jeune soldat. Ni chez elle, dans la Beauce, ni ici, à la ville, chez sa tante Gisèle et son oncle Napoléon Breton.

Avec une volonté à toute épreuve, la jeune fille a donc repris les études abandonnées à la fin de sa neuvième année quand son père avait décidé qu'elle aiderait sa mère à la maison. Et, pour ce faire, elle travaille le vendredi soir et le samedi, à la Pâtisserie Simon de la rue Saint-Jean, pour s'offrir des cours privés au collège de Bellevue. À vingt et un ans, Cécile est consciente qu'elle n'a pas de temps à perdre. Elle n'a pas envie, non plus, de se retrouver dans une classe régulière, aux côtés de gamines de treize ou quatorze ans. Intelligente et studieuse, elle est sur le point de compléter son cours classique. Sœur Sainte-Monique s'occupe spécialement d'elle, ce qui permet à Cécile de mettre les bouchées doubles. Encore un an de patience et elle pourra se présenter à l'École normale afin de devenir professeur. Et, pour y parvenir, elle a réglé sa vie comme du papier à musique: cours le jour, études le soir, travail la fin de semaine. À l'occasion, elle se permet une escapade de quelques heures. Une halte chez *Kerhulu*, pour un café et un gâteau, en compagnie de Rolande, cette jeune amie rencontrée à la crèche deux ans auparavant et qu'elle retrouve à chaque fois avec un plaisir renouvelé. Jamais rien d'autre... Ni cinéma, ni théâtre. Le bonheur des autres, même fictif ou artificiel, la blesse trop cruellement. Alors, elle se refuse une évasion dont elle aurait pourtant grand besoin. L'ombre de ce jeune fiancé disparu au combat recouvre encore toute sa vie de son aile sombre et ce n'est que dans le tourbillon d'une existence volontairement débordante qu'elle arrive à se détacher, pour quelques heures, de l'obsession qui hante sa pensée. Mais, chaque nuit, c'est dans les larmes qu'elle trouve le sommeil. Les larmes du regret. Ce repentir qui répète, lancinante évidence, que tout est de sa faute. Si elle avait voulu se marier, aussi...

Ses pas l'ont naturellement ramenée jusqu'à la haute maison grise qui fait la fierté de sa tante. D'une main énergique, elle ouvre la porte menant dans le vestibule.

— Ma tante, je suis revenue!

Tout en grimpant l'escalier en courant, Cécile lance son salut habituel. Quand elle paraît dans la porte de la cuisine, Gisèle se retourne en souriant. Son inimitable sourire, à la fois pincé et chaleureux... Du bout de son pouce enfariné, elle repousse ses lunettes.

— Bonjour, ma poulette... Pas trop fatiguée de ta journée?

— Oui, un peu... Il fait tellement chaud dans la salle, au collège... Mais c'est pas grave, ça achève. Sœur Sainte-Monique a dit que j'vais pouvoir commencer mes examens la semaine prochaine. Pis toi? Rien de nouveau à la maison?

Conversant toujours, Cécile se dirige vers le garde-manger, selon son habitude quotidienne. Gisèle revient alors à la tarte qu'elle a commencée.

— Non. Icitte, y a rien de ben drôle à raconter. Mais au radio, par exemple, y'ont dit, à midi, que les alliés sont en train de gagner du terrain...

Puis, revenant face à Cécile, elle poursuit, convaincante, l'index pointé au plafond:

— Ça sent la fin d'la guerre, ma fille. Pis à plein nez à part de ça.

En entendant ces mots, Cécile se met à rougir. Indécise, elle reste un instant immobile, une main tremblante posée sur le loquet de la porte du garde-manger. Le mot «guerre» est encore et toujours une épine plantée douloureusement dans son cœur. Mais les suppositions de sa tante sont tellement remplies d'une joyeuse espérance! Cécile se met à rire. Enfin, enfin une raison pour laisser éclater au grand jour ses espoirs les plus fous.

— Finie? La guerre serait sur le point de finir? Comme ça, si Jérôme est prisonnier, il va être libéré?

C'est au tour de Gisèle de rougir. Afin de cacher son embarras, elle se retourne contre l'armoire en toussotant et se met à rouler la pâte avec vigueur, camouflant ainsi à la fois sa déception et son impatience. «Pôv'tite fille. Quand c'est qu'a' va comprendre que...» Sa pensée s'arrête là. C'est que Gisèle aime tendrement sa petite Cécile. Et voit en elle la fille qu'elle n'a pas. Surtout depuis le décès de Jeanne, sa belle-sœur, la mère de Cécile. C'est pourquoi elle s'oblige à lui répondre sur la même lancée, sans se retourner, s'efforçant de donner à sa voix un enthousiasme qu'elle est loin de partager. Mais, philosophe, elle se dit que le temps des larmes viendra bien assez vite, et tout seul. Elle en est persuadée.

— Si y'est prisonnier, oui. C'est ça que ça veut dire, la fin de la guerre... Mais en attendant, viens donc m'aider à préparer le souper. Poléon pis les garçons vont arriver betôt pis j'ai rien de faite encore. Prends-toi une pomme pour ta collation pis sors les patates en même temps...

Tout le Canada reste suspendu au bout des ondes qui, au fil des heures, permettent de suivre l'évolution des alliés. L'Amérique entière retient son souffle... Et Cécile encore plus que tous ceux qui vivent auprès d'elle.

En ce beau matin clair de mai, la jeune fille est partie très tôt de la maison, avant même le réveil du reste de la famille Breton. C'est aujourd'hui qu'elle commence ses examens. Elle est assise à sa table de travail, comme tous les jours. Inconfortable sur la petite chaise de bois, dure et droite, dans une pièce minuscule, étouffante, qui servait auparavant de salle de pratique pour les leçons de piano. Il fait chaud, en cette matinée, et la concentration de Cécile a peine à suivre sa bonne volonté. D'autant plus que les nouvelles, hier soir, semblaient très bonnes. On parlait d'un règlement du conflit dans les jours à venir, sinon dans les heures suivantes. L'esprit vagabond, incapable de se concentrer sur sa copie, Cécile se lève pour venir à la fenêtre. Un soleil bien franc éclabousse le verger du couvent d'une averse d'étincelles brillantes. «Comme chez nous», songe alors la jeune fille en imaginant l'imposante plantation de pommiers, à la ferme de son père. Un long soupir tremblant lui gonfle la poitrine. Que fait-elle ici, à la ville? Ce n'est pas ce qui était prévu pour sa vie. Et, revoyant en pensée la ferme paternelle, les études ont brusquement beaucoup moins d'attrait. En ce moment, elle devrait être la femme de Jérôme. Elle devrait habiter la grande maison blanche et rouge des Cliche sur le rang du Bois de Chêne, à deux milles exactement de la demeure de ses parents. Peut-être aurait-elle déjà un enfant ou deux? Une grosse boule de tristesse lui encombre la gorge et embue son regard. Cécile s'ennuie. Les lettres, qui parviennent pourtant régulièrement de la Beauce, ne suffisent plus à rassurer son cœur, à désaltérer sa grande soif d'affection. En elle surgit l'envie impétueuse de tous les revoir, ses nombreux frères et sœurs, son père et les parents de Jérôme. Elle a surtout le besoin irrésistible de serrer tout contre elle son petit frère Gabriel. Cet enfant qui a bouleversé sa vie et l'a amenée à prendre de cruelles décisions. S'il n'avait pas été là, ce petit bout d'homme, jamais Jérôme ne se serait enrôlé dans l'armée. Mais sa mère, morte en couches, le lui avait confié et Cécile ne pouvait se résoudre à l'abandonner. C'est pour lui, ce petit frère né beaucoup trop tôt et qu'elle allaitait secrètement comme s'il était le sien, c'est par amour pour cet enfant que Cécile avait choisi de rester chez son père au lieu de se marier avec Jérôme et tenter de retrouver leur fille comme ils en avaient convenu. Le petit Gabriel avait pris toute la place laissée vacante dans le cœur de Cécile quand elle était retournée dans sa famille, abandonnant sa petite fille derrière elle. Laissant à la ville, où elle avait caché sa grossesse, une enfant qu'elle aimait plus que sa propre vie. Juliette, qu'elle l'appelait... Mais à la seconde où le médecin avait mis Gabriel dans ses bras, l'esprit de Cécile avait basculé. C'est ce petit visage qui avait parlé à son cœur. Lui et nul autre. Dans la tête de Cécile, Gabriel, le petit frère, et Juliette, la petite fille, se sont aussitôt confondus. Brusquement, la jeune femme ne voyait que lui, ce bébé minuscule et si dépendant...

Pendant que, incapable de retenir les larmes qui se sont mises à couler sur ses joues, Cécile s'enfonce dans la douleur des souvenirs, la cloche de la chapelle du couvent se met à carillonner gaiement. Presque aussitôt suivie par celle, beaucoup plus forte et grave, de l'église du Saint-Sacrement. D'un gong, elles éteignent l'écran des souvenirs. Cécile sursaute violemment. Essuyant rapidement son visage, elle se précipite vers le couloir à l'instant même où sœur Sainte-Monique, aussi souriante qu'excitée, arrive en courant pour la rejoindre. Elles butent l'une contre l'autre. Cécile n'a pas le temps de demander le pourquoi de cette agitation que, déjà, la religieuse, tremblante de joie contenue, lui prend les mains avec affection et s'empresse de la renseigner.

— Mademoiselle Veilleux! C'est merveilleux... La guerre est finie! La guerre est finie... Vous... vous êtes en congé jusqu'à demain. Excusez-moi, mais je dois me rendre à l'infirmerie pour rassurer mes consœurs. À demain...

Et, se retournant aussi vite qu'elle était apparue aux yeux de Cécile, elle lance:

— Oh! sœur Saint-Judes, attendez-moi... Êtes-vous au courant? La guerre est finie!

Et, dans le froufroutement de leur longue robe noire, les deux religieuses disparaissent au coin du corridor, devisant joyeusement et s'exclamant. Interdite, Cécile reste un instant immobile. Comme si les mots entendus n'arrivaient pas à faire leur chemin jusqu'à son cœur. Finie... La guerre est finie. La phrase qu'elle attend depuis un an. Qu'elle appelle du plus profond de sa solitude, le soir, quand elle pleure sur sa vie déchirée. Elle s'était toujours imaginé qu'elle sauterait de joie à cette annonce. Pourtant, elle n'arrive pas à se réjouir. Comme si elle se devait de rester sur la défensive. D'un coup, tous les espoirs soigneusement entretenus au fil des mois s'estompent derrière une angoisse presque palpable... Et s'il ne revenait pas? À peine un instant, quatre mots en apparence inoffensifs et pleins de joie, et voilà brusquement que l'attente devient insoutenable devant la brièveté de l'échéance. C'est bientôt qu'elle saura vraiment... Elle a tellement peur de savoir maintenant! Comme elle a toujours eu peur de savoir, finalement... Les mains tremblantes, elle réunit ses affaires éparpillées sur le pupitre et les enfouit machinalement dans son cartable. Elle n'a en tête qu'un seul désir: rejoindre au plus vite sa tante Gisèle. Confier l'inquiétude frémissante qui lui fouille le ventre et fait débattre son cœur à l'unique personne susceptible de comprendre son désarroi... La tête à des milles de Québec, survolant en pensée une plage au bout du monde, Cécile grimpe dans l'autobus. Elle n'arrive pas à contrôler le frémissement de ses mains, de son corps tout entier. Ce n'est qu'une fois arrivée devant la demeure de son oncle, lieu de tendresse et d'affection, que Cécile réussit enfin à se calmer un tant soit peu. Prenant alors une profonde inspiration, elle attaque le long escalier intérieur. Une marche à la fois, lentement, comme si chaque pas lui coûtait. Toute la famille Breton est déjà réunie au salon, écoutant religieusement la voix lointaine du premier ministre confirmant l'heureuse nouvelle. En entendant les pas de Cécile dans le couloir, Gisèle se relève et vient à elle.

— Ma poulette! Te rends-tu compte? Enfin, le cauchemar est fini... Viens, viens t'assire avec nous autres... Mais qu'essé que t'as, coudon? T'es ben blême, ma belle.

C'est en prononçant ces derniers mots que Gisèle devine le bouleversement de Cécile. Brusque, aussi vive de parole que de geste, la tante Gisèle n'en demeure pas moins une femme de cœur. Une femme pour qui les émotions ont une grande importance dans la vie. Même celle de tous les jours... Prenant alors sa nièce par le bras, elle la conduit jusqu'au divan l'obligeant à s'asseoir entre ses deux fils, Raoul et Fernand, qui n'osent intervenir devant l'évidente tristesse de leur cousine. Puis, sans autre formalité, Gisèle s'installe à même le plancher, devant Cécile, les mains posées sur ses genoux tremblants.

— C'est aujourd'hui que ton attente vient de changer d'allure, hein ma belle? Faut pas t'en faire avec ça, ma Cécile. C'était ben évident que ça allait arriver un jour ou l'autre. Y a toujours un boutte à chaque espérance pis à chaque misère.

Tapotant les cuisses de Cécile d'une main sèche qui se veut malgré tout maternelle, Gisèle enchaîne:

— Mais j'te comprends, ma belle. J'comprends toute c'que tu dois ressentir en dedans de toi... C'est pas facile, je l'sais ben, de vivre dans l'incertitude comme tu l'fais depuis un an. Mais ça achève, tu vas voir.

Sortant de son mutisme, Cécile pose sur sa tante un regard à la fois étrangement vide et fiévreux.

— Mais s'il revenait pas, ma tante?

Gisèle retient un soupir de soulagement. C'est la première fois que Cécile ose parler ainsi. À chaque occasion où, toutes deux, elles s'entretenaient du jeune fiancé disparu, Cécile refusait obstinément d'envisager autre chose que son retour. S'emportant même, elle naturellement si douce, devant l'entêtement de sa tante qui persistait à la mettre en garde contre son espérance aveugle. Oui, Gisèle est soulagée. Et, en ce moment, la voix qui répond à la jeune femme se module d'une douceur insolite dans la bouche de l'autoritaire Gisèle. Ne l'aime-t-elle pas comme sa propre fille? Ne souffre-t-elle pas devant ses larmes?

— Pôv'tite fille... Si Jérôme revient pas, ça sera juste que c'était là son destin à lui. C'est pas toi ou personne d'autre qui peut y changer quetchose…Je l'sais ben, va, que tu t'imagines que toute est de ta faute. J'ai les yeux clairs, Cécile. Mais faut pas que tu penses de même, ma belle. Y a rien de vrai dans ça. T'as faite ce que ton cœur pis ta conscience te disaient de faire. Un point c'est toute. Y a personne qui peut te reprocher ça. Pis toi non plus, y faudrait pas que tu te fasses des blâmes.

Les paroles de Gisèle rejoignent si bien ce que pense Cécile! Les larmes lui viennent aussitôt aux yeux.

— Mais si on s'étaient mariés, Jérôme pis moi, on en serait…

Gisèle l'interrompt d'un geste de la main.

— Pis si Gabriel était mort à cause de ça, hein? Tu viendras pas me dire que tu t'en serais pas voulue. Voyons donc, Cécile, c'est pas de même que ça marche dans la vie… T'as faite pour le mieux… Pis Jérôme avec… Anyway, c'est pas toi qui as pris la décision de partir pour les vieux-pays. C'est Jérôme tu seul qui a choisi. C'est pas un reproche que j'y fais, comprends-moi dans le bon sens, Cécile. Ben au contraire! C'que j'en dis, c'est juste que ton fiancé était un homme de devoir. Y'a faite c'que sa conscience y dictait de faire. Exactement comme toi. Garde toujours ça dans ton cœur, ma belle. Quoi qu'il arrive…

Pendant un instant, Cécile reste silencieuse, fermant les yeux sur les ambivalences que le discours de Gisèle a fait naître en son cœur. Et là, devant elle, se précise l'image d'un grand jeune homme, souriant sous ses boucles noires. Jérôme… Beau, si beau dans son uniforme militaire. Une crampe lui traverse le ventre. Il lui manque tant! Ce vide en elle, dans toute sa vie… Comme si elle ne parlait à personne, Cécile laisse tomber dans un souffle, sans ouvrir les yeux:

— Mais qu'est-ce que j'vais devenir, moi, sans lui?

Repoussant d'une main énergique son fils Fernand, Gisèle vient s'asseoir tout contre Cécile et lui entoure les épaules d'un bras protecteur.

— Ça sera à toi de décider, ma poulette. Juste à toi. Y a pas personne sur terre qui peut choisir à ta place… Pas personne…Je te l'ai déjà dit, Cécile. Pour les choses importantes, c'est au fond de soi qu'on peut trouver une réponse. Pas ailleurs…

Alors, se redressant, Cécile ouvre les yeux. Elle pose un regard douloureux sur sa tante avant de murmurer d'une voix sourde:

— Ben, je suis pas sûre que mon cœur sait me dicter les bonnes choses à faire... Je suis pas certaine du tout que j'aurais dû l'écouter, il y a deux ans. Non, pas certaine du tout...

En l'entendant parler de la sorte, Gisèle comprend surtout qu'un compromis est en train de naître dans le cœur de Cécile. L'attente se fait raisonnable. Sans répondre, elle prend la tête de la jeune fille pour la poser sur son épaule et se met à la bercer tout doucement, comme elle l'aurait fait avec un enfant qui a mal...

* * *

Partout, dans la ville, l'allégresse est grande. Les cloches sonnent et les sirènes hurlent. Les écoles et les bureaux ont fermé leurs portes jusqu'au lendemain. Les rues fourmillent de gens souriants qui s'apostrophent en riant. Les écoliers sortent des classes en se bousculant.

— V'nez-vous-en chez nous! On va fêter ça ensemble, les filles, lance Denise Lavoie, une belle grande jeune fille de quinze ans. Chus sûre que maman nous a faite une surprise pour célébrer ça.

Les trois inséparables, Denise, Rolande et Ginette, reviennent ensemble de l'école, comme elles le font chaque jour, beau temps mauvais temps. Rolande, aujourd'hui plus petite et beaucoup moins jolie que ses compagnes, se hâte d'approuver.

— Oké. C'est toujours le fun d'aller chez vous. Ta mère, c'est pas une mère comme les autres. On dirait... on dirait qu'a' l'a le même âge que nous autres... Donne-moé deux menutes pour me changer, pis j'arrive. À tusuite...

Chez elle aussi, la famille est réunie pour entendre le premier ministre à la radio. Mais, à la cuisine, cette fois. Sa mère, habituellement taciturne, affiche un large sourire.

— Rolande! C'est-y une bonne nouvelle, ça, à matin? Les sœurs avec vous ont donné congé?

— Bonjour, moman. Ben oui, les sœurs ont décidé que ça valait la peine de fermer l'école pour le reste de la journée. Pis vous, allez-vous à l'arsenal aujourd'hui?

— J'croirais que oui... Entécas, j'ai pas eu de call me disant que c'était fermé...

Et délaissant, pour un instant, le poste de radio vert pomme qui trône royalement au centre de la table, Janine Comeau lance

un regard de fierté sur la grosse boîte noire qui jure outrageuse-
ment sur le mur fleuri jaune de la cuisine.

— C'est-i l'fun d'avoir un téléphone dans maison, hein
Rolande?

L'adolescente n'a pas le temps de faire remarquer à sa mère
que le téléphone ne change pas grand-chose à sa vie, Janine
Comeau interdisant formellement à ses trois enfants de l'utiliser,
persuadée que l'usure croît avec l'usage. Une ombre paraît dans
la porte moustiquaire et une voix forte lance joyeusement:

— Salut la compagnie!

Maurice Comeau vient d'arriver à son tour, balançant sa
boîte à lunch d'une main nonchalante. Il entre d'un pas incer-
tain.

— Pis, les enfants, l'école est fermée?

Sans vraiment attendre une réponse qu'il connaît déjà, il fait
un pas de plus pour venir lancer sa boîte en fer-blanc sur la table.
Puis, il se retourne et, hésitant à peine un moment, tend la main
pour venir ébouriffer les cheveux de sa fille. Cela fait combien de
temps, au juste, qu'il n'a pas posé ce geste? Allant même jusqu'à
ignorer la présence de Rolande, à l'occasion. La gamine ne peut
réprimer un frisson. La voix trop haut perchée de son père la ramène brusquement deux ans en arrière, à l'époque où Maurice
Comeau passait tous les jeudis soirs à la taverne du quartier avec
ses amis. Et cette main qui s'attarde sur sa tête, lourde, si lourde
tout d'un coup... Elle lui rappelle l'horreur de certains soirs où
son père, complètement ivre, lui montrait à quel point il l'aimait... D'un bond, elle se soustrait à la caresse insistante sur ses
boucles sombres et s'élance vers l'escalier.

— Moman, j'vas me changer pis j'm'en vas chez Denise. A'
nous a invitées à dîner, Ginette pis moé. J'peux-tu y aller?

— Pas de trouble, ma fille...

Janine a tout juste pris conscience de ce que Rolande lui de-
mandait, la voix légèrement confuse de son mari la ramenant, elle
aussi, quelques années en arrière... Alors, se retournant, Janine
s'aproche de Maurice, les sourcils froncés sur son regard suspi-
cieux, le nez pointé à l'avant, les narines dilatées.

— Ma parole, t'as bu, toé... Me semblait que t'avais juré de
pus jamais mettre les pieds à taverne?

Un courant électrique traverse la cuisine, picossant Maurice
au passage, l'enveloppant d'un inconfort soudain. Pourtant, mal-

gré le fait qu'il soit habituellement colérique quand il a bu, il prend le parti d'en rire.

— Ben voyons donc, Janine! C'est pas la fin d'la guerre, toués jours. Tu vas pas me reprocher quèques bières avec mes chums?

Janine a un profond soupir. Elle sait bien que ce ne sont pas quelques bières qui font mal au commun des mortels. Mais avec ce qui s'est passé, il y a quelques années, elle ne peut plus avoir confiance en lui... Elle n'a jamais su si ce que Rolande affirmait était vrai, mais tout au fond d'elle-même, le doute subsiste, enraciné pour toujours dans son cœur de mère. Alors, pour ne pas prendre de risques inutiles, elle avait donc exigé que Maurice ne mette plus jamais les pieds à la taverne. Et il avait accepté. Lui promettant de ne plus boire. Devant la bonne volonté évidente de son mari, Janine avait même pensé que Rolande avait raison. À peine une cabriole des émotions. Oui, peut-être bien, après tout, que Rolande a dit la vérité... Puis elle s'était dépêché d'oublier le drame. Incapable d'y souscrire complètement, sa fierté de femme y puisant un malaise certain. C'est pourquoi elle n'avait jamais poussé plus loin son questionnement et avait préféré conjurer le mauvais sort qui semblait s'être abattu sur sa famille en se disant que tant que Maurice ne boirait pas.... Et la vie avait continué. Quand Rolande était revenue de la crèche où elle avait vécu sa grossesse, Janine avait décidé de passer l'éponge. Jusqu'à ce matin, donc, les jours s'écoulaient normalement dans la demeure de Maurice Comeau. À jeun, il est un bon père, un gentil mari. Meilleur, en fait, que bien des hommes du quartier. Et, devant ce nouvel ordre des choses, avec le temps, même Rolande semblait avoir oublié.

Janine ne peut retenir un second soupir. Allons-nous donc tout recommencer? Une disgrâce comme celle qu'ils ont vécue, que Maurice soit coupable ou non, c'est suffisant pour toute une vie. Mais alors qu'elle s'apprête à donner son opinion à son mari, celui-ci la devance. Ce n'est que lorsqu'il a bu que son impatience naturelle devient violence. Et, devant le silence persistant de sa femme, il comprend que son geste n'est pas accepté. «Sacrament, pense-t-il choqué, faudrait quand même pas exagérer.» Il vient de perdre subitement le peu de tolérance qui persistait en lui. Il n'aime pas qu'on le contredise. C'est pourquoi, devant la mine butée de sa femme, il lui lance à la figure, incapable de se contenir plus longtemps:

— Si c'est toute c'que t'as de beau à m'dire à matin, j'm'en vas y retourner, à taverne... Y a toujours un boutte à s'faire écœurer de même. Pis c'est pas toé qui vas m'en empêcher. T'as-tu ben compris, Janine?

Jacques et Rémy, les jeunes frères de Rolande, assis à un bout de la table, se tiennent silencieusement la main. Avec, au creux du ventre, une curieuse crampe, en pensant qu'il va revenir plus tard, encore plus soûl... Personne, dans la famille, n'aime que Maurice aille à la taverne.

Quand il revient enfin, sur le coup de quatre heures, Janine est partie pour le travail. Les trois enfants sont à la cuisine en train de se faire des sandwiches pour le souper. Au moment de quitter la maison, Janine avait eu un instant d'hésitation. Rolande venait de rentrer de chez Denise et s'apprêtait à monter à sa chambre. Résolument, Janine était revenue sur ses pas et, prenant Rolande par l'épaule pour la retenir, l'avait obligée à la regarder droit dans les yeux avant de lui dire:

— Y fait beau, aujourd'hui. Fait que, après souper, tu iras au parc avec tes frères. Moé, je reviens vers onze heures. Pis j'vous donne la permission d'écouter le radio jusqu'à temps que je revienne. C'est pas un jour ordinaire... C'est ça que tu diras à ton père, si y pose des questions. C'est moé qui vous a donné la permission de veiller, tous les trois ensemble.

Pourtant, malgré cela, en entendant la porte claquer dans son dos, Rolande sursaute. Mais personne ne semble s'en apercevoir. Surtout pas Maurice, qui se laisse tenter par la première chaise venue.

— Sacrament qu'y fait chaud, icitte! C'est fin, les jeunes, d'être là pour attendre vot' père... Popa aime pas ça quand y a parsonne qui l'attend...

Cette dernière phrase, en apparence inoffensive, fait trembler la jeune fille. C'est toujours ce qu'il lui disait, quand il venait la rejoindre dans sa chambre... «Popa aime pas ça quand y a parsonne qui l'attend...» Il lui semble brusquement qu'à eux seuls, ces quelques mots résument les longs mois de terreur, de douleur et de désespoir qu'elle a vécus. Comme si le temps venait subitement de s'effacer et que rien n'était changé... Sans dire un mot, elle se hâte de mettre les tartines dans une assiette, qu'elle dépose sur la table. Puis, se retournant pour prendre le pot de jus, elle vient s'asseoir entre ses deux frères, le plus loin possible de son père. Pourtant Maurice, compte tenu de son état, vogue à des lieux d'ici, insouciant de la présence de ses enfants. La tête embrouillée et l'estomac barbouillé, il ne pense qu'à la douceur de son lit. En baillant, il échappe un rot gras qui empeste l'alcool. Rolande se fait toute petite sur sa chaise. Pourtant, contre toute espérance, son père semble de bonne humeur. Il fait un clin d'œil à ses enfants, en se grattant vigoureusement le crâne. Et ceux-ci ne peuvent réprimer un sourire. En cet instant, il est un peu à l'image de l'homme qui faisait rire les trois gamins quand il avait un peu trop bu. Oui, quand Rolande était toute petite, son père était drôle quand il prenait quelques bières. C'est beaucoup plus tard que la violence avait remplacé sa bonne humeur exagérée. Quand Rolande avait vieilli et n'était plus tout à fait une enfant. Mais, en ce moment, il semble bien qu'il n'y a que Rolande qui se souvienne... On dirait que chez Maurice, un blocage de l'esprit et du souvenir l'empêche de revenir dans le temps. À le voir agir, on pourrait jurer que ces mois d'horreur n'ont jamais existé. Depuis qu'elle est revenue de la crèche, après la naissance de son fils, à aucun moment Rolande n'a eu le moindre reproche à faire à son père. Nulle allusion, aucun geste. Comme si tout cela n'avait été qu'un cauchemar dans l'esprit d'une petite fille émotive. Bâillant à nouveau, Maurice refait un clin d'œil et grommelle en se relevant:

— J'pense que j'vas aller me coucher. Chus fatigué sans bon sens... Pas d'folies, les jeunes...

Chancelant, il repousse sa chaise et se dirige vers l'escalier. Dormir! Il ne pense qu'à dormir. Cependant, avant de quitter la cuisine, un instant d'incertitude traverse l'esprit vacillant de Maurice. En lui vient de monter un manque à combler. Comme un rappel d'une autre époque. Un vertige lointain enfoui dans quelque repli obscur de sa mémoire, quelque chose dont il n'arrive pas tout à fait à se rappeler... Sans même le décider, il se retourne pour fixer Rolande. Elle est debout, face à l'évier, et lui tourne le dos. Son regard flou s'attache à sa nuque, descend le long de son dos, file sur ses jambes fines. Rien... Il ne se passe rien, ni dans le cœur, ni dans le corps de Maurice. Tout cela n'était qu'un mauvais rêve, finalement... Et son esprit chavirant pousse même la confusion jusqu'à lui souffler qu'il n'était rien arrivé entre sa fille et lui. Ce n'était qu'une histoire de bonnes femmes, tout ça... Il monte donc à l'étage des chambres, le pied lourd mais le cœur léger. Plus rien, dorénavant, ne l'empêchera de retourner à la taverne avec ses chums. Non, vraiment plus rien... Révolu le temps des excuses et des inventions toutes plus saugrenues les unes que les autres pour s'excuser auprès de ses amis! Janine n'a qu'à se bien tenir. Ce n'est sûrement pas elle qui va venir lui mettre des bâtons dans les roues. Le carême de Maurice Comeau vient de finir, en même temps que la guerre...

2

Voilà plus d'un mois que la guerre est terminée. Il n'y a pas une seule journée, depuis deux semaines, sans que la gare ne déverse son lot de jeunes soldats revenant de l'enfer. Et, peu à peu, la vie reprend son cours normal dans plusieurs familles. Incapable de rester en place, Cécile dirige sa promenade du soir vers la gare du Palais, à l'heure où, habituellement, le train en provenance d'Halifax fait son entrée. Le cœur tremblant, se tordant les mains d'impatience et d'inquiétude, elle arpente le quai de la gare. En vain... Jour après jour, des dizaines de jeunes hommes s'échappent des wagons. Heureux et souriants, certes, mais avec le regard grave. Malheureusement, Jérôme n'est jamais du voyage. Cécile regarde passer devant elle tous ces beaux garçons tenant une femme ou une mère à leur bras. Elle voudrait tant les arrêter, leur demander s'ils ne connaissent pas Jérôme Cliche, s'ils ne l'ont pas vu... Invariablement, elle rebrousse chemin, sans jamais oser leur parler, la tête basse et le cœur meurtri. Pourtant, tout au fond d'elle-même, Cécile est persuadée qu'un jour elle va le revoir. Au plus profond de son âme, l'espoir est tenace. Comme un instinct animal qui rejette toute abdication. Même devant ce qui semble bien être la réalité... Cependant, au fil des soirées qui s'effacent, l'évidence d'un retour est de plus en plus improbable. Alors, au même rythme, l'enthousiasme de Cécile se dilue. Malgré l'opiniâtreté de sa conviction, après deux semaines de ce manège, Cécile baisse les bras. Elle est épuisée. L'ambivalence de ses émotions a fini par venir à bout de sa volonté. Et en ce moment, c'est à pas lents qu'elle refait la route remontant à la haute ville. Devant sa quête stérile, à chaque jour répétée, elle a décidé que ce soir serait le dernier.

— Ma tante, je pense que je vais continuer mes vacances chez papa.

Cécile vient d'entrer dans la maison de sa tante. Abattue, les cheveux collés à son front par la sueur. L'air est lourd d'une canicule qui refuse de battre en retraite. Avant tout fille de la campagne, Cécile n'éprouve plus le moindre réconfort à se rendre à la gare tous les soirs. Il manque d'air à la ville. Tout lui semble poussiéreux, aride... Elle n'aspire plus, maintenant, qu'à un peu de fraîcheur. Entendre à nouveau le chant des hirondelles contre la grange, plonger dans la rivière quand le soleil se fait impitoyable. Brusquement, la Beauce lui manque. Levant les yeux de sa revue, Gisèle lui adresse un large sourire.

— Bonne idée, ça, ma belle. Chus sûre qu'Eugène va être ben aise de te revoir. C'est long, pour un père, un an sans voir sa fille. Si tu veux, m'en vas aller te mener à l'autobus demain midi.

Bien plus que l'ennui de son frère Eugène, c'est la morosité de Cécile qui inquiète Gisèle. Depuis que les cours ont cessé, la jeune fille tourne en rond, inlassablement, entre la visite matinale du facteur et sa randonnée quotidienne à la gare. Même les âmes les mieux intentionnées ne peuvent résister à un tel régime. Plus que tout, Gisèle désire que Cécile se change les idées. Il lui faut se replonger dans ce qui était son monde, si elle veut un jour guérir de cette attente maladive. De cela, Gisèle est convaincue. Renouer avec ses racines, faire le point, apprivoiser la vie qui se présente à elle. Et, comme la tante Gisèle n'aime pas voir les choses traîner en longueur...

— Envoye, Cécile! Monte au grenier pour chercher ta valise. Si t'es pour partir, aussi ben profiter de ce que le temps est au beau pour faire le voyage.

Et, se relevant, elle vient jusqu'à la jeune femme qui n'a pas encore bougé, pose une main sur son bras.

— Ça va te faire du bien, ma belle, de retrouver les tiens. On a beau t'aimer comme une fille, Poléon pis moi, j'sais ben, va, que c'est pas pareil... Pis, on a rien qu'à te regarder pour voir que l'air de la campagne te manque. T'es pâle à faire peur... Allez, ouste! Monte en haut!

Donnant l'exemple, elle se précipite dans le couloir, en lançant derrière elle:

— M'en vas aller chercher ce qui est à toi sur la corde à linge, pis j'te rejoins dans ta chambre...

Eugène Veilleux a accueilli sa fille à bras ouverts. Depuis la mort de sa femme, l'homme taciturne et autoritaire qu'il était a changé du tout au tout. La perte de Jeanne lui a fait comprendre que la vie passe beaucoup trop vite. En réalité, bien plus vite que tout ce qu'il aurait pu imaginer... Alors, il a compris aussi qu'il doit en profiter avant qu'il ne soit trop tard. Peu à peu, au contact de ses enfants, en particulier du petit Gabriel, il a appris à se laisser conquérir. Il a consenti à révéler ses sentiments, à partager autre chose que le pain quotidien avec cette famille qu'il aime plus que tout. Ses enfants. Ceux de Jeanne, aussi. Et c'est surtout pour elle qu'il a changé, Eugène. Pour continuer de lui montrer son amour à travers la famille qu'ils avaient faite à deux. Pour être, maintenant, à la fois le père et la mère... Aussi, quand il a vu la silhouette de sa fille aînée dans la porte de la cuisine, il s'est élancé vers elle.

— Bonté divine! Cécile! Hé, Louisa, viens voir qui c'est qui est là... Mais rentre, Cécile. Viens icitte que je t'embrasse...

Ouvrant bien grand les bras, Eugène recueille, tout contre lui, celle qui a permis à l'homme démoli qu'il était de reprendre pied quand sa Jeanne est décédée, il y a maintenant plus de deux ans. C'est beaucoup grâce à Cécile si sa vie a eu droit au second souffle. Avec tendresse, il la tient bien serrée entre ses bras quand, soudain, il s'aperçoit que la jeune femme s'est mise à pleurer. Alors, d'une main malhabile, il se met à lui frotter le dos. Comme Cécile, elle-même, lui a appris à le faire avec le petit Gabriel, bébé, quand il avait le hoquet. Sa lourde main de cultivateur se fait douceur pour calmer les sanglots de sa fille.

— Ben voyons donc, Cécile. Qu'est-ce que c'est que ce gros chagrin? T'ennuyais-tu de nous autres à ce point-là, ma fille?

Mais Cécile est incapable de répondre. La chaleur de son père a fait renaître en elle tant de souvenirs! Ce bras d'homme, lourd et chaud, autour de ses épaules. Cet amour qu'elle sait de lui et celui de Jérôme qui lui est désormais refusé... La contradiction de ses sentiments les plus intimes a finalement le dessus sur le courage de Cécile. C'est une grande partie de sa vie qu'elle déverse ainsi sur l'épaule de son père. Toutes les déceptions, les espoirs les plus insensés, les craintes douloureuses qui ont marqué sa vie depuis quelques années... Subitement, aussi brutale que la foudre frappant l'arbre isolé, Cécile a compris, en mettant le pied dans la cuisine de son enfance, que, dorénavant, plus rien ne serait pareil à ses rêves. Il lui faudra faire le vide en elle et autour d'elle pour arriver à s'en sortir. Vivre le deuil de sa vie pour renaître enfin à l'avenir. Savoir reconnaître où est sa place. Et, surtout, l'accepter.

Peu à peu, les larmes tarissent. En reniflant, Cécile s'écarte de son père. Lui fait un pauvre petit sourire sans joie.

— Excusez-moi papa. C'est pas exactement comme ça que j'aurais...

— Chut! Dis rien Cécile. Je comprends ce que tu vis. Moi avec, j'ai passé par là. Pis y a pas ben ben longtemps de ça... Viens... viens t'assire, ma fille.

Et quand Eugène lui désigne la berceuse de Jeanne pour s'asseoir, Cécile comprend que le temps qui passe n'efface pas tout. Ici, elle a gardé sa place. C'est avec un long soupir qu'elle s'installe auprès du gros poêle éteint. Au même instant, Louisa, sa sœur, paraît dans l'escalier. Reconnaissant Cécile, elle dévale les marches à toute allure.

— Cécile! Tu parles d'une belle visite! T'aurais dû nous prévenir...

Dans les bras de la jeune fille, un gamin de deux ans regarde la visiteuse, les sourcils froncés. Le bébé dont Cécile gardait souvenir est maintenant un petit homme bien solide. Gêné, il enfouit son visage dans le cou de Louisa. Mais dès qu'il entend la voix de son père, il relève la tête.

— Viens icitte, Gabriel. Papa veut te parler.

Visiblement, un lien particulier unit ces deux êtres. Aussitôt, le bambin se met à gigoter comme un petit diable pour échapper à l'étreinte de Louisa et, sans perdre un instant, il court rejoindre Eugène. Le regard qu'il lance à son père est plus éloquent qu'un long poème d'amour. Doucement, Eugène place sa main sur la petite tête blonde qui lui arrive à peine aux genoux.

— Gabriel, là, dans la chaise berçante, c'est Cécile. Ta grande sœur Cécile.

Mais, pour un enfant de cet âge, les mots d'Eugène ne veulent pas dire grand-chose. Intimidé devant une dame qu'il ne connaît pas, il se contente de lui jeter un regard en biais, à demi caché derrière le pantalon de son père. Comprenant alors ce que doit ressentir Cécile devant ce petit frère qu'elle aime comme un fils, Eugène plie les genoux et vient placer sa tête à la hauteur de celle de Gabriel. Le prenant tendrement par les épaules, Eugène plonge son regard dans celui de l'enfant. Cécile est peut-être bien sa grande sœur, tout comme Louisa ou Béatrice, mais Eugène sait qu'il doit être juste envers sa fille aînée. Cécile, c'est beaucoup plus que cela dans la vie de Gabriel...

— Gabriel, elle, c'est maman Cécile...

— Maman?

— Oui, Gabriel. Maman Cécile... C'est elle qui s'occupait de toi quand t'étais un tout petit bébé.

— Gabriel bébé?

— Oui, mon bonhomme. C'est maman Cécile qui a pris soin de bébé Gabriel. Va, mon grand. Va lui dire bonjour. Ça va sûrement lui faire plaisir.

Jamais Eugène n'a utilisé le mot «maman» en parlant de Cécile. À aucun moment, jamais. Quelle est l'intuition qui lui suggère cette expression, à cet instant précis, alors que Cécile en a tant besoin? Quel curieux hasard lui fait employer exactement les mêmes mots, destinés à son petit frère dans l'intimité de sa chambre quand elle l'allaitait? La jeune femme en a les larmes aux yeux... Pendant ce temps, hésitant entre sa crainte d'une inconnue et le désir de plaire à son père, le petit garçon avance lentement vers Cécile. À son tour, celle-ci se met à genoux sur le plancher, pour être à sa hauteur. Le regard embué, elle lui tend les bras.

— Bonjour, Gabriel. Tu te rappelles pas de moi?

Le gamin se contente de hocher la tête, les sourcils froncés. Ne voulant surtout pas l'effaroucher, Cécile ramène les mains sur ses genoux et, tout doucement, se met à fredonner la berceuse du lapin blanc qu'elle lui chantait chaque soir pour l'endormir. Peu à peu, au fil des notes qui glissent de l'un à l'autre, le visage de Gabriel se détend. Dans son cœur, quelque chose de très vague, mais aussi de très doux, lui dit qu'il peut avoir confiance. À la fin du chant, lui offrant un beau sourire, il fait le dernier pas qui les sépare.

Cécile a renoué avec les siens. Le plaisir toujours présent de vivre avec sa famille. Comme un soulagement intense qui guette chacun de ses réveils. La douceur d'un monde prévisible, rassurant, dans l'uniformité des jours. Même si, en un an, tout le monde a bien changé, les liens qui ont toujours uni les enfants Veilleux sont restés les mêmes. Aussi solides, aussi vrais. Il ne manque que Gérard, maintenant âgé de seize ans, pour que son bonheur soit total face à la famille. Entre lui et Cécile, un lien particulier existait. Mais aujourd'hui, apprenti-menuisier, il habite Montréal chez l'oncle Adrien, le frère de son père. Malgré cette absence, comme l'avait espéré Gisèle, Cécile est plus calme. Presque apaisée. Elle retrouve ses rires de jeune femme devant les pitreries de ses frères et sœurs. Et son cœur, persuadé que la vie ne lui réservait que des larmes en partage, se surprend à soupirer de plaisir, parfois même de bonheur, devant le petit Gabriel qui a adopté la jeune femme sans réserve. Du matin au soir, dans la maison ou au jardin, il répète vigoureusement et sur tous les tons «maman Cécile». Le mot le plus simple qui soit, que tous les enfants du monde gazouillent avant même de savoir parler, lui aussi, maintenant, il peut le dire pour un oui ou pour un non. Et, à chaque fois, Cécile est là pour l'écouter, pour jouer avec lui, pour le prendre dans ses bras. Comme un juste retour des choses. Cette dette que Gabriel lui remet sans le savoir. Ce goût de la vie dans ce qu'elle a de plus pur renaissant dans le cœur de Cécile...

Et les jours filent... L'été bat son plein de soleil et de chaleur. Juillet courtise tous et chacun de ses longues journées. À part la messe du dimanche, Cécile ne quitte jamais la ferme paternelle. Comme à l'abri des intempéries et des malheurs, elle ne se lasse aucunement de regarder vivre sa famille. N'est-elle pas là cette place qu'elle essaie désespérément de trouver? Que veut dire exactement ce bonheur qui chante en elle quand elle pose les yeux sur Gabriel? Et cette satisfaction ressentie devant un bon repas préparé pour tous les siens? Pourquoi chercher plus loin? Pourquoi s'entêter à découvrir en elle quelque chose qui n'y est peut-être pas?

Assise à l'ombre d'un pommier chargé de fruits encore verts, Cécile regarde, pensive, les deux lettres que Louisa vient de lui remettre. Elle n'arrive pas à se décider à les lire. Devinant confusément ce qu'elles contiennent. Gisèle, tout comme Rolande, doivent vouloir connaître la date de son retour à la ville. Et, justement, Cécile ne sait plus du tout si elle a envie de retourner à Québec. Pourquoi le ferait-elle? Pour qui, surtout, le ferait-elle? En réalité, rien ne l'oblige à poursuivre ses études. Rien ni personne... N'est-elle pas bien, ici, avec sa famille et le petit Gabriel? Incapable de fournir une réponse catégorique à ses interrogations, Cécile enfouit les lettres dans la poche de son tablier. En fait, pour l'instant, elle n'a pas vraiment l'intention d'en prendre connaissance et, encore moins, d'y répondre. Alors... Fermant les yeux, elle appuie sa tête contre le tronc rugueux et se laisse aller à la joie du chant des oiseaux. Comme ce bruit lui a fait défaut, à la ville!

Comme tout ce qui vit et vibre, ici, creuse un vide inexorable en elle quand elle en est séparée. Le frissonnement du vent sur les feuilles, le meuglement des vaches dans le pâturage, le cri des enfants qui courent dans le verger... Oui, comme tous ces bruits la plongent dans l'essence de ses plus beaux souvenirs! Mais est-ce suffisant pour occuper un cœur et toute une vie? Un long soupir soulève les épaules de Cécile. Pourtant, là maintenant, elle aurait envie de dire oui. Elle est épuisée par toutes ces questions qui virevoltent presque sans arrêt dans sa tête. Elle voudrait être capable de rayer les années derrière elle. Ne garder que ce qui est beau et clair... Effacer tout le reste et repartir à zéro. Oh! oui, si on pouvait tout oublier... Oublier qu'elle a eu une petite fille avec un homme aujourd'hui disparu. Oublier que sa vie aurait dû être tout autre et que Gabriel n'est pas son fils. Oublier la mort de sa mère et la déception de Gisèle et Rolande si elle ne revient pas. Oublier, oublier... S'endormir et ne jamais se réveiller ou, alors, le faire dans la peau d'une autre.

Bercée par la brise, Cécile s'est assoupie. Elle sursaute quand elle sent une présence à ses côtés. Eugène la regarde en souriant.

— Tu dormais ou tu jonglais, ma fille?

Sans attendre de réponse, l'homme grisonnant se laisse tomber à côté de Cécile, appuie, à son tour, le dos contre le tronc de l'arbre et étire ses longues jambes en soupirant.

— J'ai pus vingt ans. Je commence à trouver ça pesant, l'ouvrage de ferme... Mais, que veux-tu? C'est la vie...

Puis, regardant sa fille, il lui fait à nouveau un large sourire. Depuis quelque temps, Eugène sourit de plus en plus souvent. Comme s'il devait, coûte que coûte, rattraper le temps perdu.

— Sais-tu que j't'envie ma Cécile? Torrieux que j'aimerais ça avoir encore vingt ans!

— Vous m'enviez?

Cécile échappe un rire.

— Il y a pas de quoi, papa. Vraiment pas... Vous rendez-vous compte de ce que vous dites?

Ouvrant ses deux mains, Cécile en regarde les paumes. Elle les tient devant elle, les bras tendus. Vides. Elles sont vides, ses mains, désespérément vides... Sa voix n'est qu'un filet ténu quand elle poursuit, le menton tremblant:

— J'ai rien, papa. J'ai pus rien... La vie m'a tout enlevé. J'ai peut-être vingt ans, comme vous dites. Mais des fois, j'ai l'impression d'en avoir cent, tellement je suis fatiguée d'attendre après la vie. Si... si vous saviez comme je m'ennuie de Jérôme pis de ma petite...

Rouge comme un coquelicot, Cécile se tait brusquement. Jamais il n'a été question de sa petite fille entre elle et son père. La seule fois où il a abordé le sujet avec elle, c'est un soir, dans la grange, pour lui faire part de sa décision concernant l'adoption de ce bébé qu'elle attendait. Mais, rien de plus. À aucun moment, ils n'en ont parlé depuis son retour de la crèche. Jeanne, sa mère, partageait son secret. Et Gérard aussi avait tout deviné quand elle était revenue de la ville. Mais, à sa connaissance, personne d'autre dans la famille n'est au courant. Et son père ne lui en avait plus soufflé mot à partir du moment où il avait décidé pour elle que jamais un enfant illégitime ne viendrait salir le nom des Veilleux. Même si Jérôme et Cécile étaient prêts à se marier. Non, jamais Eugène n'avait eu le courage d'en reparler avec Cécile. Pas un mot. Parce qu'à ce moment-là il ne voulait pas que sa fille bâtisse sa vie sur une erreur. Il ne savait pas encore que certaines phrases peuvent tout éclaircir... Un regret dans sa vie de père. Une douleur quand il repense à cette époque. Mais, voilà... Aujourd'hui, il n'est plus le même homme... La mort de sa femme l'a éveillé à une réalité bien différente de celle qu'il croyait être la bonne. Encore malhabile à jongler avec les mots, il se racle la gorge un moment avant de répondre. Posant sa grande main calleuse sur celle, menue et douce, de Cécile et laissant son regard voguer sur la soie des plants de maïs qui ondulent avec le vent, il reprend là où Cécile s'est interrompue. De sa voix grave, qui autrefois grondait d'autorité et qui, maintenant, gronde de chaleur.

— Ta p'tite fille... Tu peux l'dire, Cécile. Ta mère m'en avait parlé. J'sais même que t'aurais décidé de l'appeler Juliette, si tu l'avais gardée... Ouais, j'sais toute ça. Mais c'est pas le fait de pas l'avoir avec toi ou ben de pus rien savoir de Jérôme qui fait que ta vie est finie...

Brusquement, Eugène voudrait tant aider sa fille! Réparer l'erreur commise, même si la vie l'a pris au mot et a tout bouleversé. Aujourd'hui, il est conscient qu'il ne peut qu'aimer et tendre la main. Jamais il ne pourra redonner à sa fille ce que le destin lui a enlevé. À cause de lui, en partie. Pourtant, Dieu lui est témoin qu'il ne pensait jamais que... La voix de Cécile, de colère teintée, vient interrompre sa réflexion:

— Ah non? Pas finie, ma vie? Vous êtes pas sérieux quand vous dites ça, papa? Ben voyons donc!

À ces mots, Eugène comprend que les torts causés à sa fille sont encore plus grands que ce qu'il imaginait. À lui, maintenant, de l'encourager. Elle qui a tant fait pour l'aider, quand sa Jeanne est morte.

— Oh! oui, j'suis sérieux, Cécile. Pis en sacrifice à part de ça! Oublie pas que moi avec j'ai connu l'enfer, ma p'tite fille. Tu sais pas c'que c'est, toi, de perdre sa femme après vingt ans de vie commune...

— Vingt ou deux ans, qu'est-ce que ça change? C'est pas ça qui fait que j'ai moins mal.

— C'est pas ça que j'veux dire, Cécile. Pas ça pantoute... Batince que c'est dur, par boutte, d'essayer d'expliquer... Pour la douleur, j'suis ben d'accord avec toi, Cécile. Chacun vit ça à sa manière. Pis y a pas une façon de faire qui soit meilleure qu'une autre... C'est ben sûr! Mais viens pas dire que la vie t'a toute enlevé. Ça, c'est pas vrai. T'as encore ta jeunesse pis d'la santé, Cécile. T'as aussi plein d'monde qui t'aime autour de toi. À commencer par nous autres, icitte. Pis y a «ma tante» Gisèle et «mon oncle» Napoléon qui tiennent ben gros à toi. Non, t'as pas l'droit de dire que la vie t'a toute enlevé. T'as pas l'droit... Si moi, à cinquante-quatre ans, j'peux encore dire qu'y me reste ben des belles choses à découvrir, toi, Cécile, tu peux pas croire que toute est fini.

Cécile demeure silencieuse un instant. Puis d'une toute petite voix, elle constate:

— Vous au moins, papa, vous avez des beaux souvenirs en arrière pour vous aider à regarder l'avenir. Mais moi? Qu'est-ce que j'ai, à part des larmes, en arrière de moi? Pas grand-chose. Avec maman, vous avez connu...

— Avec ta mère, ma Cécile, le meilleur était encore à venir... Ça faisait pas ben ben du temps qu'on avait appris à se parler, elle pis moi. Ça fait que, quand tu dis les beaux souvenirs, moi j'ai envie de répondre les regrets. Pis ça, ma fille, j'en ai à plein, tu sauras. Mais ça m'empêchera pas de vouloir vivre. Faut jamais laisser le ver gruger toute la pomme, Cécile. Les regrets, faut que ça serve à quelque chose. Moi, j'ai décidé que ça me servirait à mieux aimer mes enfants. Toi y compris, ma fille.

En entendant son père s'ouvrir à elle de la sorte, Cécile se rappelle ce que sa mère lui avait confié quelque temps avant sa mort. Il est vrai que la vie n'a pas été facile pour ses parents. Un mur de silence se dressait entre eux, menottant l'amour qui existait pourtant, malgré tout, entre Eugène et Jeanne. Et, en y repensant bien, Cécile se dit que l'amour qui l'unissait à Jérôme était peut-être plus limpide. Oui, le souvenir de leur amour restera pour elle quelque chose de merveilleux. Jamais rien ne pourra éteindre la flamme qui brille toujours en elle! Ni le temps qui passe, ni même un autre amour. Mais c'est bien peu pour avoir envie de poursuivre son chemin. Surtout que, pour l'instant, c'est en solitaire qu'elle se voit emprunter la route devant elle. Elle qui avait tracé sa vie avec Jérôme, entourée d'une famille nombreuse... Comment faire, alors, pour puiser le courage d'avancer? Prenant entre ses mains celle de son père, Cécile lui demande, sans oser le regarder:

— Alors dites-moi, papa, comment vous faites, vous, pour encore sourire à la vie? Parce que moi, j'y arrive pas vraiment. Il y a ben juste ici, avec vous tous, que j'arrive à croire que tout est pas fini pour moi. Mais, encore là, j'ai des doutes.

Eugène ne répond pas immédiatement. À son tour, il repense à Jeanne, sa femme, qu'il avait tant aimée malgré les apparences. Que de temps perdu... C'est en soupirant qu'il reprend:

— Faut juste attaquer les journées une après l'autre. Pis demander au bon Dieu de nous donner Sa force. Sans Lui, Cécile, j'sais pas si j'aurais été capable de traverser toute ça. Mais Y m'a pas laissé tomber... Vois-tu, le bon Dieu a permis qu'une certaine Cécile aide un petit Gabriel à vivre. Pis moi, c'est là que j'ai trouvé une première raison de continuer à m'battre. C'est grâce à toi, Cécile, si ma vie a repris du sens... Astheure, c'est avec toute ma famille que j'ai envie de continuer mon chemin. Le plus longtemps possible...

Cécile retient son souffle. Son père ne vient-il pas de lui donner un espoir, en même temps qu'un beau souvenir? Il est vrai, malgré tout, qu'il a été beau ce temps où Cécile apprenait à connaître son père à travers l'amour qu'ils ressentaient tous deux pour Gabriel. N'est-ce pas là un signe?

— Moi aussi, papa, j'aurais envie de vous dire que j'ai le goût de continuer ici, avec vous. Pis avec Gabriel. Les études, je sais pas si c'est aussi important que ça...

Mais, contrairement à ce que croyait Cécile, Eugène ne bondit pas de joie à sa proposition. Il se contente de la regarder longuement avant de répondre. Pour une fois, Eugène a envie de regarder plus loin que le moment présent. Ne penser qu'à Cécile. Obliger son cœur qui vient de bondir à la pensée d'avoir sa fille ici, avec lui, de se tenir sagement dans l'ombre.

— Attention, ma fille. Les études, c'est un peu un cadeau que tu te fais. Pense à ça ben comme faut... Pas sûr, moi, que ta place est icitte. Rappelle-toi ta mère! Son plus grand rêve, c'était de te voir poursuivre des études.

Cécile reçoit les mots de son père comme une épine de plus en son cœur. Pourquoi lui rappeler son amour pour son petit frère, si c'est pour le lui enlever aussitôt après? Et puis, qu'importe ce que pensait Jeanne? C'est de Cécile dont il est question en ce moment. De son avenir à elle. De ses choix et de ses besoins.

— Vous voulez dire que vous voulez pas de moi dans...

— Fais-moi pas dire ce que j'ai pas dit, Cécile, interrompt vivement mais affectueusement Eugène. C'est ben sûr que ta place sera toujours icitte. Mais faut pas que tu regardes juste en arrière si tu veux avancer...

Sur ces derniers mots, Eugène se relève en grimaçant.

— T'es pas obligée de toute décider astheure...

Puis, après quelques pas, il se retourne vers elle.

— M'en vas te demander une faveur, Cécile.

— Laquelle?

— Avant d'arrêter ton choix, tu vas aller faire un tour chez les parents de Jérôme. Tu...

— Non!

— Pourquoi? Je comprends pas que tu y soyes pas encore allée. Eux autres avec, y'ont envie de te voir. C'est Gaby qui me le disait encore hier... Fais au moins cet effort-là. Pis après, j'te promets que j'vas respecter ta décision. Promis.

Et, sans rien rajouter, Eugène se dirige vers l'étable. Cécile reste un moment songeuse. Pourquoi lui demander de revoir les parents de Jérôme? Que pourront-ils changer dans sa vie maintenant? Incapable de répondre à cette interrogation, Cécile se relève à son tour et revient vers la maison. Avant d'ouvrir la porte, elle hausse cependant les épaules. Comme pour se libérer d'un fardeau. Elle a l'impression de tourner en rond... Son père ne va-t-il pas, encore une fois, prendre la décision à sa place? En soupirant, elle entre dans la cuisine. Pour l'instant, il y a le dîner à préparer.

Et les jours continuent de filer sans que Cécile se décide à rendre visite aux parents de Jérôme. Une crainte entremêlée de pudeur la retient à chaque matin, quand elle se dit qu'il serait temps d'y aller. L'été commence à donner quelques signes d'essoufflement. La brise est plus fraîche et les ombres plus longues. Août est à deux pas... Deux autres lettres lui sont parvenues de Québec et elles ont aussitôt rejoint les premières, bien rangées dans un coin du tiroir de la commode qu'elle partage avec Louisa. N'est-ce pas Gisèle qui lui a dit qu'elle trouverait une réponse au creux de ses émotions? Alors Cécile refuse de lire les lettres, de peur que l'ennui de Gisèle ou de Rolande ne vienne influencer sa décision. Quand elle choisira de repartir ou de rester, ce sera parce qu'elle aura tranché pour le mieux, selon ses besoins à elle. De plus, elle évite de rester seule avec Eugène. Elle n'a surtout pas besoin qu'il décide de sa vie, comme il l'a fait autrefois.

Finalement, c'est par un moyen détourné qu'elle se hasarde jusque devant la maison des Cliche. En promenant Gabriel dans son carrosse, se répétant que si elle aperçoit quelqu'un elle n'aura d'autre choix que d'arrêter. Mélina, assise sur la galerie, lui fait un large signe du bras, à l'instant où elle paraît en haut de la butte menant à leur demeure. Heureuse et soulagée de voir que Cécile s'est enfin résolue à venir. Cette dernière, surprise de ressentir un tel soulagement devant la tournure des événements, descend la route d'un pas léger et emprunte le large sentier conduisant à la maison blanche et rouge qui hante si souvent le sommeil de ses nuits, tout comme ses rêves éveillés. Mélina s'élance à sa rencontre.

— Cécile! Enfin! Si tu savais comment j'avais peur que tu repartes pour la ville sans venir nous voir.

Devant Mélina, Cécile comprend subitement ce qui l'avait toujours retenue. C'était la crainte de souffrir et de faire mal. À cause de tous ces souvenirs qui les unissent. Les beaux comme les douloureux. Mais, devant le sourire de la mère de Jérôme, ses réticences fondent comme neige au soleil. Cécile se laisse tenter par la douce chaleur de ces deux bras qui se tendent vers elle. Sans dire un mot, elle se blottit tout contre Mélina.

— Ma p'tite Cécile. Si tu savais... Si tu savais...

Mais Cécile sait. Elle devine très bien ce qui peut se passer dans le cœur de Mélina. Si elle, Cécile, a perdu un fiancé, Mélina, c'est son fils unique qu'elle ne reverra probablement plus jamais. Et, sachant ce que représente la perte d'un enfant aimé, Cécile comprend que la douleur de Mélina est au moins aussi forte que la sienne. Sinon plus... Sans chercher à briser le silence qui s'étire entre elles, les deux femmes se laissent aller à la tendresse de ces retrouvailles, l'une comme l'autre. C'est une petite voix colérique qui les rappelle à l'ordre:

— Veux débarquer!

Les deux femmes éclatent de rire en même temps, à travers les larmes qui se sont mises à couler.

— Pauvre Gabriel... On est en train de l'oublier, lui-là. Viens, mon grand, viens voir Mélina.

Sans hésitation, Mélina se penche sur Gabriel et le soulève. Maintenant l'enfant bien calé contre sa hanche et prenant Cécile par la main, elle les entraîne vers sa maison.

— Astheure que t'es là, Cécile, y'est pas question que tu repartes tusuite. Viens t'assire, ma belle. Viens, qu'on jase un brin, comme on le faisait avant.

La conversation reprend entre elles, comme si les deux femmes ne l'avaient interrompue que la veille. Des études de Cécile à la récolte de maïs qui s'en vient, de Gérard installé à Montréal à Gabriel qui grandit, le quotidien de leur vie respective tisse une toile entre elles. Une toile aussi fine que celle de l'araignée, en apparence fragile, qui ne touche que la superficie des choses. Puis, brusquement, un long silence étire son malaise entre Cécile et Mélina. Comme si après avoir épuisé les banalités, elles n'avaient plus rien à se dire. Un peu plus loin, dans l'herbe folle, Gabriel s'amuse à poursuivre un papillon en criant de joie. Devant tant de simplicité heureuse, Cécile ne peut réprimer un long soupir.

— C'est pas facile, hein Cécile?

Ces quelques mots vont au cœur de la souffrance de Cécile. Sa souffrance devant la disparition de Jérôme, surtout que celle qui la poursuit depuis la conversation avec son père. Son avenir à elle, si fragile dans son obscurité. Comme suspendu à portée de doigts, mais en même temps si précaire...

— C'est pire que tout ce que j'ai pu vivre avant, souffle-t-elle finalement. Pire encore que le jour où Juliette est venue au monde. J'ai tellement l'impression que Jérôme est encore vivant. C'est fort, en moi, Madame Cliche, cet appel que je ressens... Si j'avais de l'argent, je crois que je prendrais le bateau pour traverser en France. Voir cette plage de Normandie, rencontrer les gens qui auraient pu...

Et, devant ce rêve, lui aussi irréalisable, Cécile se tait. Il y a tant et tant de choses qui sont impossibles dans sa vie. Brusquement, elle se demande si cela vaut la peine de continuer. Mélina respecte son silence. Puis de sa voix douce, elle reprend, comme si elle ne parlait qu'à elle-même:

— Qu'est-ce que ça donnerait, d'aller en France? Je pense que ce serait courir au-devant de plus grandes misères encore.

Puis, se retournant vers Cécile:

— Faut faire confiance à la vie, ma belle. Moi aussi...

— Confiance à la vie? l'interrompt Cécile. Comment voulez-vous que je lui fasse confiance? Jusqu'à date, elle m'a laissée tomber plus souvent qu'autrement. Vous... vous me faites penser à «ma tante» Gisèle. Elle aussi prétend qu'il faut regarder en avant. Pis mon père avec...

— Ils ont raison, Cécile. Même si je viens de passer la pire année de toute ma vie, je te dis que ta tante Gisèle a raison... Cécile, regarde-moi ben dans les yeux... Y a un an, quand on a reçu la lettre de l'armée, Gaby pis moi on pensait vraiment que notre vie venait de finir. Te rends-tu compte de ce que ça signifiait pour nous deux? On avait eu juste un fils, pis v'là que le bon Dieu avait décidé de le reprendre. Ça n'avait aucun sens! Pourquoi est-ce qu'on aurait continué, veux-tu ben me le dire? Qu'est-ce que ça donne de travailler et d'aimer une terre quand on sait qu'elle va mourir en même temps que nous autres? J'pense ben, Cécile, qu'on a eu droit à une visite en enfer, Gaby pis moi... Pourquoi est-ce qu'on a pas toute laissé tomber? Je serais ben en peine de te le dire, Cécile. Par habitude, probablement. J'vois pas d'autre chose que ça. L'habitude...

Pendant un moment, l'absence de Jérôme les rejoint toutes les deux. Chacune à sa manière. L'absence qui se fait lourde, presque présence dans le vide qu'elle suscite. Puis Gabriel éclate de rire devant une talle de bleuets et le temps reprend sa dimension normale. Mélina se retourne vers Cécile.

— Oui, c'est l'habitude qui nous a sauvés. À défaut d'autre chose. Pis, alors qu'on s'y attendait pus, la vie nous a rattrapés...

Mélina fait à nouveau une pause. Il y a des mots qui doivent être bien pesés avant d'être dits. Ces choses essentielles qui se doivent de visiter le cœur avant d'être prononcées. Avant d'être confiées comme un trésor. Car, si elle attendait cette visite de Cécile, c'était uniquement pour lui annoncer ce qui fait chanter sa vie.

Pour qu'à son tour la jeune femme ose croire que rien n'est perdu. Ni pour elle, ni pour personne. Prenant la main de Cécile, elle ajoute:

— Oui, Cécile, la vie nous a rejoints, Gaby pis moi... À l'hiver, on va avoir un autre enfant... Te rends-tu compte? Ça fait vingt-deux ans que j'prie comme une perdue sans jamais rien recevoir. Pis me v'là enceinte, à quarante-deux ans... C'est juste ça que j'veux te dire, ma Cécile. Fais confiance à la vie. Regarde en avant de toi, pis en dedans de toi... La réponse à tes questions est juste là, Cécile. Le bon Dieu t'a faite cadeau d'une belle intelligence. Pis ça, c'est pas donné à tout le monde. Ça fait que j'pense que c'est par là que tu dois t'en aller. C'est par là que ta vie à toi doit passer... Le reste viendra ben tu seul. Oublie pas ce que je viens de te dire, Cécile. La vie, c'est ben plus fort que nous autres. Oui, ben plus fort...

3

Assise derrière la cabane à patins du parc, déserte à cette époque de l'année, Rolande regarde le temps passer. Le temps merveilleux d'un bel après-midi d'août qui se fige dans un brouillard de chaleur pour envelopper gens et choses... Et Rolande reste là, le regard immobile, l'esprit tout embrouillé, l'âme aux abois. C'est son refuge, quand elle veut avoir la paix. Quand elle veut prendre le temps de penser sans être dérangée. Le dos appuyé sur le bois dépeinturé, les genoux relevés, elle se ronge les ongles en fixant le vide. Qu'aurait-elle d'autre à fixer, en ce moment, Rolande? En recevant le courrier, tout à l'heure, et comprenant que Cécile continuait de l'ignorer, Rolande avait naturellement pris la direction du parc. Se sauvant avant que sa mère ne la retienne pour quelque corvée que ce soit. Elle avait à réfléchir... Loin des cris de ses jeunes frères et des lamentations de sa mère. Elle est toujours impatiente, Janine, quand elle sait qu'elle doit travailler le soir.

Mais les idées se refusent à paraître clairement dans l'esprit de Rolande. La peur, celle qu'elle croyait disparue à jamais, cette peur plus forte que tout raisonnement, la possède jusqu'au fond du ventre. «Pourquoi c'est faire que popa a recommencé?» Il n'y a que cette phrase qui la harcèle jusqu'à lui faire venir les larmes aux yeux. Pourtant, elle en connaît bien la raison. Oh oui! qu'elle le sait. Elle n'arrête pas de se le répéter depuis un mois. Tout est de sa faute. Bien de sa faute... Elle savait, Rolande, que son père déteste revenir dans une maison silencieuse quand il a fait un détour par la taverne. Pourtant, malgré cela, elle ne l'a pas attendu...

Depuis le fameux jour de la fin de la guerre, Maurice avait repris ses habitudes du jeudi. Une dizaine de bières avec ses chums du quartier, à la taverne, avant de revenir à la maison. À chaque fois qu'il rentrait dans la cuisine, si Rolande était seule, elle tremblait de peur. S'efforçait de garder son calme pour ne pas le contrarier. Mais, invariablement, il se contentait de lui caresser les cheveux. Jamais rien d'autre... Et même quand Janine ne travaillait pas, Maurice s'approchait de Rolande, lui ébouriffait la tête, puis montait se coucher. Alors Rolande avait conclu qu'il était redevenu un père normal. Pourquoi pas? En fait, depuis deux ans, rien ne s'était produit. Et, en plus, que sa mère soit là ou pas ne changeait rien à son attitude. Oui, Rolande croyait sincèrement que son père avait changé. C'est pour cela qu'au mois de juin, en pleine période d'examens, elle était montée se coucher avant son arrivée. Sans vraiment y penser, la tête remplie de ses notes d'histoire et de géographie. C'est ce soir-là qu'un souffle empestant l'alcool l'avait tirée du sommeil. Qu'une voix colérique lui avait reproché son absence.

— Rolande... Pourquoi t'as pas attendu popa?

Et tout avait recommencé comme avant. Ses cheveux qui sentent trop bon, sa peau qui est trop douce... Les mêmes mots qu'il y a deux ans. La même main qui s'attarde sur sa tête et descend le long de sa gorge, pendant que l'autre cherche sous sa robe de nuit. Les mêmes reproches de ne pas l'attendre...

— C'est de ta faute, Rolande. Pourquoi t'es pas restée en bas, aussi? Pourquoi tu m'as obligé de venir t'embrasser icitte, au lieu de rester dans cuisine. Tu l'sais, Rolande, ça...

Et son père est devenu presque fou, quand sa main a frôlé un sein rond et ferme. Un sein qu'elle n'avait pas encore, il y a deux ans, et que Maurice découvrait avec ravissement. Brusquement, il avait arraché le drap et remonté sa robe de nuit.

— Pis en plus, astheure, t'as un vrai corps de femme.

Les mains de Maurice tremblaient d'excitation, fébriles. Sa voix pâteuse délirait:

— Pourquoi que tu sens si bon, Rolande? Maudit que t'es belle astheure, ma p'tite chatte. Sois gentille avec popa. Juste une fois... Juste à soir, Rolande... Maudit que ça sent bon dans ta chambre. J'peux pas me retenir. Chus pas capable...

Mais, devant les tremblements convulsifs de sa fille, devant les mains affolées qui tentaient de le repousser et de remonter le drap, la voix s'était faite agressive. La main caressante avait agrippé les cheveux.

— Viens pas jouer à la sainte-nitouche avec moé. Je l'sais que t'aime ça. Toutes les femmes aiment ça... T'es ben comme toutes les autres: tu fais toute pour m'exciter, pis après tu veux pus...

Jamais Maurice Comeau n'avait été aussi brutal avec elle. Utilisant son corps comme celui d'une traînée payée pour donner exactement le plaisir qu'on veut avoir. Comme s'il lui reprochait maintenant d'avoir ce corps de femme qui éveillait ses envies. Comme si à travers la douleur infligée à Rolande, il cherchait à la punir d'être une femme... Alors Rolande n'avait rien dit. À cause de la honte de ce que son père lui avait fait et lui avait demandé de faire. À cause, aussi, de la peur de ce qu'il pourrait lui faire encore. Qu'une lettre envoyée à Cécile pour lui demander de revenir le plus vite possible ou, tout au moins, de lui répondre, «parce que ça va moins bien chez nous.» Rien d'autre. Puis Janine avait pris ses vacances et son père aussi. Tout était rentré dans l'ordre pendant le mois de juillet. Rolande avait pourtant envoyé une seconde lettre. Il lui fallait parler à Cécile avant que sa mère ne reprenne le travail. Mais Cécile n'a toujours pas répondu. C'est pour cela que, cet après-midi, Rolande est venue se cacher en arrière de la cabane. On est jeudi et sa mère travaille ce soir. Et Rolande n'a surtout pas envie de faire face à son père quand il reviendra de la taverne. Qu'elle soit à la cuisine ou dans sa chambre n'a plus la moindre importance. La peur avale toute la vie de Rolande.

Lentement, elle redresse la tête, s'attarde sur ce paysage qu'elle connaît par cœur. Autour d'elle, rien n'a bougé. Depuis deux ans, c'est toujours le même parc, les mêmes balançoires qui grincent, les mêmes cris d'enfants joyeux. Il n'y a qu'elle qui ait changé. Tout doucement, à l'abri des regards indiscrets derrière la cabane, Rolande promène une main impassible sur ses seins, descend sur son ventre, s'attarde sur ses cuisses, remonte puis recouvre son sexe. Indifférente, insensible, comme touchant le corps de quelqu'un d'autre... Puis, un long frisson la ramène à la réalité. Pourquoi n'est-elle pas un garçon? Mais, à cela, il n'y a pas de réponse. Reprenant sa pause recroquevillée, les genoux relevés entre ses bras, Rolande appuie sa joue contre son épaule. C'est ridicule d'avoir de telles pensées! Tout est ridicule, finalement. Elle est fille et fille elle restera. Pourquoi s'entêter à poser des questions sans réponse? Pas plus qu'elle n'a à attendre de solution de la part de Cécile. Pourquoi avoir espéré une lettre ou une visite qui saurait régler son problème? Que pourrait-elle changer à sa vie, Cécile? À part l'écouter et peut-être comprendre... Non, personne ne peut faire quoi que ce soit pour Rolande. Pas même sa mère. Que pourrait-elle faire, Janine? S'enfuir, seule, avec les enfants? Mettre Maurice à la porte? Mais, alors, de quoi vivraient-ils? Et, bien entendu, cela c'est uniquement si Janine accepte de croire sa fille. Rolande se rappelle très bien la réaction de sa mère, il y a deux ans, quand elle a su que sa fille était enceinte. Comment elle s'est transformée en furie quand la gamine a osé murmurer le nom de son père...

Tout d'un coup, Rolande a l'impression de se mesurer à un géant incroyablement plus grand qu'elle. D'être perdue dans une forteresse immense, un labyrinthe dont elle ne trouvera jamais la sortie. Tourner en rond, d'un jeudi à l'autre, en espérant que sa mère soit présente au moment où Maurice reviendra. Sursauter à chaque fois qu'elle entendra le bruit de ses pas sur le gravier de l'entrée... Tout reprendre à la case départ, comme il y a deux ans. Non, Rolande ne veut plus vivre à moitié. Elle ne veut plus attendre, ne veut plus espérer, ne veut plus rien du tout. Que la paix. Que le silence autour d'elle. Et le repos. À quinze ans, Rolande est fatiguée. De son corps de femme, de ses cheveux de bébé qui sentent bon, de ses seins qu'elle n'a pas voulus, de son sexe fait expressément pour recevoir celui de son père. Alors, la question sans réponse lui encombre à nouveau l'esprit, lourde de toute l'injustice du monde. Pourquoi, pourquoi n'est-elle pas un garçon comme Rémy et Jacques? Jamais son père ne s'en est pris à ses frères. Jamais. Alors il doit avoir raison quand il dit que tout est de la faute de Rolande. C'est à cause de ce corps de femme qu'elle n'a pas choisi mais qui est le sien. Non, il n'y a pas de solution et Rolande le sait bien. Elle n'a pas envie de briser la vie de ses deux frères. Et, si elle parle à sa mère, c'est probablement ce qui va se produire. La famille Comeau ne sera plus qu'un lambeau de famille. Que des êtres confrontés à survivre tant bien que mal. Avec tout ce que ça implique. Rolande ne pourra sûrement pas continuer à étudier pour devenir médecin comme elle en rêve. Non... Si elle parle à Janine, Maurice n'aura pas le choix de partir. Rolande devra prendre le chemin de l'usine pour aider sa mère à boucler les fins de mois. Pour finalement se marier dans quelques années, faute de mieux, à un autre homme qui lui fera subir les mêmes outrages que son père. Non, ça jamais! Plus jamais un homme ne mettra la main sur le corps de Rolande. Plus jamais! Alors, que lui reste-t-il, à Rolande, pour s'en sortir? De quel côté se tourner pour trouver une solution? Y a-t-il seulement une solution? Un long sanglot lui gonfle le cœur lorsqu'elle aperçoit, devant elle, la spirale sans fin de la peur revenue. Mais, brusquement, elle entend sa mère répétant à ses frères qu'on trouve toujours une réponse quand on se donne la peine de chercher... Il y a toujours une réponse à tout. Rolande en est convaincue. Alors, les sourcils froncés sur sa réflexion, Rolande pousse un grand soupir. À elle de la trouver, cette solution, puisque c'est elle qui est au cœur de la question. Longuement elle reste immobile, le regard vague. Puis, un triste sourire éclaire brièvement ses traits. Oui, il y a une fin à son problème. Une seule... Pendant un moment, elle reste encore sans bouger, les sourcils toujours froncés comme si elle se devait de ne pas faire d'erreur. Mais l'évidence lui saute maintenant aux yeux. La cause de la situation, c'est elle. Alors le dénouement doit obligatoirement passer par elle... Sans plus chercher, Rolande se relève et revient lentement jusque chez elle. Debout sur le trottoir, elle fait une pause, regarde intensément la maison de briques rouges. Deux larmes coulent doucement sur ses joues. Mais aussitôt qu'elle prend conscience de leur présence, Rolande les essuie d'un geste rageur et, d'un pas décidé, elle se dirige vers l'arrière de sa demeure. Ce soir, quand son père reviendra, le problème sera réglé. Rolande n'aura plus jamais peur, sa mère pourra partir travailler l'esprit tranquille, son père n'aura plus l'occasion de lui faire le moindre reproche et ses deux frères pourront grandir dans une famille normale...

Quand elle entre dans la cuisine, Janine est à préparer le souper que les enfants mangeront plus tard. Sans se retourner, elle lance:

— C'est toé, Rolande?

Puis, sans attendre de réponse:

— J'ai faite un hachis avec le restant de poulet. T'auras juste à le réchauffer. Vous prendrez des biscuits pour dessert...

Rolande se contente de grogner, en guise de réponse. Mais, alors qu'elle se dirige vers l'escalier, Janine vient vers elle, l'oblige à s'arrêter.

— Rolande... Je... Quand chus au travail, toute va-t-y à ton goût à la maison?

À ces mots, l'adolescente comprend alors que sa mère l'a crue, en fin de compte. Même si elles n'en ont jamais reparlé. Même si rien, jusqu'à ce jour, ne laissait supposer une telle chose.

Sinon le réconfort d'un sourire à l'occasion. Ou encore une parole gentille. Mais jamais rien de vraiment concret qui aurait pu aider la confidence... L'espace d'une seconde, Rolande aurait envie de confier sa tête, si lourde, à l'épaule de sa mère. Tout comme avant, oser croire que Janine possède la recette magique qui remettrait la vie à l'endroit sans blesser personne... Oui, en elle jaillit l'envie folle de lui crier sa peur et sa révolte. Pleurer contre la poitrine de sa mère son grand besoin de tendresse. Pendant une seconde, le temps suspend son cours. Le temps d'un battement de cœur et des paupières qui se referment finalement sur le secret honteux. Si honteux, que même les mots refusent de passer le seuil de ses lèvres. C'est que Rolande n'est plus tout à fait une enfant. Elle n'a plus treize ans et peut deviner, maintenant, toute la honte qui envahirait sa mère, à son tour. Cet échec dans sa vie de femme, d'épouse... Alors, devant cette mère qui, à sa façon, essaie de lui montrer son amour, Rolande continue de se taire. Elle ne veut pas lui faire de peine. Pas comme cela, à travers cette humiliation abjecte. Elle s'oblige même à lui sourire.

— Ça va, moman. Je... In... Inquiètez-vous pas, y en aura pas de problème.

Non, ce soir, il n'y aura plus aucun problème pour Rolande... Mais Janine a déjà tourné les talons, n'entend pas le cri de détresse de sa fille à travers ces quelques mots maladroits. Elle doit partir, elle est même en retard... Alors, silencieusement, Rolande monte l'escalier pour aller dans sa chambre.

Jamais Rolande n'a été aussi gentille que ce soir avec Jacques et Rémy. Riant avec eux tout au long du souper. Leur permettant même d'aller au parc avant que la vaisselle ne soit faite.

— Allez! Profitez-en pendant que chus de bonne humeur. M'en vas la faire tu seule, la vaisselle. Y en a pas tant que ça...

Hésitant à peine un instant, elle ajoute:

— Moman m'a même dit que vous pourrez rester jusqu'à la fin de la partie de balle, ce soir. Les finales s'en viennent, pis ça va sûrement être une bonne partie.

— Wow! c'est l'fun. Pis toé, Rolande, tu viens pas?

— Peut-être plus tard. Mais chus pas sûre... Je... J'ai mal à tête. J'vas me coucher un peu. Ça fait que si j'viens pas, faites pas de bruit en rentrant pis couchez-vous. Je... j'peux-tu avoir confiance en vous autres?

Jacques lui fait un large sourire, prêt à promettre la lune, s'il le faut, pour jouir d'une longue soirée de liberté.

— Promis, la sœur. On va faire comme t'as dit. Je... J'vas même m'occuper de Rémy. Promis...

C'est au tour de Rolande de leur faire un grand sourire. Mais, sentant une boule d'émotion qui lui monte dans la gorge, elle leur pousse dans le dos, faussement bourrue.

— Allez... déguerpissez avant que j'change d'idée. Oh! oui, en arrivant au parc, tu diras à Ginette de pas venir me chercher. Si j'dors, j'veux pas qu'a' vienne me réveiller...

Longtemps, Rolande reste sur la galerie pour saluer Jacques et Rémy qui remontent la rue en gambadant, se retournant à tous les cinq pas pour lui faire un large signe du bras. Ce n'est que lorsqu'ils ont disparu qu'elle revient à la cuisine, les yeux pleins d'eau. Brusquement, elle s'arrête et fixe le téléphone. Comme un appel à la raison qui se fait entendre dans son âme... Si Cécile n'a pas répondu à ses lettres, c'est peut-être qu'elle est de retour chez sa tante et qu'elle ne les a pas reçues? Oui, c'est sûrement cela... Comme l'assoiffé du désert découvre l'oasis, elle se met à chercher frénétiquement dans le bottin. Oui, bien sûr. Pourquoi n'y a-t-elle pas pensé avant? Les mains tremblantes, elle s'y reprend à deux fois pour réussir à signaler le numéro correctement. «Bonjour. Ah! c'est toi, Rolande... Mais non, Cécile est pas revenue...» Rolande n'a pas entendu le reste des propos de la tante Gisèle. Elle a raccroché avant. De toute façon, qu'est-ce que la présence de Cécile aurait changé à la situation? Consciencieusement, l'adolescente range la cuisine. Comme sa mère aime la retrouver quand elle rentre du travail. Curieusement, les larmes ont disparu. Que le vide en ce moment dans l'esprit lessivé de Rolande. Qu'un grand, grand vide vertigineux, soutenu par une force incroyable, qui la soulève hors d'elle-même. Le courage du désespoir. Ensuite, elle monte à sa chambre et, là aussi, range les quelques babioles qui traînent. Quand tout lui semble parfait, elle erre pendant un moment à travers les chambres. Puis revient au rez-de-chaussée, passe au salon, s'attarde longuement sur une photo d'elle, toute petite, assise entre son père et sa mère... Un long tressaillement lui traverse le corps. Avec un haussement d'épaules, elle quitte la pièce pour revenir à la cuisine et se rendre dans la cour. Au loin, quelques cris d'encouragement fusent au-dessus du terrain de balle et viennent la courtiser. Rolande a un instant d'hésitation. Elle se retourne et laisse son regard voler par-dessus l'enfilade des cours et des cordes à linge. Comme il serait bon d'être une enfant comme les autres et n'avoir qu'à s'amuser! Une crampe au creux du ventre, elle repense à Denise et Ginette. Sûrement qu'elles assistent à la partie avec la bande de copains. Peut-être même sont-elles déçues de ne pas voir Rolande se joindre à eux... Oui, peut-être... Profitant d'une volte-face de ses émotions, à cause de cette peur en elle devant sa décision, Rolande se dit qu'elle pourrait peut-être faire semblant. Jouer à la petite fille heureuse et subir, en silence, les outrages de son père. Pour quelques années encore... Le temps d'être assez vieille pour pouvoir s'en sortir toute seule. Peut-être, oui, qu'elle aurait assez de force pour faire cela. Le soleil qui se couche au bout de la rue est si beau, ce soir. Tout rouge et encore chaud... Et ces cris de joie qui montent, là-bas, au-dessus du parc. La tentation de tout oublier se fait grande. Mais, brusquement, un visage de nouveau-né s'impose à sa pensée. Son fils... Il a plus de deux ans, maintenant. Où est-il? Quelqu'un veille-t-il sur ce petit bébé qu'elle aurait voulu aimer mais qu'elle a tant détesté? Alors, subitement, en repensant à lui, sa peur change de visage. Ce n'est pas ce qu'elle va faire qui est terrible. Dans le fond, ce n'est qu'un mauvais moment à passer. Rien de plus. Qu'un tout petit instant de peur et de souffrance. Bien peu de choses à côté de ce qu'elle vit quand son père vient la rejoindre... Un tout petit instant pour mettre fin à une vie d'horreur. Et, surtout, maintenant qu'elle y repense, ne plus jamais craindre de redevenir enceinte. Le souvenir des mois d'humiliation qu'elle a dû subir à la crèche vient mettre un terme à sa réticence. Sans plus d'incertitude, elle entre dans le hangar. Une longue corde de lin semble n'attendre qu'elle. Rolande savait qu'elle était là, cette corde que son père utilisait pour leur faire une balançoire quand ils étaient jeunes... Les mains glacées malgré la chaleur qui règne dans le garage, tremblante de la tête aux pieds, Rolande la ramasse. La regarde longuement comme si elles avaient à faire connaissance, l'une avec l'autre. Malgré qu'elle soit décidée, Rolande est triste. À cause de la peine qu'elle va causer autour d'elle. Ginette, Denise... Jamais ses amies ne pourront comprendre pourquoi Rolande a voulu en finir comme ça. Rolande la rieuse, la première de classe... Un sanglot lui fait courber la tête et échapper la corde. Puis, c'est le visage de Cécile qui lui vient en tête, à côté de celui de sa mère, et la tristesse se dissipe. À elles, Rolande serait incapable de jouer la comédie et ne pourrait leur cacher la vérité. Non, pas à elles. Comment continuer dans de telles conditions? Rolande ne veut pas d'une vie à l'usine, comme celle de sa mère. Et c'est ce qui risque d'arriver si jamais Janine venait à savoir... Il y a tant de choses sans issue dans sa vie. Alors, en soupirant, Rolande se dit que ces deux femmes, qui ont tant d'importance à ses yeux, vont comprendre. Elles savent la peur et le dégoût que Rolande a connus. Elles lui pardonneront et leur chagrin sera sûrement moins grand. C'est à cet instant que l'adolescente se redresse. C'est la seule solution... Traînant alors le lourd escabeau, elle vient le dresser en plein milieu de la pièce, tant bien que mal, péniblement, et le place sous la grosse poutre transversale. Les mains hésitantes, elle passe la corde autour de son cou. Le soleil, glissant à travers la vitre sale, lui fait fermer les yeux. Elle a peur... Elle ne sait plus... Elle voudrait tant, tout d'un coup, que sa mère soit là. Prévenue par un mystérieux instinct. Mais, venue de nulle part, au lieu du parfum de sa mère, c'est une senteur de bière qui vient la narguer. Alors elle serre les dents. Elle a un dernier soupir. Ce n'est qu'un tout petit moment difficile à passer... Du plus profond de sa rage et de sa détresse, elle souhaite que ce soit son père qui la trouve. À chacun son tour d'avoir peur... D'un coup de pied rageur, elle repousse l'escabeau qui tombe avec un bruit sec juste sous ses pieds. Aussitôt, elle se met à tourner mollement, oscillant de droite à gauche au bout de la corde. Cette même corde qui tenait la balançoire de son enfance.

* * *

Après quelques nuits d'insomnie, Cécile en est arrivée à un compromis avec elle-même. Elle a décidé de retourner à la ville. Un an, juste un an. Le temps de terminer son cours au collège de Bellevue. «Après, on verra», se dit-elle en regardant filer le paysage de la Beauce. Pour faire changement, elle a choisi de voyager par le train, malgré le coût plus élevé que l'autobus. Comme si tout, à partir de cette décision, se devait de changer dans sa vie. Le nez à la fenêtre, elle s'amuse à découvrir sous un angle nouveau le paysage qui lui est maintenant familier. Fidèle au poste, Gisèle l'attend à la gare. Souriante, les deux bras en l'air, comme si sa haute stature ne suffisait pas à la rendre visible dans une foule. Cécile vient à elle, émue, heureuse, finalement, de la retrouver.

Pleine de bonne volonté, la jeune femme a choisi de donner une chance à la vie. Une année de sursis pour lui prouver à elle, Cécile Veilleux, que Mélina, son père et Gisèle ont raison. Malgré toute la meilleure foi du monde, elle en doute encore...

— Cécile, ma poulette!

«Ma tante» Gisèle n'a jamais su être discrète. Son accueil chaleureux et bruyant fait se retourner quelques têtes qui sourient en voyant Cécile, «la poulette». Mais la jeune femme ne s'en soucie guère. Depuis le temps qu'elle vit aux côtés de Gisèle, Cécile, timide de nature, commence à s'y faire. Surtout que maintenant, elle la connaît bien et aime très sincèrement cette tante toute en voix, aux allures de commandant, mais au cœur débordant. Elle s'élance vers elle, les bras tendus.

— Ma tante! Si tu savais comme je suis contente de te revoir...

Puis, après une longue accolade, Cécile se recule d'un pas et lui fait un sourire malicieux. Et, tout en reprenant sa valise, elle ajoute même:

— Je pense que tu as raison, finalement. Quand la ville se met à nous tenir, c'est dur de la faire lâcher. Je pensais pas que je m'ennuierais comme ça de cette senteur de poussière... même si j'aime mieux l'odeur des vaches, conclue-t-elle en riant.

La remontée vers la haute ville se fait sous le signe de la joie. Cécile est volubile, enlignant, à l'intention de sa tante, ses projets pour l'année à venir. Elle veut reprendre une vie pleine d'activités, pour ne pas avoir le loisir de trop penser. S'occuper le corps et l'esprit pour peut-être, un jour, arriver à repartir à neuf.

— Pour l'instant, je m'installe dans ma chambre, fait-elle en grimpant le long escalier de la maison de la rue Saint-Olivier. Puis, après le souper, je vais aller à la pâtisserie pour leur dire que je suis de retour et prête à reprendre mon travail. J'espère qu'ils ont encore besoin de quelqu'un... Avec le voyage en train, mes économies ont fondu. Il ne me reste presque plus rien. C'est un peu pour cela que j'ai pas attendu la fin de l'été pour revenir...

— Parle-moi de ça, une femme de décision. T'as ben faite, ma Cécile, l'interrompt vivement Gisèle. D'autant plus que je commençais à trouver la maison ben grande sans toi...

Et, comme Cécile attaque le second escalier menant aux chambres:

— Oh! oui, pendant que j'y pense... Y a Rolande qui t'a appelée hier soir. Elle voulait te parler. C'est drôle, mais j'ai l'impression que c'était important...

Cécile s'arrête un instant, au beau milieu de l'escalier. Oui, ici à Québec, il y a aussi Rolande... Elle hésite, se retourne même pour redescendre vers la cuisine afin de lui rendre son appel tout de suite. Puis, elle hausse les épaules. Dans un premier temps, elle a bien d'autres chats à fouetter si elle veut attaquer l'année du bon pied. Et, le plus important, c'est de voir à se trouver un emploi. C'est essentiel, si Cécile doit poursuivre ses études. Ne fût-ce que pour un an... Rolande lui manque, c'est vrai. Et de savoir que sa jeune amie a tenté de la rejoindre ajoute à sa détermination de voir la vie en rose... Alors, elle lance derrière elle, en continuant finalement son ascension:

— Ah oui? Rolande? Ça me fait plaisir de savoir ça... Je... Je vais l'appeler demain. On ira prendre une marche sur la Terrasse ensemble... Pour l'instant, il faut que je me prépare à l'année qui s'en vient.

Et, sans plus s'en faire, Cécile regagne la chambre qui est la sienne depuis si longtemps. Une chambre à elle toute seule. Un refuge comme il n'y en a pas vraiment chez son père, dans la Beauce. Avec douze frères et sœurs, les coins tranquilles n'existent pas chez Eugène... Après avoir déposé sa valise sur le lit, elle vient à la fenêtre et en ouvre les deux battants. Sur la gauche, la vue donne sur les toits de la basse ville et sur les Laurentides, tout au loin... Prenant une profonde inspiration, Cécile étire un long sourire. En ce moment, elle a l'impression qu'elle vient de rentrer à la maison.

Ce n'est qu'en s'éveillant, le lendemain, qu'elle se rend compte qu'elle n'a pas encore annoncé la bonne nouvelle de Mélina à sa tante. Pourtant, elle sait que les deux femmes s'entendent très bien. Alors, sans hésiter, et malgré l'heure matinale, elle s'élance hors de son lit. La bonne odeur du café lui révèle que Gisèle est déjà éveillée. Dévalant l'escalier, elle entre en coup de vent dans la cuisine. Debout devant le comptoir, Gisèle prépare des oranges pour le déjeuner.

— Cécile? Déjà debout? Ben viens, d'abord, m'en vas te...

Mais Cécile l'arrête d'un geste de la main.

— Non, pas tout de suite. Je... j'ai pas faim pour l'instant. C'est juste qu'hier j'ai oublié de te dire une bonne nouvelle. Mélina, Mélina Cliche va avoir un bébé...

Un léger silence enveloppe la cuisine. Puis Gisèle se retourne, un large sourire étirant ses lèvres minces malgré le regard incrédule qui se glisse au-dessus de la monture de ses lunettes.

— Mélina? T'es ben sûre de...

— Oui, l'interrompt Cécile. C'est elle-même qui me l'a appris. Je... je suis tellement contente pour elle. Surtout depuis que...

Brusquement, l'enthousiasme de la jeune femme vient de retomber. Et les mots qu'elle voulait dire restent en suspens dans sa gorge. Pourtant, il va lui falloir un jour prononcer à vive voix ce qu'elle se répète, au fond du cœur, depuis qu'elle a su pour ce bébé. Baissant les yeux, elle reprend dans un souffle:

— Surtout depuis qu'on sait que Jérôme n'est plus là...

Voilà, c'est fait. Pour une première fois, Cécile a réussi à dire ouvertement ce que son espérance nie encore et toujours. Pourtant, elle n'a pas le choix. Si elle veut survivre à tout cela, ce n'est que par l'acceptation qu'elle peut y parvenir. Malgré tout, elle n'a pas pu dire le mot «mort». Il est trop absolu, définitif, sans appel... Au plus profond de son âme, un instinct brutal et exigeant s'y refuse obstinément. Mais, petit à petit, elle commence à se faire à l'idée qu'elle ne le reverra plus. En entendant ces mots, Gisèle a tout de suite reposé son couteau et est venue jusqu'à elle. Elle devine le bouleversement qui doit agiter l'âme de Cécile. Prenant alors son visage entre ses mains, Gisèle la couve de son regard bienveillant.

— Ma poulette... J'vois que t'as faite un gros boutte de chemin pendant le mois chez ton père. Un ben gros boutte...

Et, sans plus, elle pose la tête de sa nièce contre son épaule, lui caressant la joue du bout du doigt. Les mains osseuses et sèches de «ma tante » Gisèle sentent l'orange et le soleil. Sentent bon la vie...

Quand, quelques heures plus tard, Cécile paraît à nouveau dans la cuisine, elle a retrouvé son entrain. Décidée à bien planifier l'année à venir, elle s'oblige à ne plus jamais se laisser abattre. Elle doit, envers et contre tous, foncer droit devant elle et essayer, le plus possible, de ne garder du passé que les choses belles et heureuses.

— Ma tante, je sors. Je vais me rendre au collège pour rencontrer sœur Sainte-Monique et voir avec elle comment va se passer la prochaine année. Comme on est samedi, je ne devrais pas trop la déranger...

— Bonne idée. Tu fais juste un aller-retour?

— Oui, pourquoi?

— Ben, t'achèterais-tu *Le Soleil* en revenant? J'ai toutes les draps à laver pis j'aurai pas le temps d'aller le chercher.

— Pas de problème, ma tante. Je vais arrêter à la tabagie en revenant... À tantôt!

Cécile ressort de la tabagie d'un pas léger. Le ciel est gris et lourd, mais cela ne l'affecte aucunement. Tout doucement, Cécile Veilleux recommence à vivre. Ce qui lui paraissait un véritable casse-tête, il y a deux semaines à peine, est en train de se placer de lui-même. Comme si, d'un coup, tous les morceaux de sa vie s'emboîtaient facilement les uns dans les autres. On accepte avec plaisir de la reprendre comme employée occasionnelle à la Pâtisserie Simon, sœur Sainte-Monique a eu une larme ou deux en retrouvant Cécile au parloir et l'air empoussiéré de la ville ne lui semble plus si étouffant... Le cœur allégé, lui semble-t-il, Cécile revient vers la demeure de la rue Saint-Olivier, le journal demandé par sa tante replié sous le bras. C'est en attaquant le long escalier intérieur menant au premier étage que la jeune femme pose un regard distrait sur le gros titre du matin. Brusquement, elle s'arrête, le cœur battant la chamade. Un entrefilet, là, dans le bas à droite. Cette gamine dont on parle... Et sa tante, hier, qui disait que Rolande avait appelé, elle qui n'appelle jamais... Mon Dieu, c'est impossible! Montant les marches deux par deux, Cécile entre en coup de vent dans la cuisine. Gisèle sursaute en l'entendant arriver.

— Bonté Divine, Cécile! T'es ben pâle... Qu'essé qui s'passe, pour l'amour?

Mais Cécile est incapable de répondre. D'une main hystérique, elle montre le journal avant de se précipiter vers sa chambre. Les lettres de Rolande. Il lui faut absolument lire les lettres de Rolande pour dissiper le malentendu. Tout cela n'est qu'un cauchemar. Combien, combien d'adolescentes habitent sur la 3e Rue? Trois, cinq, dix? Frénétiquement, elle ouvre le premier tiroir de son bureau. Les quatre lettres reçues chez son père sont là, sagement couchées sur ses robes de nuit. N'attendant qu'elle pour remettre la vie à l'endroit. Repoussant celles où elle reconnaît l'écriture agressive de la tante Gisèle, Cécile s'empare des deux autres et, sans prendre le temps de s'asseoir sur son lit, déchire le papier de l'enveloppe de la première d'entre elles. Celle reçue au mois de juillet... Son regard fou, anxieux, ne fait que survoler les lignes, s'emparant d'un mot de-ci, de-là. Que des lignes banales racontant un été ordinaire. Puis, alors que Cécile se permet de respirer à fond, à la toute fin, une phrase... Une seule phrase qui lui coupe à nouveau le souffle pendant que son cœur se remet à lui galoper jusque dans les oreilles. «Cécile, j'aimerais que tu reviennes ou que tu m'écrives bientôt parce que chez nous, ça va moins bien...» Le château de cartes de sa vie vient encore une fois de s'écrouler... Cécile, tremblante, est effondrée. Nul besoin de lire l'article du journal pour savoir de qui il est question... «Ça va moins bien chez nous...» Tout est là. Sans rien dire, ces quelques mots sont aussi clairs que la plus directe des accusations. Cécile connaît bien le drame qui a traversé la vie de son amie... Bousculant Gisèle venue à sa rencontre, elle se précipite dans l'escalier. Elle manque d'air... Brusquement, Cécile suffoque.

— Attends, Cécile, attends-moi... Faut pas que tu partes de même. La p'tite Rolande avait...

Mais Cécile n'écoute pas. Le nom de Rolande, lancé au loin par Gisèle qui essaie de la rattraper dans l'escalier, vient à lui seul confirmer l'impensable... Comme une folle, Cécile se précipite dans la rue, fonce droit devant elle sans réfléchir. «Rolande, Rolande, Rolande...» Que ce nom qui scande chacun des pas de sa course.

L'œil sec, le cœur cherchant à défoncer sa poitrine, les jambes flageolantes, Cécile se laisse tomber sur un banc de la Terrasse. Elle a couru tout au long de la rue Saint-Jean, sans même s'en rendre compte, bousculant les gens sur son passage. C'est là, devant ce fleuve à qui elle a déjà confié bien des larmes et des espoirs, que la vie de Cécile vient s'arrêter. Qu'elle vient buter sur la folie à l'état pur. Une vie essoufflée, fatiguée d'avoir toujours à se battre. Qu'a-t-elle fait, Cécile, pour ne mériter que les larmes? Rolande avait besoin de son amie, et elle, Cécile, n'a même pas cherché à savoir. Trop occupée par sa petite personne. Trop centrée sur ses chagrins à elle... Brutalement, Cécile se sent coupable de tous les crimes de l'humanité. Pourquoi, pourquoi faut-il, à chaque fois où elle essaie de se fier à son cœur pour agir, qu'elle ne sème que la désolation autour d'elle? Si elle s'était mariée à Jérôme, si elle avait ouvert la lettre de Rolande... N'y aura-t-il donc que du désespoir dans sa vie?

Incapable de pleurer et la gorge serrée, étouffée par l'horreur de ce drame, Cécile reste prostrée, à regarder le fleuve sans le voir. Encore une fois, tout est de sa faute. Si elle était restée à la ville au lieu de s'enfuir chez son père, si au moins elle avait pris connaissance de la lettre de Rolande, si elle l'avait appelée avant de partir... Si, si, si... Les regrets incontournables de la culpabilité...

Se relevant, Cécile vient s'accouder au garde-fou. Plus bas, le traversier fait route vers Lévis. Il fend l'eau noire du fleuve en cette journée sans soleil, lourde et humide sous un ciel de plomb. Le remous qui suit le bateau. Puis, l'eau lisse, calme, reposante... L'impénétrable surface glauque de l'eau qui a probablement englouti l'homme qu'elle aimait. Qu'attend-elle pour le rejoindre avant de causer encore plus de drames autour d'elle? Qu'attend-elle pour enfin, à son tour, connaître la paix et la délivrance? Elle n'aurait qu'à prendre le traversier et se pencher au bastingage. Se pencher de plus en plus pour rejoindre Jérôme... Étourdie, Cécile se cramponne à la rampe de bois verni, ferme les yeux. Tous ces cris de joie autour d'elle. Et la fanfare, un peu plus loin, qui ajuste ses notes pour le concert de midi... Que font-ils ici, ces gens heureux? D'un geste désespéré, Cécile se met les mains sur les oreilles. Elle ne veut plus entendre rire. Elle ne veut plus savoir qu'ailleurs il peut y avoir du bonheur. Le bonheur n'est pas fait pour elle. Plus maintenant. Plus jamais.

L'esprit en déroute, Cécile s'apprête à revenir sur ses pas pour rejoindre l'escalier Casse-cou qui descend vers le port, quand une voix joyeuse brise son élan. Suspend les rires, les gestes et même la tristesse de Cécile...

— Juliette, veux-tu bien m'attendre, petite démone...

Contre la cheville de Cécile, un gros ballon rouge vient s'arrêter. Juliette... Brusquement, plus rien dans la tête et le cœur de Cécile. Rien d'autre que ce nom magique. Juliette! En se retournant, elle pose les yeux sur une gamine d'environ quatre ans. Une frimousse espiègle, aux boucles sombres et au regard d'azur. Une petite fille comme le sera probablement la sienne, dans deux ans. Derrière, une jolie jeune femme, aux mêmes boucles sombres que l'enfant, arrive, toute essoufflée.

— Excusez-la, madame... J'ai bien de la...

Mais Cécile l'interrompt par un sourire tendre qui contredit son regard tourmenté:

— Non, madame. Non, ce n'est pas grave.

Et, pliant les genoux, elle ramasse le ballon.

— Tiens, Juliette, tu as un très beau ballon. Et, aussi, un très joli nom. Oui, un très, très joli nom... C'est... c'est sûrement le ciel qui t'envoie...

Et, sans plus donner d'explication, sans un au revoir, Cécile se relève, leur tourne le dos et reprend sa marche vers le port. C'est bien là, n'est-ce pas, qu'elle a dit qu'elle s'en allait? Avec en tête, maintenant, un nom de plus. Juliette... Oui, il y a aussi Juliette...

Pendant plus de deux heures, Cécile a regardé les flots, appuyée à la rambarde du pont supérieur du traversier. Elle fixe les remous qui se forment, se cassent et se brisent avant de glisser uniformément derrière le bateau. Pendant un long moment, elle est restée l'œil sec et la tête vide, comme hypnotisée par le mouvement incessant de l'onde sombre. Elle n'aurait qu'un geste à faire pour rejoindre Rolande... Un long frisson secoue ses épaules quand le nom de Juliette, s'emmêlant à celui de Gabriel, s'impose, autoritaire, à sa pensée. C'est à cet instant que les larmes paraissent, presque timides, puis se font insistantes et inondent son visage. Un chagrin interminable qui prend sa source plus de deux ans en arrière, à la mort de sa mère, et qui se perd devant elle jusqu'aux limites de l'éternité... Tous ces deuils qui ont traversé sa vie... Jeanne, Jérôme, et maintenant Rolande. Oui, la mort de Rolande se fait délivrance pour elle. Le signal tant attendu pour enfin pleurer tous ceux qu'elle chérissait et qu'elle a perdus au fil des années. Jamais, avant, Cécile n'avait versé de larmes sur eux. Que les regrets et les espoirs fous qui étaient arrosés de ses pleurs. Mais voilà que, maintenant, elle sanglote durement sur chacun de ceux qu'elle a aimés et qu'elle accepte enfin de voir partir. Sur un bateau qui fait la navette monotone entre Québec et Lévis, Cécile accepte finalement de regarder la réalité en pleine face. Froidement, sincèrement. C'est ici, maintenant, qu'elle avait rendez-vous avec sa vie. Il lui faut pleurer ses morts pour exorciser le mal qui la grugeait. Pleurer jusqu'à rendre le cœur blessé et l'âme torturée qui étaient les siens. Pleurer jusqu'à laver le regard qui, dorénavant, se tournera vers l'avenir. Faire le point avec son passé et laisser les regrets derrière elle. Pour ne plus y revenir. Jamais...

C'est au moment où un rayon de soleil, déchirant un ciel désespérément gris, vient frapper la surface de l'eau que Cécile relève le front. Le paysage, auparavant grisâtre, éclate de couleurs. L'eau noire se teinte de toutes les nuances du ciel. Un bleu féerique parsemé d'étoiles brillantes. Alors, dans sa tête, lui revient le cri de la jeune mère de tout à l'heure.

«Juliette...» Oui, il lui reste sa fille. Ici, quelque part dans la ville. Une bambine probablement heureuse, aimée. Portant, à ce moment-là, le regard sur l'horizon qui se perd vers l'est, Cécile se fait le serment de retrouver son enfant un jour. Pour elle et pour Jérôme. Comme ils souhaitaient le faire ensemble. Il n'y a plus qu'elle, Cécile, qui puisse un jour dire à Juliette à quel point elle a été voulue et aimée par ses parents. Juliette... Puis, cette mise au point essentielle étant faite, Cécile pousse un profond soupir de soulagement. Elle se sent plus légère. Libérée de cette culpabilité incontrôlable qui la poursuivait sans relâche depuis plus d'un an. Non, Cécile n'est pas coupable. Ni aujourd'hui, ni hier, car elle a toujours été sincère avec elle-même et avec la vie. Ne voulant que le meilleur pour tout le monde. Comme le disait Gisèle, c'est Jérôme qui a pris la décision de partir. Pour les mêmes raisons que Cécile a choisi de rester chez son père, finalement. Pour aider la vie à être meilleure... Puis, son esprit se tourne vers Rolande. Là, c'est une douleur cruelle qui l'attendait. Elle lui transperce le cœur. Non plus un regret, mais la tristesse pure et dure. Celle que l'on a quand on perd un être cher. Quand la vie s'amuse à vous blesser sans raison véritable et que le destin se fait de marbre, insensible au chagrin de ceux qui restent. Cécile revoit le visage ingrat de sa jeune amie, sa détermination devant la vie, son sourire éblouissant quand elle parlait de devenir médecin... Pauvre Rolande! Elle n'aura pas eu le temps de réaliser son grand rêve. Pourquoi a-t-il fallu que cela lui arrive? Que doit penser sa mère, aujourd'hui, devant l'évidente détresse qui a poussé sa fille à vouloir en finir? Que de rêves d'absolu qui s'éteignent en même temps que Rolande! Alors, tout doucement, un mirage vient éclairer la douleur de Cécile. Comme le rêve d'une autre qui s'offre à elle. Qui se fait tentation, puis nécessité... Si pour Jérôme Cécile fait le serment de retrouver sa fille, pour Rolande elle aurait envie de dire qu'elle va prendre la relève. Devenir médecin en souvenir de sa jeune amie. Pour que sa mort ne soit pas inutile. Pour qu'elle ne soit pas uniquement un abandon face à la vie. «Repose en paix, petite Rolande. Tu l'as bien mérité.» C'est le cœur rempli de ces mots que Cécile quitte enfin le bateau, revient à pas lents vers la haute demeure grise de la rue Saint-Olivier. À longues enjambées calmes et sereines. Le soleil a repris ses quartiers dans le ciel encore moutonneux et le passé a enfin repris sa place. Derrière elle. Même si les larmes reviendront sûrement la courtiser encore, elles ne seront plus une lamentation stérile sur ce qui aurait pu être. Non. Dorénavant, les larmes de Cécile seront l'apaisement de sa tristesse, l'acceptation de sa vie. Avec tout ce qu'elle comporte d'imprévu, de fragilité, d'abandon. Oui, accepter la vie telle qu'elle est. Tout simplement, tout naturellement. Maintenant, Cécile a envie de regarder l'avenir. Bien en face. Fixer résolument le but à atteindre. Un jour, elle sera médecin et Juliette, sa petite fille, sera fière d'elle. En attaquant le long escalier, Cécile redessine un sourire. À partir de ce moment, sa vie a enfin un sens. Et grimpant les marches deux par deux, selon son habitude, elle lance en entrant dans la maison:

— Ma tante, je suis revenue...

4

Dans le jardin gelé du monastère, une ombre grise avance
contre le vent. Quotidiennement, à petits pas, elle suit le
sentier qui sillonne les plates-bandes à demi cachées par
une neige récente. Quelques squelettes de fleurs fanées narguent
la froidure et valsent, roides et sèches, dans la bise glaciale. Un
peu plus loin, à flanc de coteau, le verger se devine à ses arbres ra-
bougris et tortueux. Épuisé par ces quelques pas à l'extérieur,
l'homme enveloppé d'une bure de laine à capuchon s'arrête un
instant, s'appuyant contre sa canne. Le temps de reprendre son
souffle et de humer l'air à la recherche de cet indice qui annonce
le printemps. Son visage lisse d'homme encore jeune est marqué
par les rides de la souffrance et ses sourcils broussailleux sont froncés en permanence sur sa recherche au creux de souvenirs qui se
refusent à lui. Sa vie ne date que de quelques mois, une quinzaine
tout au plus. Il a ouvert les yeux au monde un beau matin d'octobre 1944. Avant cela, c'est le noir absolu. Trouvé à demi nu sur
une plage, au lendemain du débarquement, sans papier et grave-
ment blessé au ventre, à la tête et aux jambes, les Résistants l'ont
confié aux moines du monastère. Anglais, Allemand, Américain?
Personne ne le savait. Pendant des mois, on a veillé son coma.
Gardant secrète sa présence entre les vieux murs de pierres. La
guerre faisant encore rage et ne sachant de quelle nationalité il
était, on préférait s'en remettre à la Providence pour décider de
son sort. Persuadé, finalement, qu'il n'en sortirait jamais. Puis, un
matin, il a ouvert les yeux.

C'est là que sa vie a commencé. Cet homme grand et fort,
bâti pour prendre la vie à pleins bras, n'était plus qu'un enfant.
Craintif, démuni, incapable de marcher, de parler, de se rappeler.
Patiemment, on lui a tout appris. On l'a appelé Philippe.

Quand la guerre s'est terminée, on a tenté de découvrir sa

patrie. Sans résultat probant. Que des promesses de recherche qui sont restées sans réponse!

À chaque semaine, un médecin vient le rencontrer. Essaie, avec lui, de retrouver le fil d'Ariane qui permettrait de remonter dans le temps, de revenir à l'époque où il avait un nom, une famille, une vie. Mais nulle lueur ne parvient à donner le moindre espoir. Incapable de se concentrer longtemps, fatigué au moindre effort, Philippe est un vieillard avant l'heure. Impassible, il regarde les jours filer sans y trouver à redire. Se contentant aisément de l'existence frugale qu'il mène auprès des moines. Se répétant inlassablement, jour après jour, qu'après la froidure revient un temps plus doux. Une grande paix l'envahit quand il aide au verger. L'odeur des pommes est la seule chose qui éclaire faiblement son esprit tourmenté. Cette senteur sucrée, de la fleur au fruit, ramène en lui un état d'éveil. Comme un retour à quelque chose d'important. Mais, chaque fois qu'il essaie de saisir le souvenir, celui-ci se dérobe, glisse, lisse et froid, comme une truite hors de l'eau et Philippe retombe dans la nuit de ses pensées qui ne débordent jamais du quotidien. Il aime qu'on le guide, qu'on lui dise ce qu'il a à faire et il conçoit une grande fierté quand on le félicite ou quand on le remercie. La vie, pour Philippe, est une suite de petits plaisirs de table, de sommeil confortable, de sourires amicaux. S'il comprenait le sens du mot heureux, il pourrait dire, oui, qu'il est un homme heureux. Placide, satisfait, content.

Reprenant sa marche, il refait à rebours le chemin emprunté et revient jusqu'à la porte de service qui mène au vestiaire. Lentement, à gestes courts et saccadés, il réussit à retirer sa cape, l'installe de guingois sur un crochet et se dirige vers sa chambre. En hiver, il passe la plus grande partie de son temps le nez à sa fenêtre, inspectant le verger, attendant impatiemment qu'on lui dise que le temps des travaux est enfin arrivé. Parce qu'il sait que réapparaîtra alors cette grande chaleur au cœur. Et que, peut-être un jour, il se souviendra pourquoi il aime tant les pommiers.

PARTIE 2

1953 – 1956

5

Toujours à Caen, sept ans plus tard...

Harassé et fourbu par une longue journée au verger, Philippe vient d'entrer dans sa chambre. Les pommiers sont enguirlandés de fleurs, le sol saupoudré de pétales et l'air ambiant du monastère saturé de leur parfum sucré. Alors, Philippe est heureux. Quand revient le temps du travail agricole, il est toujours satisfait. D'une joie profonde, presque viscérale, qui part du ventre et fait même trembler ses mains, parfois. En sifflotant une chanson de Charles Trenet, entendue en allant à la ville avec Don Paulo, le directeur de la communauté, Philippe retire ses vêtements poussiéreux pour faire un brin de toilette avant les prières et le repas du soir. Ensuite, il retrouvera Don Paulo dans son bureau pour leur partie de dames quotidienne. Aussi loin qu'il s'en souvienne, Philippe a toujours apprécié que son horaire soit clairement établi devant lui. Ce qui fait qu'en ce moment, il est un homme heureux. Du mois d'avril au mois d'octobre, ses journées sont régulières et chargées, ce qui le rassure. D'autant plus que le printemps est devenu le temps de l'année qu'il préfère. Celui qu'il attend chaque fois avec impatience, ayant alors l'impression d'être très près de son ancienne vie. Comme un bonheur vague et discret qui s'ajoute à son contentement habituel devant la simplicité de la vie monastique. Un rappel vertigineux que son existence n'a pas vraiment commencé à l'automne de 1944. Quelque chose, en lui, essaie désespérément de s'accrocher à cette senteur de fleurs de pommiers en même temps qu'il ne veut pas vraiment savoir. C'est si loin d'ici, avant. Pourtant, malgré les années qui passent, rien ne change, rien ne s'efface. À chaque printemps, revient le supplice, malgré tout attendu, de l'odeur des fleurs de pommiers. Comme une lueur grisâtre, dans son esprit, qui s'éveille régulièrement avant de se fondre invariablement à la noirceur quand il tente de l'attraper. C'est devenu un jeu, pour lui, maintenant qu'il a compris que le souvenir se dérobe toujours. Toutefois, depuis presque neuf ans, ce n'est pas faute de ne pas avoir essayé. Avec le médecin de Caen, qui venait, à l'époque, pour tenter de l'aider. Puis avec Don Paulo, devenu un ami au fil du temps. En 1948, c'est lui qui a remplacé l'ancien directeur. D'origine italienne, Don Paulo est un homme jovial, expansif, prompt au rire. C'est beaucoup grâce à lui si Philippe a semé un peu de clarté dans son esprit. Comme un tableau sombre parsemé de touches claires, très légères. Il est maintenant capable de certaines abstractions et de raisonnements de plus en plus logiques. De parties de dames en lectures assistées, de discussions sur l'avenir du verger en promenades à la ville voisine, le directeur du monastère n'a négligé aucune tentative afin de réveiller ses souvenirs. Patiemment, délicatement, comme on travaille une œuvre d'art.... Non, vraiment, Don Paulo n'a omis aucune avenue pour venir en aide à Philippe. Et, de fil en aiguille, lui aussi s'est attaché à l'homme droit et fier qu'est Philippe. Malgré les hésitations de l'intelligence, le directeur a vite compris que l'inconnu, entré chez eux en pleine guerre, était assurément un homme de devoir et de droiture. Un homme de cœur, aussi. Probablement a-t-il laissé derrière lui une famille, peut-être même une épouse. En dépit des cicatrices qui fleurissent en son front, Philippe est un bel homme. De ceux qui attirent les femmes... Et, malgré les ratées évidentes qui le frappent régulièrement, celui-ci reste un être entier, attachant. C'est pourquoi, entre eux, l'amitié est totale, sincère. À un point tel que Philippe lui a demandé, à quelques reprises, d'entrer lui aussi dans les ordres. Devenir moine à part entière et non seulement un visiteur de longue durée... Il lui semble que ce serait logique, compréhensible, dans la lignée de l'attachement qu'il ressent à l'endroit du directeur. Pourtant, Don Paulo a toujours repoussé ses demandes, lui alléguant qu'on entre au monastère par vocation. Même si son amitié lui dictait, bien égoïstement, de l'accueillir parmi eux. Toujours, il s'oblige à regarder la situation du point de vue de Philippe. Il n'est pas encore prêt à faire don de sa liberté et de sa vie. Sa recherche, même involontaire, au fond de la noirceur de ses souvenirs est trop tenace encore et prouve qu'il n'est pas vraiment maître de sa destinée. Don Paulo voudrait tant que l'inconnu disparaisse de la vie de Philippe pour qu'il puisse faire un choix affranchi de toute contrainte! Que ce soit une décision éclairée par le cœur et la foi. Mais Philippe en est-il capable? À chaque fois qu'il aborde ce sujet, le directeur ressent de la tristesse, tourmenté entre son désir de lui donner un peu de bonheur et son instinct lui dictant que son ancienne existence refera probablement surface, un jour ou l'autre. On ne peut rayer une vingtaine d'années derrière soi, comme on efface un tableau noir. Et le médecin qui a suivi Philippe a toujours été constant dans son opinion: il se peut qu'un bon matin Philippe se réveille à son passé. Comme il se peut que l'ombre persiste jusqu'à sa mort. Personne ne peut le prédire... Mal à l'aise d'avoir à lui répondre invariablement par la négative, Don Paulo laisse le temps passer et prie pour que Dieu lui envoie un message. Et qu'il soit clair... Alors, en attendant, il ne sait quoi au juste, Don Paulo se convainc qu'en toute conscience, il ne peut agir autrement. S'il fallait, un jour, que Philippe se rappelle une famille, une femme peut-être... Déchiré par une décision qu'il prend au nom d'un ami, Don Paulo désirerait tant lui ouvrir grand les bras! Garder auprès de lui cet ami qui, dans sa fragilité et sa naïveté, lui enseigne l'acceptation et la joie de vivre. Si simplement, avec tant de vérité. Oui, Don Paulo se retient pour ne pas donner suite à la requête de Philippe. Même si ce dernier lui assure qu'il n'a pas d'autre but, dans la vie, que d'offrir ses services à la communauté. Il aime la vie qu'il y mène. Et, à chaque fois, Don Paulo est un peu plus meurtri. Car, si Philippe a retrouvé une certaine lucidité, il reste un homme vulnérable, incapable de jugement réel. Il préfère s'en remettre aux autres pour statuer de ses agissements et disposer de son temps. Alors, quand Don Paulo lui dit qu'il n'est pas prêt à devenir un des leurs, Philippe l'accepte de bon gré. Il sait tant de choses, Don Paulo... Il ne doit sûrement pas se tromper quand il affirme que le temps n'est pas encore venu. Et ce dernier, par respect pour cet homme blessé par la vie, se refuse encore de l'accueillir comme un postulant. Se disant qu'après tout, Philippe ne semble pas en souffrir. C'est en se répétant cela qu'il arrive à puiser un peu de réconfort dans son tourment.

Philippe a fini de se préparer. Répondant à la cloche qui convie les moines à la prière, il se dirige en claudiquant vers la chapelle austère et sombre, à l'autre bout du bâtiment. Depuis deux ans, Philippe n'a plus besoin de canne pour se déplacer. Mais sa jambe gauche restera toujours un peu raide. En arrivant devant la porte de bois travaillé, il hésite un instant. Puis, selon son habitude, se tient en retrait, le temps que tous les moines passent

devant lui. Il n'est pas un des leurs et n'aime pas tellement la chapelle. Trop dépouillée, rigoureuse, presque ascétique. Que les
tuiles de céramique des arches soutenant le plafond qui illumi-
nent la pièce de milliers de couleurs. Alors, quand il prie, Philippe
ferme les yeux et se concentre sur sa prière. Incapable de suivre
les litanies en latin que psalmodient les religieux, il se contente
de mots simples en reconnaissance de la vie qui est la sienne.
Jamais il n'a pensé de demander à Dieu d'ouvrir son esprit,
d'éclairer ses souvenirs. Et, plus le temps file, et moins Philippe
a envie de savoir. Comme une crainte en lui lorsqu'il se redit que
la vie était tout autre avant. Mais, avant quoi? Il sait qu'il a été
blessé à la guerre mais, de cela non plus, il n'a aucun souvenir.
Tout ce qu'il comprend, c'est son amour de la senteur des pommiers, de l'odeur acidulée qui règne dans les caves où l'on fabrique
le cidre. Il se plaît à vivre le chatouillement que suscitent ces
odeurs, se répétant, comme on le lui a souvent suggéré, que cet
engouement vient sûrement de son passé. Rien de plus... Un jeu
agréable qui revient chaque année. Qu'il attend, certes, mais qu'il
ne veut pas gagner. Il est bien de cette existence simple, sans complications. Pourquoi chercher ailleurs ce qu'il a déjà trouvé ici?
Confusément, c'est ce qu'il se répète à chaque printemps. Se
laisser agacer par la lueur qui traverse son esprit, y prendre un certain plaisir, puis la laisser s'évanouir sans remords. Surtout, ne pas
s'acharner... De toute façon, il est tellement fatigant d'avoir à se
forcer l'esprit sans jamais rien saisir. Tellement, tellement épui-
sant de se battre pour rien... D'autant plus que si Philippe arrive
à se laisser porter par ses émotions, il serait bien incapable de les
exprimer clairement. À lui-même comme aux autres. Ce n'est que
l'instinct qui le fait avancer. L'instinct et le plaisir qu'il ressent devant les gestes simples du quotidien. Rien d'autre n'a d'importance à ses yeux.

Quand il arrive, de son pas malhabile, après le souper, pour
rejoindre Don Paulo dans son bureau, Philippe trouve la porte
grande ouverte mais personne pour l'accueillir. C'est inusité...
Indécis, il reste immobile dans l'embrasure de la porte. A-t-il le
droit de pénétrer dans une pièce où il n'est pas convié? Du regard,
lentement, il fait le tour du bureau. Doit-il attendre ici, entrer
s'asseoir ou bien retourner à sa chambre? Il lui est difficile de
prendre une décision, ayant toujours peur de déranger. Un éter-
nuement le fait sursauter et reculer d'un pas. Derrière le pupitre

massif du directeur, paraît une tête échevelée et poussiéreuse. Don Paulo! Philippe pousse un soupir de soulagement.

— Oh, Philippe! Entrez, mon ami. Entrez! Je ne vous avais pas entendu arriver...

Et, se redressant, Don Paulo époussette d'une main énergique sa soutane brune. Arborant un large sourire, Philippe se glisse jusqu'à la table basse, devant la fenêtre, où un damier attend en permanence le bon vouloir des joueurs.

— On joue aux dames, ce soir, Don Paulo?

Mais, contrairement à son habitude, le directeur ne se frotte pas les mains de plaisir anticipé en s'approchant de lui. Appuyant ses poings sur le bureau, il regarde longuement Philippe avant de parler.

— Pas tout de suite, Philippe. Venez ici. Je crois que nous devons d'abord discuter.

— Oh! Vous voulez qu'on parle du verger avant de jouer?

Le regard de Philippe, habituellement éteint, se met à briller. Il aime bien s'entretenir avec Don Paulo. Surtout quand il est question du verger... Avec lui, il a l'impression d'être quelqu'un d'important. Quelqu'un de respecté. Aussitôt, il vient prendre place sur le fauteuil qu'il considère comme le sien, depuis le temps qu'il s'y assoit, presque chaque soir... Excité, il se frotte les mains contre les cuisses de son pantalon.

— Alors? De quoi on parle, Don Paulo?

— De vous, Philippe. De vous...

Un éclair de peur traverse les yeux noisette.

— De moi? Est-ce que j'ai fait quelque chose qui vous a déplu? J'ai... J'ai oublié de ranger mes outils?

Alors, le directeur a un sourire. Comme devant un enfant turbulent mais plein de bonne volonté. Il se hâte de le rassurer.

— Non, Philippe. Qu'est-ce que vous allez imaginer là? Vous êtes un ouvrier modèle. Et vous le savez... Non. Ce que j'ai à vous dire est beaucoup plus important que cela.

Et, tirant de sa poche un mouchoir grisâtre:

— Regardez ce que j'ai trouvé dans le fond de l'armoire...

Lui tendant le carré de satin, il poursuit:

— Il y avait là une boîte. Probablement oubliée par mon prédécesseur. Une boîte à votre nom. Il n'y avait pas grand-chose, hormis de vieux sous-vêtements. Et ce morceau de satin épinglé à l'intérieur de votre gilet...

Philippe tend une main hésitante, presque tremblante. Malgré sa simplicité, il comprend qu'il tient là un morceau de son autre vie. Celle qui s'échappe malicieusement à chaque fois qu'il tente de la saisir. Longuement, les sourcils froncés, il examine le bout de tissu. Le palpe et le retourne.

— Il est tout sale...

Puis, doucement, il le pose sur sa cuisse et laisse son doigt suivre les nervures du satin.

— C'est doux... comme un morceau de rideau... Vous dites que c'est à moi, Don Paulo?

Alors le directeur fait le tour de son pupitre et vient s'asseoir tout près de lui.

— Oui, Philippe. Il n'y a aucun doute. Ce carré de satin vous appartient.

Respectant son ami, Don Paulo laisse le silence revenir s'installer entre eux. Il sait que Philippe a besoin de temps pour apprivoiser les choses nouvelles, déroutantes. Pourtant, il sait qu'il tient peut-être là le chaînon manquant qui permettrait enfin aux souvenirs de surgir. Après un moment, sa main longue et fine vient serrer affectueusement l'épaule de Philippe.

— Avez-vous vu? C'est un peu délavé, mais je crois qu'il y a des initiales de brodées. Regardez, Philippe. Regardez bien...

Lentement, comme s'il avait peur de brusquer quoi que ce soit, Philippe reprend le tissu dans ses mains. L'approche de son visage pour le sentir, puis, levant le bras, le tient à la hauteur de ses yeux, devant la fenêtre, à contre-jour...

— Oui, c'est vrai. Il y a quelque chose d'écrit dessus... Quatre lettres... J, C, C, V... Pourquoi, il y a deux C, Don Paulo? C'est quoi, ces lettres-là? Qu'est-ce qu'elles ont à voir avec moi?

Sachant qu'il s'agit là d'un moment important pour Philippe, le directeur prend bien son temps afin de choisir les bons mots. Ceux qui pourraient aider sans effaroucher.

— Je crois, Philippe, qu'il s'agit probablement d'initiales. Celles d'un nom...

— D'un nom? Mon nom, vous voulez dire?

— Peut-être bien, oui...

— Mais, pourquoi quatre lettres? J'avais un nom compliqué alors? Je n'en veux pas, moi, Don Paulo. Mon nom, c'est Philippe. Et cela me suffit.

— Oui, peut-être bien... Vous avez raison, Philippe. Les

noms simples sont souvent les plus beaux. Mais, pour me faire plaisir, regardez encore ces lettres. Vous êtes bien certain qu'elles ne représentent rien pour vous?

Philippe veut bien essayer, pour faire plaisir au directeur. Reprenant le tissu à deux mains, il le pose bien en évidence devant lui sur le bureau, et se penche, les sourcils à nouveau froncés.

— J, C, C, V... Joseph? Joseph, Charles... Non, Jean-Claude...

Puis, se tournant vers Don Paulo:

— Comment voulez-vous que je trouve? Je ne sais même pas si mon nom était français ou anglais. C'est le docteur qui me l'a dit. Je peux aussi bien être Anglais qu'Américain ou Canadien. Peut-être même Français. J'aimerais vous faire plaisir, mais je ne peux pas trouver comme ça. C'est trop difficile. C'est trop compliqué pour ma tête. Elle ne veut rien voir, ma tête...

À ces mots, Don Paulo s'aperçoit que la panique est en train de gagner Philippe. Lorsqu'il se met à parler vite et fort, c'est qu'il perd le contrôle. Habituellement, quand une telle chose se produit, le directeur se hâte de changer le sujet de la conversation. Pourtant là, maintenant, il aurait envie de pousser encore plus loin. Il a l'impression que c'est aujourd'hui ou jamais que le miracle doit se produire. Il enchaîne aussitôt.

— Faites un effort, Philippe. Tout ce que vous avez toujours voulu savoir est là, entre vos mains. Vous n'avez pas le droit d'abandonner aussi vite, sans vous battre.

— Sans me battre... Oui... me battre... On m'a dit que je me suis déjà battu. Les canons qui tonnent, l'eau froide... L'eau, en Normandie, est toujours froide, je le sais.... Oui, cela je le sais... Mais ces lettres, je ne sais pas. J, C, C, V... Comment je peux savoir quand il n'y a rien dans ma tête. Rien que le noir, avant le monastère... J, C, C, V. Jasmin, peut-être. Ou Jean-Christophe. C'est un beau nom, Jean-Christophe... Peut-être bien que j'aimerais ça m'appeler Jean-Christophe...

Alors, tentant le tout pour le tout, voyant que Philippe semble s'être légèrement calmé, Don Paulo suggère:

— Et si c'était les initiales de deux noms?

— Deux noms? Pourquoi faire?

— Le vôtre et celui d'une dame qui tient à vous. Qu'en pensez-vous?

— Une dame? Pourquoi une dame penserait à moi? Je ne connais pas de...

Philippe se tait brusquement, s'agite un moment sur sa chaise et parcourt la pièce du regard comme s'il était perdu. Puis, il reprend le satin dans le creux de sa main, le regarde longuement. Comme il est doux... Alors, il fait un sourire en murmurant:

— Oui, une dame... Vous avez sûrement raison, Don Paulo. Il n'y a que les dames qui ont des robes avec du si beau tissu. Si doux... C'est une dame qui me l'a donné. C'est certain, vous avez raison...

Puis, relevant la tête vers son ami:

— Ma mère, peut-être?

Et, à la pensée soudaine d'une mère, quelque part, qui le pleure, les larmes lui montent aux yeux. Il renifle, essuie le bord de ses narines du revers de son chandail. Il n'y avait jamais pensé d'une façon aussi claire, mais c'est vrai qu'il doit avoir une mère. Alors Philippe est triste à la pensée qu'elle puisse être malheureuse à cause de lui. Il ne veut pas lui faire de peine. Ce n'est pas sa faute, s'il ne se rappelle rien... Don Paulo s'est relevé. Après quelques pas dans le bureau, il vient se poster derrière Philippe, pose doucement ses longues mains sur les épaules légèrement voûtées du jeune homme. Habituellement, ce ne sont pas les mères qui remettent un morceau de satin au soldat qui part. Ce sont les épouses ou les fiancées.

— Non, Philippe. Je ne crois pas que ce soit votre mère qui vous a remis ce bout de tissu. On dirait... on dirait un morceau de robe de mariée...

À ces mots, Philippe redresse la tête, oubliant aussitôt l'idée de sa mère. Il se frotte longuement le visage du plat de la main, puis tourne un regard imprécis vers le religieux.

— Une robe de mariée? Je... J'aurais une femme? Mais non, c'est impossible. Je... Je n'aurais pu oublier une telle chose. C'est impossible...

Le cœur de Philippe se met à battre de façon désordonnée, presque folle. Pourquoi, pourquoi est-ce que sa tête ne veut pas se souvenir? Où sont-ils cachés tous ces moments qui devaient avoir de l'importance pour lui, avant? Malgré tout, ignorant son désarroi, Don Paulo poursuit, le pousse dans ses derniers retranchements.

— Pourtant, Philippe, vous avez oublié même votre nom.

À ces mots, le regard de Philippe s'éteint à nouveau. Et, pour un moment, prend les teintes de la déception.

— Oui, c'est vrai.

Devant une telle vérité, criante de logique évidence, Philippe retombe dans son mutisme. Brusquement, la déception fait place à la tristesse. Pourquoi Don Paulo cherche-t-il tant à lui faire mal, ce soir? Qu'importent ce tissu et ces lettres puisque lui ne se souvient de rien? Il devine que le supérieur voudrait bien qu'il fasse un effort. Oui, cela il le comprend. Mais il n'en a pas envie. Tout d'un coup, il se sent fatigué. Si fatigué... Et puis, cela fait longtemps, maintenant, que la guerre est finie. Beaucoup, beaucoup trop longtemps pour que ça vaille la peine de... Au lieu de persister dans sa quête au creux des souvenirs absents, Philippe repose le tissu devant lui, le plus loin possible. Hors de sa portée. Puis, se retournant, il fixe Don Paulo, le visage ridé par la concentration. Jamais ce dernier ne lui a vu une expression si proche de la normale. Si consciente, si clairvoyante.

— Je ne veux pas trouver, Don Paulo. Ni maintenant, ni jamais. Ça fait trop longtemps que la guerre est finie. Oui, bien trop longtemps...

— Mais pourquoi, Philippe? Si quelqu'un vous attend quelque...

— Non, Don Paulo. Personne n'attend longtemps comme ça. Personne. Pas même moi... Je ne veux pas, Don Paulo. Je ne veux pas savoir où était ma vie avant ici. Jamais... Promettez-moi de ne plus jamais m'en reparler. Je ne veux pas. Je veux rester ici, avec vous. C'est là que je désire ma vie. Pas ailleurs! Promettez-moi, Don Paulo, de ne pas chercher pour moi. Je ne veux pas. Je ne veux pas... C'est ici qu'est ma vie. Avec vous et les pommiers. Je veux juste garder les pommiers comme souvenirs. Rien d'autre. Promettez, Don Paulo. Promettez de ne rien faire de plus...

Puis, revenant à sa pose habituelle, légèrement voûtée, tout en frottant machinalement ses mains sur les jambes de son pantalon, Philippe continue en murmurant:

— C'est doux, un souvenir qui sent les pommes. Peut-être une femme qui faisait de la tarte aux pommes... Mais, c'est loin tout ça, maintenant. Si loin... Ma... ma femme doit faire des tartes pour quelqu'un d'autre... Mais moi, je ne m'en souviens pas... Que les pommes dans ma tête. Je n'ai besoin de rien d'autre. Je veux seulement garder les pommes. Oui, juste les pommes...

6

Québec, automne 1953

Octobre est là. Le temps est beau mais frais. Contre le vent, à pas rapides, Cécile revient de l'Hôtel-Dieu. Chaque jour, quand la température le permet et dès que son tour de garde est terminé, elle revient ainsi jusque chez sa tante Gisèle. Mais, aujourd'hui, la promenade a une saveur particulière. À la fois douce et mélancolique. Piquante comme le vent d'automne et réconfortante comme la chaleur des rayons du soleil qui frôle la laine de son chandail. Oui, une promenade bien différente. Un rituel dédié à la souvenance et à la rupture... C'est que demain elle prend l'autobus pour la Beauce. Car, samedi matin, en grandes pompes, elle épouse Charles Dupré, un médecin qu'elle a rencontré lors de son internat. Plus âgé qu'elle de quatre ans, il occupe un poste de chercheur à l'hôpital où elle travaille.

Quand elle arrive au carré d'Youville, Cécile ralentit sa marche, laissant enfin, derrière le mur de la porte Saint-Jean, la fraîcheur désagréable de la brise. C'est la dernière fois qu'elle emprunte ce trajet et la nostalgie se couple à son envie de retrouver sa tante. Que d'heures elles ont partagées ensemble! Que de tristesse pleurée sur son épaule et de rêves vécus à deux, sur le balcon qui donne dans la cuisine. Elle se revoit, presque gamine, arrivant de son village natal, craintive devant les mois à venir. Le devoir qu'elle avait de cacher sa grossesse auprès d'une tante qu'elle connaissait à peine et qui lui faisait si peur, étant la sœur de son père. Cependant, l'accueil bourru et chaleureux qui l'attendait avait fait fondre rapidement ses réticences. En deux mots, Gisèle lui avait fait comprendre qu'elle acceptait, sans équivoque, cet état que son père qualifiait de honteux. Jamais sa tante ne lui a fait le moindre reproche. Elle l'a même aidée quand elle a finalement connu Jérôme et qu'elle a su qu'ils voulaient se marier et retrouver leur fille. Un soutien total. Puis, plus tard, quand son fiancé est parti pour la guerre, c'est encore sa tante Gisèle qui l'a soutenue, lui insufflant son propre goût de vivre quand Cécile sombrait dans le désespoir. Oui, sa tante a été un appui indéfectible à chacun des moments importants de sa vie. C'est encore elle qui l'a poussée à accepter les invitations pressantes de Charles ou qui faisait taire les cousins quand elle avait à étudier. En remontant la rue d'Aiguillon, Cécile a un sourire attendri. En fait, dans sa vie, elle a eu deux mères: Jeanne la douce, la silencieuse, qu'elle n'a appris à connaître vraiment qu'à la toute fin de son existence, à peine quelques mois avant sa mort et Gisèle qui, elle, n'a pas tardé à se faire connaître. Une femme directe, incisive, mais en même temps aimante et attentive. Et dire que Cécile avait peur de venir habiter chez elle! Si aujourd'hui Cécile accepte de se marier avec Charles Dupré, c'est grâce à la tante Gisèle. Sans elle, Cécile est convaincue qu'elle serait encore et toujours une jeune femme éplorée, persuadée que Jérôme l'attend quelque part en France. Que de trésors de patience Gisèle a dû déployer pour amener Cécile à comprendre que la vie continuait malgré tout. L'amener à accepter la disparition de ce jeune fiancé qu'elle aimait plus que tout, puis se faire à l'idée qu'il était bel et bien mort. Sinon, jamais l'armée n'aurait envoyé cette lettre de condoléances à Mélina et Gabriel Cliche. «Y sont pas fous, quand même, Cécile. Arrête de t'faire des illusions», avait-elle grondé quand, à court d'arguments, elle avait perdu patience. Cécile avait fini par plier l'échine. Avec réticence, d'abord. Puis, les études prenant toute la place disponible dans sa vie, elle avait recommencé à sourire, n'ayant plus le temps de se complaire dans ses espérances stériles. Et, un jour, Charles était venu s'asseoir à sa table, dans la salle à manger de l'hôpital. Un sourire les avait unis pendant un instant. Puis, le jeune homme s'était relevé cérémonieusement pour se présenter. Tout naturellement, la conversation s'était imposée. Ils avaient parlé des patients de Cécile et de ses recherches à lui. Un même goût de savoir et d'étudier les habitait et c'est avec plaisir qu'ils se retrouvaient, chaque midi, devant un repas vite avalé avant de reprendre le travail. Les confidences étaient rapidement venues. Presque spontanément, tant Charles et Cécile se découvraient de points communs. Lui était veuf depuis presque cinq ans et Cécile lui avait parlé de son Jérôme, les yeux brillants de fièvre. Alors Charles avait compris que Cécile était encore blessée par cette disparition et il s'était promis de ne rien brusquer. De laisser le temps faire son œuvre. Cécile lui avait aussi parlé de Rolande, cette amie disparue bien trop jeune pour qui elle avait fait le serment de devenir médecin. Omettant cependant de dévoiler le lieu et les circonstances de leur rencontre. Juliette restait pour elle un secret trop précieux pour qu'elle puisse le partager avec qui que ce soit. Même avec cet homme merveilleux qui commençait à prendre une place certaine dans son cœur et dans sa vie. Juliette, c'était toute sa jeunesse. Ses rêves envolés, ses espoirs déçus et, cela, elle avait choisi de le garder pour elle. Sa douceur à elle, ses folies d'adolescente... il n'y a que Jérôme qui pourrait encore les comprendre et les partager. Alors... Pourtant, elle aimait Charles. Profondément, sincèrement. Mais d'un amour paisible, raisonnable, qui n'avait rien à voir avec le vertige qui l'emportait quand elle était dans les bras de Jérôme. Et puis, elle n'avait plus dix-huit ans. Après deux ans de fréquentations sages et assidues, Charles avait enfin osé faire la grande demande. Et, contre toute attente, Cécile avait dit oui. Elle n'est plus une enfant et sait se montrer raisonnable. Un amour comme celui qu'elle a connu avec Jérôme ne se présente qu'une fois dans une vie. Maintenant, elle est prête à l'accepter. Bientôt, elle va avoir trente ans. Il est donc normal que la sagesse remplace la fougue de ses vingt ans. Il est temps de songer à fonder une famille, elle qui se languit de tenir à nouveau un petit être dans ses bras. Elle en a assez de jouer les tantes gâteau. C'est mère qu'elle veut être. Du plus profond de son âme...

En arrivant dans le vestibule de la demeure de son oncle, Cécile se laisse tenter par l'envie folle de grimper les marches de l'escalier comme elle le faisait avant. Deux par deux...

— Ma tante! Je suis là!

Et, sans attendre, elle se précipite vers la cuisine. Gisèle est devant son fourneau, brassant énergiquement une sauce. Avec les années, ses cheveux ont blanchi et ses épaules voûté. Mais sa langue n'a rien perdu de son acidité. Se retournant vers Cécile, le temps de s'assurer que c'est bien elle qui vient d'entrer (ses oreilles ne sont plus tout à fait ce qu'elles étaient), elle lui fait un large sourire avant de revenir à son chaudron.

— Bonjour, ma poulette. Pis, le grand jour approche?

Et, égale à elle-même, sans attendre de réponse, elle enchaîne:

— J'ai fait ton repas préféré, ma belle: saumon pis sauce aux œufs. Avec de la crème caramel pour dessert... Raoul va v'nir souper avec nous autres pis Fernand va nous rejoindre pour le dessert avec Francine. Les enfants ont la grippe pis ils aiment mieux ne pas les sortir. Ils vont les faire garder par Madame Dion.

Mais Cécile n'a pas vraiment écouté ce que lui disait sa tante. En elle, il y a tant de souvenirs, bons et mauvais, qui se rattachent à cette maison. Émue, elle vient tout près de Gisèle, lui entoure les épaules de son bras. Avant, Gisèle était beaucoup plus grande qu'elle. Maintenant, l'âge les a rapprochées.

— Je vais m'ennuyer de tout ça, tu sais, ma tante.

Gisèle est consciente du bouleversement qui doit agiter Cécile. Elle n'est pas femme de sentiments pour rien. Mais elle est aussi une femme d'action. Alors, sans tomber dans la nostalgie des souvenances, elle bouscule Cécile un tantinet. Puis, se remet à grogner, la menaçant un instant de sa cuiller de bois.

— Ben faudrait pas, Cécile. C'est astheure que ta vie commence, ma belle. Ta vraie vie de femme. Faut pas laisser les regrets v'nir gâcher ton plaisir. Garde toutes tes souvenirs ben précieusement dans ton cœur pis fonce drète en avant de toi. Y a rien que de même qu'on peut être heureux.

Cécile comprend le message à peine voilé que lui envoie sa tante. Le passé est le passé et ce n'est jamais par là qu'on peut avancer dans la vie. Elle a fini par l'admettre. Mais, en ce moment, ses soupirs se font entendre à un autre niveau. C'est comme un trait qu'elle trace dans son existence. Elle est convaincue que plus tard, beaucoup plus tard, quand elle reverra le cheminement de ses jours, il y aura avant son mariage et après celui-ci. C'est pourquoi elle poursuit, en répondant à sa tante:

— Je le sais. C'est même toi qui me l'as appris. Comme tu m'as appris à faire confiance à mes intuitions. Je sais tout cela, ma tante. Mais j'ai envie de te dire que c'est ta maison que je vais garder le plus solidement dans mon cœur. Cette cuisine qui sent toujours bon, cette chambre, en haut, qui est mienne depuis maintenant dix ans. Puis l'odeur de la pipe de «mon oncle » Napoléon. Les cris des cousins qui passaient leur temps à se chamailler. Ça aussi, c'est ma vie. Autant et sinon plus que celle dans la Beauce.

Gisèle se met à renifler. Si elle est indéniablement une femme de cœur, elle n'aime pas laisser voir ses émotions. Sa pudeur naturelle la pousse à devenir grognon quand elle sent le besoin de se défendre. Bourrue, elle repousse Cécile d'une main autoritaire.

— Arrête de me parler de même. Tu vas m'faire brailler... Pis tu l'sais que j'haïs ça... Pis ôte-toi donc de mes chaudrons. C'est un souper de fête en ton honneur que j'prépare là. T'as rien à faire icitte! Allez, ouste! Va prendre un bon bain pis fais-toi belle... Tu... tu sens rien que l'hôpital... Envoye! Disparais!

Malgré l'émotion qui lui serre la gorge, Cécile échappe un rire. Sur une pirouette, elle sort de la cuisine et monte à l'étage pour chercher du linge de rechange. Puis elle veut, avant le souper, faire le tri de toutes les choses qui encombrent ses tiroirs. Disposer de celles, inutiles, qui ne serviront plus, et mettre en caisse souvenirs et vêtements qu'elle prendra en revenant de son voyage de noces. En entrant dans sa chambre, entendant les oiseaux qui s'interpellent joyeusement sous la corniche, sentant la brise fraîche qui entre par la fenêtre laissée souvent entrouverte, Cécile comprend que c'est bien plus qu'un trait qu'elle trace dans sa vie. Elle a brusquement l'impression que c'est une nouvelle vie qu'elle va entreprendre bientôt. Quelque chose qui n'aura rien à voir avec tout ce qu'elle a connu jusqu'à maintenant... Elle n'a plus envie de prendre un bain... S'approchant de sa commode, elle ouvre le dernier tiroir et s'installe sur le plancher pour en faire l'inventaire. C'est là, plié proprement tout au fond sous une pile de vieux chandails, que l'attendait son passé. Une jupe rafistolée, les coutures de côté à demi défaites pour installer un élastique... La jupe qu'elle portait quand elle attendait son bébé. D'une main incertaine, elle la tire à elle, la déplie, la tient devant elle à bout de bras. Que de souvenirs rattachés à cette jupe bien ordinaire, en coton noir! D'un geste instinctif, elle la serre contre son cœur. Elle se revoit, la laissant glisser à ses pieds, Jérôme tout près d'elle, frémissant. Tous les deux, ici, dans cette même chambre et cet amour qu'il y avait entre eux, si puissant. Plus grand que tout ce qu'elle a pu vivre ou espérer... Immédiatement, deux larmes glissent sur son visage. Larmes de regret, de tristesse. De révolte aussi. Pourquoi est-ce que la vie n'accepte pas de la laisser tranquille, pour un instant? Permettre à l'oubli de faire son nid dans son cœur, à la paix de réconforter son âme? Comment peut-elle offrir de partager la vie de Charles en gardant un tel secret? Il a le droit de savoir... Pourtant, Cécile sait qu'elle ne parlera pas. Juliette, tout comme Jérôme, c'est ce qu'il y aura toujours de plus important pour elle. De plus précieux. Les plus beaux moments de sa vie, malgré la douleur au corps et au cœur. Et si son fiancé disparu apparaissait là, devant elle, c'est lui qu'elle épouserait. Sans l'ombre d'un doute. Jérôme... Incapable de retenir la peine immense qui monte en elle, Cécile se jette sur son lit, enfouit son visage dans l'oreiller pour étouffer les sanglots durs et bruyants qu'elle ne peut retenir. Puis, lentement, les larmes s'espacent et une grande lassitude remplace les regrets. Se retournant sur le dos, elle fixe le plafond, suivant des yeux la longue lézarde qui traverse la pièce de part en part. Combien de fois a-t-elle analysé cette fissure, machinalement? Combien d'heures passées ici à essayer de comprendre sa vie? Et voilà qu'elle s'apprête à tourner la page... Tout d'un coup, Cécile a l'impression d'être infidèle. Et cela la met mal à l'aise. Non pas à Charles, qu'elle aime sincèrement, à sa manière. Mais infidèle à ce qu'aurait dû être sa vie. Comme si elle reniait Jérôme et Juliette. La vie qu'ils rêvaient de bâtir ensemble... Où est-elle, maintenant, cette petite fille qu'elle avait promis de retrouver? Elle a dix ans. À qui ressemble-t-elle, finalement? A-t-elle conservé ses boucles sombres qui ressemblaient à celles de son père? Un long soupir gonfle la poitrine de Cécile. Que ne donnerait-elle pas pour savoir! Juste un peu... C'est à ce moment que l'idée survient. Brutale comme une envie, subite comme un besoin. Sans chercher à décortiquer cette impulsion, Cécile se relève, fébrile. Sans prendre le temps de se changer, elle attrape au vol son manteau et file vers l'escalier.

— Ma tante, je sors pour quelques minutes...

Et, sur ce, elle dévale l'escalier et fonce dans la rue. C'est au pas de course qu'elle se rend jusqu'à la rue Saint-Jean, qu'elle passe devant la Pâtisserie Simon, sans la voir. Elle ne s'arrête que devant une enseigne noire, en marbre. Docteur Simard, gynécologue... Oui, sûrement que lui peut l'aider. C'est en arrivant devant la secrétaire, consciente tout d'un coup de tous ces regards de femmes attendant leur tour et qui se posent simultanément sur elle, que Cécile s'aperçoit qu'elle n'a pas de rendez-vous. Pourtant, malgré sa timidité naturelle, elle hésite à peine un instant. Il lui faut savoir, si elle veut être vraiment libre de dire oui, samedi, devant Charles et devant Dieu...

— Je... Bonjour... Je n'ai pas de rendez-vous, mais j'aimerais rencontrer le Docteur Simard.

Devant le regard sévère de l'infirmière qui la dévisage et, avant que celle-ci ait pu émettre quoi que ce soit, brillamment inspirée, elle ajoute, d'un trait:

— C'est important... Je suis médecin.

À ces mots, le froncement de sourcils qui avait accueilli sa requête se transforme en sourire.

— Pardon, docteur. Je vais voir ce que je peux faire...

Quinze minutes plus tard, Cécile entre dans le bureau attenant à la salle d'examen. La pièce n'a pas changé. La même table d'examen, les mêmes fauteuils... Oui, brusquement, Cécile remonte dans le temps. Elle a à nouveau dix-huit ans et se tient immobile, légèrement intimidée devant le grand homme sévère qu'est le Docteur Simard. En apercevant le gros stéthoscope rond, lové sur lui-même sur la table de métal blanc, Cécile doit se retenir pour ne pas se remettre à pleurer. L'instant le plus merveilleux de sa vie, c'est ici qu'elle l'a vécu. Quand le médecin lui a permis d'entendre battre le cœur de son enfant. Le Docteur Simard vient à elle, en lui tendant la main.

— Bonjour... Docteur Veilleux, je crois?

En entendant cette voix chaude et grave, Cécile sursaute. Non, elle n'a plus dix-huit ans. Elle est une femme, maintenant, et elle veut tenter de mettre un terme à son passé pour être honnête envers l'homme qu'elle a choisi pour partager l'autre partie de sa vie. Prenant une profonde inspiration, elle fait un pas en avant. Mais, avant qu'elle ait pu répondre, le médecin fronce les sourcils et la devance.

— L'infirmière m'a dit que vous êtes médecin. Je ne connais pas de Docteur Veilleux. Pourtant, en vous regardant, j'ai l'impression que votre visage m'est familier...

À ces mots, Cécile comprend qu'il ne sert à rien de tourner autour du pot. Alors, elle se décide, sans trop réfléchir à ce qu'elle veut dire. La seule chose qui ait de l'importance, en ce moment, c'est de tout tenter pour essayer de savoir à quoi ressemble la vie de sa fille. À son tour, elle relève la tête vers l'homme grisonnant qui se tient devant elle et lui tend la main, soutenant franchement son regard.

— Oui, docteur, nous nous connaissons... J'ai eu un enfant, il y a maintenant dix ans. Et j'aimerais savoir ce qu'est devenue ma petite fille...

Devant le geste de recul du médecin, son soupir à la fois agacé et las, elle s'empresse de rajouter:

— Non pas pour essayer de la reprendre, mais juste savoir... Je... je me marie samedi et j'ai besoin de savoir ce qu'elle est devenue. J'ai envie de tracer une ligne dans ma vie. Savoir que je quitte une étape importante sans avoir rien négligé...

Puis, avec un rire d'excuse, elle conclue:

— C'est peut-être complètement idiot, mais c'est plus fort que moi...

C'est au tour du Docteur Simard de lui faire un grand sourire. Chose plutôt surprenante chez cet homme qu'elle ne se rappelle pas avoir vu sourire. Tendant le bras pour lui offrir un siège, il nie ce qu'elle vient juste d'affirmer.

— Non, ce n'est pas idiot. C'est même tout à fait normal. Mais venez, venez vous asseoir... Ainsi donc, vous êtes médecin, maintenant, et vous dites que vous allez vous marier... Avec le père? Sans indiscrétion, bien sûr.

Une onde douloureuse traverse le regard de Cécile. Mais elle est prête à tout dévoiler. Raconter sa vie, si cela peut mettre le médecin en confiance.

— Non... Jérôme est mort à la guerre. C'est pour cela que j'ai besoin d'être rassurée. J'ai l'impression que je vais abandonner mon enfant une seconde fois... Mais, laissez-moi vous expliquer...

Le médecin a pris tout le temps nécessaire pour écouter l'histoire de Cécile. Puis, longuement, il s'est frotté le visage de ses longues mains de chirurgien.

— C'est embêtant... Habituellement, je ne donne jamais suite à de telles demandes. Et elles sont nombreuses, croyez-moi... Non pas que je renie les mères naturelles, s'empresse-t-il d'ajouter en entendant le soupir à peine retenu de Cécile. J'ai toujours respecté les femmes qui arrivent à cet état d'abnégation leur permettant de confier leur enfant à l'adoption. Oui, beaucoup de respect. Cela demande un tel amour... Mais je respecte tout autant celles qui, incapables de concevoir, accueillent dans leur vie et leur cœur un petit être qui n'est pas le leur. Je peux vous assurer que ces mères adoptives sont admirables elles aussi... Je ne sais pas... Laissez-moi penser. Maintenant que vous m'avez parlé, je me rappelle très bien votre cas. Et je vous crois sincère quand vous dites que vous ne voulez pas chercher noise à la famille de votre fille... Je connais bien sa mère adoptive. C'est une patiente à moi, presque une amie. Je crois qu'elle acceptera que je vous renseigne sur votre enfant. Revenez demain matin... Oui, demain matin, vers dix heures. Et ne vous en faites plus pour votre petite fille. Elle est très heureuse. Dans une famille qui l'aime. De cela, je me porte garant...

C'est en ressortant du bureau que Cécile s'aperçoit que le médecin ne parlait plus à la première personne du pluriel, ainsi qu'il le faisait avant, quand elle était sa patiente. Comme si maintenant, tous les deux, ils appartenaient à un même monde et que les liens étaient ainsi plus faciles à créer. Remplie d'espoir, le cœur soulagé, Cécile revient chez sa tante Gisèle. Prête, maintenant, à profiter du souper de fête que la famille de Napoléon Breton se prépare à lui offrir. Et en plus, demain, quand elle prendra l'autobus pour retourner chez son père, elle aura l'assurance que Juliette est une petite fille heureuse et en santé. C'est tout ce qu'elle veut connaître, finalement. Être certaine que Juliette ne manque de rien. Comme elle l'a promis à Jérôme...

* * *

— Vous dites, docteur? La... la mère de Dominique veut avoir de ses nouvelles? Je... Laissez-moi y penser. Je vous rappelle un peu plus tard...

Thérèse Lamontagne reste un instant immobile, l'acoustique du téléphone pressé contre sa poitrine. Puis, lentement, elle raccroche. Dans la cour arrière, elle entend les cris de joie de Claude et Francine, ses deux plus jeunes enfants, des jumeaux de sept ans. Dominique est à son cours de piano et ne reviendra que pour le souper, dans une heure. À pas lents, elle vient au salon, s'assoit dans le premier fauteuil venu. Pendant que le médecin lui parlait, tout à l'heure, elle n'avait qu'une envie. C'était de lui fermer la ligne au nez pour ne pas entendre ses paroles. Du plus profond de l'amour et de l'attachement qu'elle ressent pour Dominique, elle ne peut se résoudre à dire quoi que ce soit. Un grand cri d'alerte monte dans son cœur. Dominique, c'est sa fille à elle. Un petit bébé qui n'avait pas encore un jour quand elle est entrée dans leur famille, dans leur vie. Et qu'elle aime tout autant que si elle était de son propre sang. Qu'elle a attendue pendant des mois comme n'importe quelle autre mère. Qu'elle a veillée, nourrie, amusée... Dominique, sa Dominique... Bouleversée, Thérèse n'arrive pas à penser de façon cohérente. Que la peur en elle devant cette femme inconnue qui, elle aussi, aime sa fille. Une pointe de jalousie, féroce et douloureuse, lui fait refermer les bras contre sa poitrine. Pourquoi elle, Thérèse Lamontagne, n'a-t-elle pu porter ses enfants? Brusquement, elle aurait envie de crier sa douleur. Elle ne veut pas qu'on lui enlève sa fille. Elle ne veut même pas partager son affection, ses rires et ses ambitions d'enfant. Dominique, c'est sa fille à elle et à personne d'autre... C'est ainsi que René, son mari, la trouve en entrant du travail. Prostrée, le regard humide.

— Mon Dieu, Thérèse, que se passe-t-il? Rien de grave, j'espère? Les enfants n'ont rien?

Un hochement de tête vient le rassurer. Puis, un regard brillant de larmes contenues se pose sur lui.

— Je ne sais pas... Je ne veux pas savoir.

Et, brusquement, elle éclate en sanglots. René recueille tout contre lui une femme tremblante. Doucement, il lui caresse les cheveux.

— Si les enfants n'ont rien, le reste n'a pas d'importance. Viens t'asseoir et raconte-moi ce qui te bouleverse comme ça. À deux, nous trouverons sûrement une solution...

Thérèse réussit, tant bien que mal, à lui conter l'appel du médecin. Comment il lui avait expliqué qu'habituellement il ne donne jamais suite à de telles requêtes mais, que là, il croyait sincèrement que la mère naturelle avait besoin de connaître quelques détails sur la vie de sa fille. Il avait parlé du père mort à la guerre et de la détresse de la jeune femme qui, à la veille de son mariage, avait l'impression d'abandonner sa fille une seconde fois. Mais, d'un même souffle, il lui avait assuré que si elle désirait se taire, il comprendrait. C'était à elle, Thérèse, de prendre la décision.

— J'ai peur René. Je... J'ai peur qu'après elle veuille la retrouver... Dominique, ce n'est plus sa fille. C'est la nôtre, n'est-ce-pas? C'est nous qui l'avons recueillie, aimée, élevée... Je... Je ne veux pas que cette femme débarque chez nous en faisant valoir des droits qu'elle n'a plus... Je...

D'une main calme, à la fois tendre et ferme, René la fait taire. Que de crainte dans ces quelques mots!

— Non, Thérèse... Je ne crois pas que la mère va frapper demain à notre porte. Au contraire... Tu ne penses pas, toi, que c'est là la preuve que Dominique était une petite fille aimée avant même de venir au monde? Si sa mère pense encore à elle, et de façon aussi précise, c'est qu'elle ne veut que le meilleur pour elle. Non? Moi, au contraire, je crois que c'est de notre devoir de la rassurer.

En reniflant, Thérèse pose un regard inquiet sur son mari.

— Mais si elle veut plus que cela?

— Plus? Pourquoi plus? Non, je ne pense pas.

Se relevant, René vient à la fenêtre du salon qui donne sur une large avenue bordée d'arbres centenaires. La vie lui a toujours souri. Une femme merveilleuse, un emploi stable et bien rémunéré, une famille unie... La seule ombre au tableau, c'est que ses enfants ne sont pas de lui. Une épine à sa fierté d'homme. Stupide, il en convient. Mais quand même bien réelle! Mais cela, c'est son secret et personne ne s'en doute. Pas même Thérèse... Comme il aime profondément ces trois enfants qu'ils sont allés chercher à la crèche et que, lui aussi, a attendus et désirés, jouant le jeu jusqu'au bout en excusant sa femme, trop fatiguée, disait-il, pour sortir de leur maison quand approchait la date prévue de l'accouchement. Même si parfois, il lui arrive de regretter qu'ils ne soient pas de son sang. Il aimerait retrouver en eux les yeux de sa mère ou le nez de son frère... Pourtant, personne ne s'en doute, car tout le monde croit que ces trois enfants sont les leurs. Mais, bien caché au fond de son cœur, oui, René aurait aimé avoir des enfants. Comment alors refuser de donner quelques nouvelles de Dominique à la femme qui, elle, n'a pas eu le choix de la garder? Du plus profond de sa déception à lui, il comprend ce qui motive la mère de Dominique. Avec un long soupir, il se retourne, fait quelques pas vers sa femme.

— Je crois que tu es injuste, Thérèse, quand tu dis que la mère de Dominique n'est plus sa mère. Ce n'est pas vrai, tu sais. Elle sera toujours sa mère, celle qui lui a donné la vie.

Thérèse a un soupir tremblant. Elle sait bien, tout au fond d'elle, que René a raison. Ce n'est que la peur qui l'a fait divaguer. Malgré la crainte qui lui fait battre le cœur, elle aurait envie de s'excuser.

— Oui, c'est vrai... Mais je les aime tellement ces enfants! Je n'arrive même plus à me dire qu'ils ne sont pas de moi. C'est... c'est comme si cela n'avait plus la moindre importance à mes yeux. Tu... tu n'es pas comme ça, toi?

C'est la première fois qu'ils en parlent entre eux depuis des années. Depuis, en fait, le jour où, surmontant enfin leur désespoir de ne pas avoir d'enfants, ils avaient décidé d'en adopter pour fonder quand même une famille. René hésite un instant, puis il revient face à la fenêtre. Il aimerait parfois confier sa tristesse à quelqu'un. La partager avec Thérèse, cette femme merveilleuse avec qui il partage tout le reste. Mais il a peur de lui faire de la peine. De la blesser. S'ils n'ont jamais pu concevoir, c'est à cause d'elle. Le médecin était formel... Alors il s'oblige à ravaler ce qu'il aimerait tant dire, se force à sourire à sa femme. Celle qu'il aime plus que tout...

— Je pense que tu t'en fais pour rien, Thérèse. On n'est pas obligés de donner notre adresse et notre numéro de téléphone, tu sais. Mais pense un peu à ce que doit ressentir une femme qui a mis un enfant au monde et qui ignore tout d'elle. Ce doit être affreux à vivre, tu ne crois pas?

Thérèse a alors un sourire. Son mari a raison. Elle s'est laissée emporter par une crainte idiote. Une émotion incontrôlable qui a paralysé son habituelle générosité. Se relevant, elle vient se blottir contre René.

— Oui, tu as raison. Je vais rappeler le Docteur Simard et lui dire qu'il peut parler de nous à la mère de Dominique. Lui dire qu'elle est en parfaite santé, qu'elle adore jouer du piano, qu'elle a un frère et une sœur...

Puis, après un bref silence, elle ajoute:

— Si on lui donnait la photo de Dominique dans le jardin? Tu sais, celle où elle est si jolie avec sa robe de soleil et sa petite chaudière? Ça... ça n'engage à rien. Elle n'avait que trois ans sur cette photo... Jamais elle ne pourrait la reconnaître aujourd'hui.

Retrouvant, à ces mots, la femme qu'il a toujours admirée, René se penche vers elle et vient effleurer ses lèvres d'un long baiser amoureux. Un rire amusé les fait sursauter.

Une belle fille élancée, toute en jambes, aux boucles sombres et indisciplinées les regarde en souriant. René fait un sourire complice à sa fille. Dieu qu'elle est belle, leur petite Dominique! Et gentille avec ça... Alors, qu'importe qu'elle soit de lui ou pas? Éclatant de rire à son tour, il lui fait une grimace gamine.

— Tu parles d'une façon de s'adresser à ses parents! File au jardin avant que je sévisse, jeune fille. Le souper va être prêt dans quelques instants.

Sur un rire en cascade, Dominique s'envole vers le jardin, rejoindre son frère et sa sœur.

Le vendredi matin, quand Cécile quitte à nouveau le bureau du Docteur Simard, elle ne porte plus à terre. Tout contre elle, bien à l'abri sur son cœur, elle garde la photo amateur où une bambine sourit de toutes ses dents, l'air espiègle et heureux. Sous les boucles sombres héritées de son père, le regard ne peut tromper. Juliette est la copie conforme de Jérôme. Même aujourd'hui, si jamais elle la croisait dans la rue, Cécile est convaincue qu'elle saurait la reconnaître. Exactement comme au jour de sa naissance quand elle s'est présentée à la pouponnière, cherchant de son regard anxieux un bébé qui était déjà parti vers sa destinée. Loin, si loin d'elle...

C'est avec un sourire radieux qu'elle dit oui à Charles. Devant Dieu et devant les hommes. Le ciel n'en finit plus de pleurer sa désolation, mais Cécile ne s'en soucie pas le moindrement du monde. Sa fille est heureuse et elle épouse un homme bon et sensible. Tout ce qu'elle souhaite, c'est d'être à la hauteur de cet amour qui s'offre à elle. Et quand le prêtre leur souhaite que Dieu bénisse leur union à travers les enfants qui viendront, elle redit oui dans le secret de son cœur. Elle a fait ce qu'elle devait faire pour être sincère avec elle-même et avec Jérôme. Maintenant, elle est prête à écrire le deuxième tome de sa vie. Et elle le voit avec une ribambelle d'enfants...

7

Incommodée par la chaleur lourde et humide qui tapisse leur chambre, Cécile ouvre un œil endormi. Le jour n'est encore qu'une lueur opaline sur l'horizon et découpe à peine l'entrelacement des branches du vieil érable, établi, bien avant leur arrivée, sur le parterre de la demeure. Refermant les yeux, Cécile se roule en boule sur le côté, bien décidée à se rendormir. C'est à cet instant, grognant et toussant, que Charles se retourne sur le dos, repousse le drap d'un geste inconscient et se met à ronfler. Alors Cécile pousse un soupir discret. Sa nuit vient de finir... Résignée, elle se lève délicatement, sachant pertinemment que le sommeil se refusera à elle dans de telles conditions. Elle enfile silencieusement un jeans, un large chandail en tricot de coton et, sandales à la main, quitte la chambre à pas feutrés. Suivant le long couloir encore sombre, elle emprunte le large escalier, descend dans le hall et se dirige vers la cuisine, située à l'arrière. Attrapant une orange au vol dans le bol de faïence posé en permanence sur la table, elle sort enfin de la maison. On est samedi. Nulle obligation ne viendra donc bousculer son horaire.

La ville dort encore, amortie sous la touffeur de l'air. Seuls les oiseaux ont envahi la place et festoient gaiement pour saluer le lever du soleil, que l'on devine derrière le toit des maisons voisines. Machinalement, Cécile emprunte le sentier qui contourne la maison et vient s'asseoir sur la longue galerie ornant la façade de leur demeure. Patiemment, à gestes précis, elle se met à éplucher son orange en soupirant d'aise. Cela fait longtemps qu'elle n'a pas assisté au lever du jour... L'odeur acidulée du fruit, accouplée à celle plus lourde et soutenue du parterre de roses qu'elle soigne amoureusement, lui font fermer les yeux. Elle a toujours été sensible aux parfums, Cécile. Ceux d'un repas fumant, d'une fleur, de l'hôpital... Alors, brusquement, surgi de la profondeur de ses souvenirs, un autre matin parfumé s'impose à sa pensée. De façon si brutale qu'elle ouvre vivement les yeux, surprise de ne pas voir le verger de son père s'étaler devant elle. Pendant un instant, elle aurait juré qu'une senteur de fleurs de pommiers était venue la courtiser, chatouillant ses narines et son esprit ensommeillé. Oh oui! Comme elle se rappelle maintenant cette aube de soleil et de chaleur humide au matin de ses dix-huit ans. Une aurore en tous points semblable à celle-ci, remplie de la promesse d'une journée parfaite. Sauf qu'à l'époque, c'est la peur qui l'avait éveillée et non seulement la chaleur... Incapable de rester en place, Cécile se relève, descend de la galerie et se dirige vers le trottoir. Sans hésitation, elle tourne à sa droite. Au bout de la rue, vers le sud, les Plaines étendent leur verdure invitante...

Assise sur un banc de bois installé sur un promontoire qui domine le fleuve, Cécile laisse voguer son regard au gré des flots. L'onde chatoie dans tous les tons de bleu et brille de mille paillettes aveuglantes. La journée sera belle de soleil et de chaleur. Tout comme celle du mois de mai 1942... Celle où, presque une gamine encore, elle avait parlé à Jérôme, lui annonçant qu'elle attendait un enfant. Leur enfant... Involontairement, ses yeux se portent vers l'est, un peu plus loin que la pointe de l'île d'Orléans, là où la mer et le ciel se confondent. Au bout de l'eau, il y a l'Europe. Il y a la France... et Jérôme... Malgré le temps qui passe, Cécile n'oublie pas complètement. Jérôme a gardé une grande place dans son cœur. Et en dépit des demandes répétées de Charles, qui aimerait tant emmener sa femme à Paris, Cécile a toujours refusé. Se trouvant mille et une excuses pour remettre le voyage à plus tard... Si un jour elle va en France, elle sera seule pour faire le voyage. C'est essentiel pour elle. Presque vital... Son pèlerinage dans le passé ne concerne qu'elle. Même si elle se sait injuste envers son mari en pensant de la sorte. Mais c'est plus fort que tout raisonnement. Si un jour elle va en France, ce sera pour aller se recueillir sur la tombe du soldat inconnu, en Normandie. Pas ailleurs... En soupirant, Cécile ramène son regard devant elle. Échappe un long bâillement en s'étirant. Le petit matin est trop beau pour se laisser aller à de tristes souvenirs. Elle a à peine trente-deux ans et une vie bien remplie devant elle, un métier qu'elle adore, un mari qu'elle aime tendrement, même si, finalement, elle ne le voit pas tellement. Plus présent dans son laboratoire qu'à la maison, Cécile doit bien souvent se contenter de rencontres entre deux portes ou de baisers rapides dans le cou. Mais qu'importe? Elle aussi a un métier passionnant qui lui demande de longues heures de disponibilité. Pourquoi, alors, se complaire dans des regrets inutiles? En souriant, elle revoit les dernières années. Malgré tout, Charles est un bon mari. Un homme tendre, attentionné et Cécile croit sincèrement être une bonne épouse. Une complicité au-delà des mots enveloppe leur quotidien d'une amitié qui se soude harmonieusement à ces petits riens qui font la vie belle et bonne. Une immense tendresse les unit l'un à l'autre. Oui, une grande affection... Pourtant, malgré cela, Cécile ressent un vide en elle. Comme un manque qu'elle voudrait tant combler mais que Charles, homme de science et de recherche, homme de silence et d'études, est incapable de satisfaire. La seule passion de son mari, c'est la recherche. Cette absence de flamme dans leur couple la fait souffrir, elle qui a connu l'ivresse dans les bras de Jérôme. Et la comparaison involontaire, qui s'impose quand elle y repense, lui fait serrer les lèvres sur la plus grande déception de sa vie. Une déception anéantissant ses espoirs les plus légitimes. Ceux qui auraient peut-être permis enfin de conjurer le passé... C'est qu'après trois ans de mariage, Charles et elle n'ont toujours pas d'enfants. De mois en mois, Cécile espère du plus profond de son cœur. À chaque mois, la tristesse et le dépit l'attendent quand elle s'aperçoit que la nature ne coopère pas. Néanmoins, Charles en parle de cet enfant, tout comme elle. Mais, encore une fois, sans passion... Semblant se résigner, même s'il conseille parfois à Cécile de voir un médecin. Ce point d'ombre, dans leur relation, chatouille aussi la susceptibilité de son mari. Même s'il joue les indifférents, Cécile voit bien, à son regard, qu'il est déçu. À moins qu'il ne soit tout simplement inquiet.... Alors, elle ne dit rien. Se montre désappointée, mais sans plus. Pourtant, si quelqu'un avait pu voir les larmes inondant son cœur à chaque fois que le rêve s'efface... Malgré tout, elle se tait. Elle n'ose plus rien dévoiler de ce qu'elle a vécu jadis, même si, avec le temps, elle aimerait détruire tout silence, tout secret entre elle et Charles. Oui, très sincèrement, Cécile serait prête à confier son lourd secret à l'homme qui partage sa vie. Mais elle a peur de le blesser, lui qui répète, à chaque fois qu'ils en parlent, qu'elle devrait consulter un spécialiste. Obstinément, Cécile refuse, sachant que Charles serait alors touché dans son amour-propre. Sans qu'il l'énonce clairement, Cécile sent bien qu'il est convaincu que le problème vient d'elle, parlant en termes médicaux de trompes bouchées, d'infection ancienne, de malformation malheureuse qui aurait pu... Cécile sait qu'il n'en est rien. Régulièrement, elle consulte le Docteur Simard qui lui confirme, à chaque visite, que tout va pour le mieux. De toute façon, n'a-t-elle pas déjà enfanté? N'a-t-elle pas donné le jour à un magnifique bébé? Alors non, Cécile ne parlera pas à Charles. Elle le respecte trop pour lui faire quelque mal que ce soit. Et le connaissant comme elle le connaît, l'amertume de se savoir peut-être stérile serait une catastrophe pour son mari. Son seul défaut, c'est sa prétention, son orgueil démesuré. Justifié peut-être, à bien des égards, mais légèrement suffisant, parfois même agaçant. Non, jamais son mari n'accepterait une telle chose. C'est pourquoi, sachant que le sujet des enfants est la seule pomme de discorde entre eux, Cécile se taira. Jusqu'à la mort, s'il le faut... Mais cela ne l'empêche pas de se dire que la vie est injuste parfois. Et si cruelle!

Quand elle revient chez elle, Charles est déjà debout, sifflotant joyeusement devant le poêle où il prépare le déjeuner. Il accueille Cécile d'un large sourire.

— Bonjour, toi! Tu es bien matinale aujourd'hui...

Un sourire moqueur lui répond.

— Je ne sais pas ce qui m'a éveillée aux aurores... On aurait dit un train qui traversait notre chambre. Qui s'installait même dans notre lit pour y finir la nuit. Non, je ne sais pas du tout ce qui s'est passé. C'est bien curieux...

Charles éclate de rire en rougissant légèrement.

— Pardon, jolie dame. Loin de moi l'idée de vous déplaire... Pourquoi ne pas me réveiller à ce moment-là?

Alors Cécile s'aproche de lui pour l'embrasser sur la tempe. Échevelé, encore en pyjama, il a l'air d'un grand adolescent malgré ses mèches poivre et sel. Oui, Charles est un merveilleux mari. Malgré ses nombreuses absences. Un mari qu'elle ne veut faire souffrir à aucun prix.

— Qu'importe, Charles. Le temps était splendide et le chant des oiseaux si invitant... Et puis, tu dormais si bien, je ne voulais pas te déranger. J'ai fait une magnifique promenade et je meurs de faim! Est-ce qu'on mange?

Plaisir suprême, Cécile a décidé que ce matin elle n'accompagnait pas Charles au terrain de golf. Le golf, c'est l'autre passion de son mari. Sa détente... Encore engourdie par toutes les pensées qui ont visité son esprit, au petit jour, elle a envie de s'offrir la plus belle des gâteries: jardiner. S'occuper de ses roses, en solitaire, avec, pour seule compagnie, le chant des oiseaux et le cri des enfants de ses voisins. Songeant à sa fille...

Absorbée par le désherbage de son immense roseraie, Cécile n'entend pas les pas qui remontent l'allée où Charles gare sa voiture, devant le garage. Une voix joyeuse la fait sursauter.

— Cécile? C'est bien toi qui se cache sous ce chapeau ridicule?

Le temps de se retourner, légèrement offusquée, et elle pousse une clameur de plaisir. Délaissant ciseaux et pelle, elle se relève, s'élance vers un grand jeune homme qui la dévore des yeux.

— Gérard! Ma parole, tu as encore grandi!

En riant, ils tombent dans les bras l'un de l'autre. Malgré la distance qui les sépare (Gérard habite toujours Montréal), malgré, aussi, les années qui filent beaucoup trop vite, rien n'a changé entre eux. Les liens particuliers de confiance et de compréhension qui ont marqué leur enfance et leur adolescence restent les mêmes. Aussi solides, aussi vrais. Gérard serre contre lui cette grande sœur qu'il aime comme une mère.

— Bonyeu que ça fait du bien de t'voir, Cécile! T'es toujours aussi belle...

— Voyez-vous ça! Espèce de vil flatteur... Mais moi aussi je suis contente de te voir. Tellement contente... Viens t'asseoir sur la galerie... Tu veux une bière, une limonade?

En s'agaçant, comme ils le faisaient enfants, Cécile et Gérard ont préparé un goûter qu'ils partagent maintenant en tête-à-tête, installés à la table à pique-niques dans la cour. Charles a appelé pour dire qu'il dînait à son club, en compagnie de confrères rencontrés pendant la partie. Cécile soupire d'aise. Avoir Gérard tout près d'elle, sans témoin, est un plaisir fort rare. Les souvenirs déboulent leur joie entre eux et le temps file sans qu'ils le voient passer. C'est au moment où ils attaquent leur dessert que Gérard approche sa chaise près de celle de Cécile. Il a tant et tant de choses à lui confier... Et pour lui, il n'y a que Cécile, dans sa famille, qui puisse comprendre cette joie immense lui transportant l'âme.

— Cécile... Je sais pas trop comment dire... Nous... J'vas me marier.

La jeune femme éclate de rire.

— Toi? Gérard Veilleux va se marier? Mais c'est le monde à l'envers! Il...

Devant le regard de son frère, sérieux et un peu triste, Cécile se tait soudainement. Elle n'est pas gentille avec lui. Ce n'est pas parce que son frère a eu une vie amoureuse plutôt turbulente qu'il n'a pas droit au bonheur. Ravalant les moqueries qui lui montaient aux lèvres, elle reprend doucement:

— Pardonne-moi, Gérard. Je ne voulais pas te blesser. Alors, ça y est? Tu as rencontré l'âme sœur?

Fier comme un paon, Gérard bombe le torse. Il savait bien que Cécile ne rirait pas vraiment de lui... Avec empressement, il ajoute:

— Oui, Cécile. Elle s'appelle Marie. Elle est belle comme le jour pis fine comme une soie. Chus sûr que tu vas ben t'adonner avec elle... Mais c'est pas toute...

Prenant tout son temps, il dévisage Cécile avec tendresse. Elle n'a pas vieilli, sa sœur. Brusquement, il a l'impression de revenir dans le passé. Comme il aurait envie de blottir sa tête tout contre elle et lui redire combien il l'aime! Dans un souffle, il lance d'une voix pleine de fierté:

— Marie pis moi, on attend un bébé...

Souriant, il attend une réaction de sa sœur. Un geste, un emballement, une démonstration d'enthousiasme. Pourtant, c'est un éclair de douleur que lui renvoient les prunelles d'azur. Brusquement, le soleil vient de s'éteindre pour Cécile. Un immense nuage noir enveloppe le jardin, la maison, la rue, toute la ville... C'est comme si Cécile venait de recevoir un coup de couteau en plein cœur. Cette nouvelle, remplie pourtant d'une joyeuse espérance normale et légitime, vient brutalement de la ramener plusieurs années en arrière. Gérard, son petit frère Gérard, va être père. Même lui, ce coureur de jupons impénitent, a le droit d'être père... Mais que se passe-t-il donc, aujourd'hui, pour que toutes les douleurs de son existence refassent surface en même temps? Incapable de partager la joie de Gérard, Cécile se relève et ramasse machinalement les assiettes et le pichet de limonade qui traînaient sur la table. Toujours sans répondre, elle entre dans la cuisine... Inquiet, Gérard la retrouve devant l'évier, les mains serrées contre sa poitrine comme si le souffle lui manquait et le regard brillant de larmes.

— Mais voyons donc, Cécile? Qu'est-ce que j'ai dit de si...

D'une main tremblante, Cécile l'oblige à se taire. Et, toujours silencieuse, elle vient se blottir contre lui. Gérard, c'est sa famille, son enfance, les plus belles années de sa vie. Il est le seul de ses frères et sœurs à connaître l'existence de Juliette, sa petite fille... Alors, enfin avec lui, elle peut pleurer toute la déception qui la poursuit depuis son mariage avec Charles. Son envie, sa si grande envie d'avoir un enfant...

— Pardonne-moi, Gérard. Ce n'est pas ta faute. Non, pas ta faute... C'est juste que je trouve la vie si injuste...

Incapable de poursuivre, elle laisse couler sa révolte et sa tristesse sur l'épaule de celui qui a toujours été son complice au fil des années. Gérard laisse sa main courir dans les cheveux de sa sœur. Cette chevelure blonde qu'elle garde toujours aussi longue que du temps de leur jeunesse.

— Oui, je comprends, Cécile. Moi aujourd'hui j'vas me marier avec la femme que j'aime pis on va avoir un bébé qu'on désire toutes les deux comme des fous. Alors que toi avec Jérôme...

Il n'a pas besoin d'en dire plus. Ils se sont toujours compris à demi-mots, s'aidant mutuellement, se défendant l'un l'autre quand le besoin s'en faisait sentir... Un silence réconfortant, plus éloquent que toutes les plus belles paroles de consolation, les unit étroitement. Lentement, les larmes de Cécile s'espacent puis finissent par mourir dans un soupir tremblant. Elle lève un visage ravagé vers le jeune homme.

— Ça m'a fait du bien, petit frère, de pleurer comme ça. Tu sais, il n'y a qu'avec toi et tante Gisèle que je peux... Oh! Et puis, qu'importe? La vie est ce qu'elle est...

Revenant jusqu'à l'évier, Cécile s'asperge les yeux d'un peu d'eau froide. Si les larmes soulagent, elles ne changent cependant rien à la vie. Et elle non plus, Cécile Veilleux Dupré, n'est pas en mesure de modifier le cours de son existence. Il ne lui reste que la résignation. Oui, que la résignation... Se cambrant intérieurement, Cécile serre les poings. La vie l'a obligée à être forte et elle continuera de l'être. Même si c'est parfois difficile, bien ingrat... En ce moment, Gérard mérite son soutien et sa joie. Se retournant vers lui, elle s'efforce de lui sourire. Devant le visage de sa sœur, plus calme, plus serein, le jeune homme a un soupir de soulagement. Il a toujours été démuni devant les larmes de Cécile.

— Oui, c'est vrai que la vie est bizarre, des fois... Mais toi, Cécile? Qu'est-ce qui se passe avec Charles? Il... il veut pas d'enfants ou quoi?

À ces mots, Cécile lui refait un sourire triste.

— Ce n'est pas cela, Gérard. C'est tout simplement que ça ne marche pas. On a vraiment tout essayé...

— Mais Charles est-il allé voir un docteur? Avec deux médecins dans la famille, je comprends pas que...

Encore une fois, Cécile l'oblige à se taire. Le prenant par la main, elle l'entraîne jusqu'à la table pour qu'ils puissent s'asseoir. Avec lui, elle peut tout dire. Et Cécile sait qu'il va comprendre et être discret.

— Ce n'est pas si simple que ça en a l'air, Gérard... Tu vois, Charles ne sait pas pour Juliette.

— Il sait pas?

— Non. Quand... quand je me suis mariée, j'étais incapable de révéler ce secret-là. C'est comme si j'avais été infidèle à Jérôme... C'est tellement difficile à expliquer... Puis, avec le temps, quand j'ai compris que nous n'aurions pas d'enfants, j'ai décidé de me taire. Par délicatesse pour Charles qui est persuadé que le problème vient de moi. Je sais que son orgueil souffrirait énormément s'il apprenait que... Je n'ai pas envie de lui faire de la peine, Gérard. Charles est un homme merveilleux et je l'aime... Qu'est-ce que ça nous donnerait de savoir que le problème vient de lui plutôt que de moi, hein? Ce n'est pas ça qui nous donnerait un enfant. Alors, je préfère me taire.

— Mais dans ce cas-là, pourquoi est-ce que vous en adoptez pas un, bébé? T'es ben placée pour savoir que...

Un nouvel éclat de douleur traverse le regard de Cécile. La seule dispute qu'il y a eue entre elle et son mari, c'est au moment où Cécile a parlé d'adoption. À ce sujet, Charles est catégorique. Réprimant un soupir, elle reprend:

— Charles ne veut pas en entendre parler... Si un enfant vient déranger un jour sa tranquillité, c'est qu'il sera de lui. Un point c'est tout. Je crois qu'il n'en souffre pas tant que cela de ne pas avoir de bébés dans la maison. Il se montre déçu quand il voit que je le suis. Mais cela ne va pas plus loin...

Cécile fixe Gérard, une tristesse poignante au fond des yeux. En même temps qu'une pointe de jalousie vient tourmenter son cœur. Si elle avait pu se marier, à l'époque... Si son père avait accepté que Jérôme et elle gardent leur enfant... Mais, dans ce temps-là, il fallait sauvegarder les apparences. Poussant à nouveau un profond soupir, Cécile met une main légère sur le bras de son frère.

— Tu es un homme chanceux de vivre ta vie selon ton cœur. Oui, bien chanceux...

Puis s'ébrouant, elle se relève. Il y a eu assez de chagrin pour toute la journée. Gérard était venu ici plein de joie et d'espoir, il ne doit pas en repartir meurtri.

— Quand est-ce que tu nous présentes ta fiancée, Gérard?

Le jeune homme se met à rougir. C'est qu'il avait un plan bien tracé en se présentant chez sa sœur. Une grande nouvelle à lui apprendre, certes. Mais aussi quelques demandes en réserve... A-t-il le droit, maintenant qu'il sait ce qui se passe dans la vie de Cécile, a-t-il le droit de lui demander tout ce qu'il avait en tête? Il hésite un instant. Mais, sachant que Cécile n'a jamais pu lui refuser quoi que ce soit, se disant que cela l'aidera probablement à oublier son tourment, il se décide d'un coup, se permettant même de rire en répondant. Il vient de se rappeler un certain soir de son enfance où, devant la tristesse de Cécile, il avait prétexté un gros mal de tête pour lui faire oublier sa tristesse.

— Ben... J'avais pensé venir souper avec elle, ce soir.

— Hein? Ce soir? Elle... elle est ici? À Québec? Mais pourquoi d'abord n'est-elle pas...

— Elle était gênée. Marie voulait que je te parle en premier. Elle attend à l'hôtel que je l'appelle.

Cécile le fustige du regard. Et, devant ces yeux colériques, Gérard comprend qu'il a bien fait de parler. Cécile n'a pas changé. Elle reste celle pour qui le bonheur passe par celui des autres. Mais, en ce moment, Cécile est vraiment en colère contre son écervelé de frère. Comment peut-il laisser sa jeune fiancée aussi longtemps seule? Cela fait maintenant plus de trois heures qu'il est ici. Le menaçant du doigt, elle avance vers lui.

— Mais qu'est-ce que tu attends, espèce de grand fou? Vite, va la chercher. J'ai hâte de la connaître...

Puis, alors que Gérard se relève à son tour, elle ajoute en le fixant droit dans les yeux, sa douceur naturelle lui étant revenue autant dans le regard que dans la voix:

— Je suis heureuse pour toi, Gérard. Sincèrement... Je te souhaite tout le bonheur du monde avec ta femme et ton bébé... Aime-les très fort, mon grand. Très, très fort. Il n'y a que ça d'important dans la vie. Que ça. C'est maman qui me l'a dit juste avant de mourir. Et elle avait bien raison...

8

L'été s'est finalement envolé. Laissant derrière lui un souvenir tout en douceur et en soleil. Septembre est là avec sa rentrée scolaire, le plaisir des souliers neufs, des cahiers qui sentent bon l'encre fraîche et des livres à l'odeur d'imprimerie. Toute à la joie de préparer son sac d'écolière, Dominique est dans sa chambre. Un vieux restant de belle saison folâtre dans la cour et se faufile, polisson, jusqu'à ses rideaux qui ondulent dans la brise. Dominique a toujours aimé la rentrée scolaire. Et, cette année, le plaisir d'apprendre se joint à celui de découvrir un monde nouveau. Elle entre en Éléments latins, au collège Jésus-Marie, pour entreprendre son cours classique. La tunique de serge bleu marine et la chemise blanche attendent patiemment dans sa garde-robe le moment où ils pourront partager la joie de la gamine. En chantonnant, Dominique revérifie le contenu de son sac, s'amuse un instant à sentir les livres neufs, passe une main complice sur leur couverture toute propre puis, avec un soupir d'impatience, replace le tout dans le cartable de cuir brun. Encore deux jours avant le grand moment... Le matin tant attendu où elle se retrouvera dans la vaste cour de récréation avec quelques centaines d'autres filles. Toutes des inconnues... En y repensant, une vague inquiétude se greffe à sa joie, l'entortille et fait battre son cœur un peu plus fort. Une nouvelle école porte invariablement sa part de mystère et d'appréhension entre ses murs. Dominique n'échappe pas au rituel admis et de bon aloi réservé aux «nouvelles». Les mains moites, le cœur affolé, les craintes habituelles de ne pas se faire d'amies, d'être la risée des anciennes... Oui, Dominique connaît la peur de l'inconnu en même temps qu'elle sait fort bien qu'habituellement elle n'a aucune difficulté à s'intégrer à un groupe. Elle n'a donc aucune raison de s'en faire. N'empêche que...

Pour chasser l'anxiété et tenter de créer une espèce de lien avec son nouveau collège, Dominique décide d'enfiler son costume. Si elle se sent à l'aise dans ses vêtements tout neufs, le reste devrait suivre sans difficulté. Elle en est persuadée... C'est en retirant son pantalon qu'elle s'aperçoit qu'il est taché de sang. Inquiète, elle retire son sous-vêtement pour constater que, lui aussi, est maculé d'une tache brunâtre. Affolée, elle attrape la serviette de toilette accrochée derrière la porte de sa chambre, l'attache autour de ses reins et se précipite vers la salle de bains... Brusquement, elle a envie de se laver. Peut-être s'est-elle frappée sans en prendre conscience? Son affolement n'a d'égal que son ignorance. Que lui arrive-t-il? Serait-elle atteinte d'une grave maladie? Réprimant ses larmes à grand-peine, Dominique referme la porte derrière elle et pousse le verrou. Se sentant à l'abri, elle donne libre cours à son anxiété et un flot de larmes inonde aussitôt son visage. C'est le bruit de l'eau coulant dans le bain, à cette heure incongrue, qui attire Thérèse.

— Dominique? C'est toi?

— Oui. Je... Je...

Dominique n'a jamais su mentir à sa mère. Mais pourtant, en ce moment, la gêne l'empêche de poursuivre. Une gêne inexplicable qui lui fait monter le rouge aux joues. Malgré cela, elle se décide finalement à entrouvrir la porte et présente un visage bouffi à sa mère.

— Mais voyons donc, ma puce! Qu'est-ce qui se passe? Pourquoi est-ce que tu pleures comme ça? T'es-tu fait mal?

— Je... Je ne sais pas. Je... J'ai trouvé du sang dans...

Dominique avale péniblement sa salive, incapable de poursuivre. Convaincue que sa mère va la gronder. Pourtant, Thérèse la regarde avec un curieux sourire. À la fois triste et attendri. Un peu confuse, aussi, d'avoir toujours remis à plus tard une conversation qu'elle aurait dû avoir depuis longtemps avec sa fille.

— Je crois que j'ai compris, Dominique... Tu... Tu n'as pas à t'inquiéter. C'est... c'est normal, tu sais.

— Normal?

— Prends un bain, cocotte. Ça va aider à te détendre. Je... Je vais te donner ce qu'il faut pour protéger tes vêtements puis après, tu viendras me rejoindre dans ma chambre. Nous allons discuter un peu.

— Je... Je ne suis pas malade?

— Mais non, ma puce. Pas du tout. C'est... c'est juste que tu es une femme maintenant. Allez! Prends un bon bain chaud et viens me retrouver.

L'explication donnée par sa mère a suffi à rassurer Dominique, à calmer ses inquiétudes les plus folles. Et son angoisse s'est aussitôt transformée en fierté. Puis la curiosité a repris le dessus.

— Mais pourquoi, maman, est-ce qu'on saigne comme cela à tous les mois? À quoi ça sert tout ça?

Et voilà, on y était! C'est un peu pour éviter ce genre de questions que Thérèse avait omis de parler à Dominique. Pourtant, elle se doutait bien qu'un jour elle ne pourrait y échapper. En soupirant, elle met la main sur le bras de Dominique et tente de trouver les mots les moins gênants. Jamais elle ne s'est sentie aussi mal à l'aise...

— C'est le signe que maintenant tu peux avoir des enfants, Dominique. Quand... quand tu rencontreras un homme que tu aimeras, tu pourras avoir des enfants avec lui.

— Alors toi aussi, tu saignes comme cela à tous les mois?

— Oui, moi aussi. Et Francine, ta petite sœur, sera comme nous dans quelques années. Comme toutes les femmes du monde...

Du fond de son cœur, Thérèse souhaite que Dominique se contente de cette explication simpliste. Mais la jeune fille est d'une curiosité insatiable. Elle n'est pas première de classe pour rien! Les sourcils froncés sur sa réflexion, elle poursuit:

— Alors tu dis que lorsqu'on rencontre un homme que l'on aime, c'est grâce à ça qu'on peut avoir des bébés... C'est un peu drôle, tu ne trouves pas? Je ne comprends pas tout à fait. Toi, maman, tu nous a eus avec papa parce que vous vous aimiez?

Comment peut-on affirmer à une adolescente de treize ans que c'est cela, mais en même temps que c'est tout autre? Comment dit-on à une gamine ce que c'est que d'aimer et d'avoir envie de faire l'amour? Et que parfois, malgré l'amour, il n'y a pas d'enfants? C'est pour cette seule raison que Thérèse avait toujours remis à plus tard cette conversation délicate. Maintenant, elle n'a plus vraiment le choix.

— Oui, c'est certain que si nous avons des enfants, papa et moi, c'est parce que nous nous aimons. Mais, en même temps... Mon Dieu que ce n'est pas facile!

Pourtant, malgré sa confusion, de mots en mots, d'images en images, Thérèse arrive à tout dévoiler à Dominique. Comment il arrive que l'on ait envie de faire l'amour avec quelqu'un... Cette attirance entre deux êtres qui exalte la gêne et la pudeur pour en faire du désir... Ce plaisir que l'on ressent de se donner l'un à l'autre... Un long sourire accueille sa pénible explication. Mais Dominique n'a pas envie d'en rester là. Elle trouve absolument merveilleux, en ce moment, que ses parents se soient aimés à ce point... Qu'ils aient eu envie de faire l'amour pour leur donner la vie. Elle voudrait que sa mère lui raconte tout ce qui entoure sa naissance, les mois d'attente et la joie ressentie à son arrivée.

— Papa et toi vous avez donc fait l'amour et après, moi, Claude et Francine on est nés. C'est bien cela que tu m'as expliqué?

Thérèse a un instant d'hésitation. Jusqu'où doit-elle aller? Que doit-elle dire et que doit-elle cacher? Elle n'a jamais menti à ses enfants. Mais, en ce moment, la peur lui ferme l'esprit. Alors, avalant sa salive, elle acquiesce, espérant que le dialogue en restera là.

— Oui, c'est bien cela. Quand un homme et une femme s'unissent, il peut y avoir un enfant. Oui, il peut y avoir un bébé. Pas nécessairement à chaque fois, mais...

S'interrompant à nouveau, Thérèse se relève et va à la fenêtre. Non, jamais jusqu'à ce jour, elle n'a senti le besoin de mentir à ses trois enfants. À chaque fois qu'ils posaient une question, elle tentait de leur répondre avec des mots à leur portée, simples et imagés. Mais voilà que devant Dominique, elle n'arrive pas à révéler le secret entourant sa naissance. Pour elle, tout cela n'a plus vraiment d'importance. Au fil des années, elle a compris qu'avoir un enfant ce n'est pas seulement de le mettre au monde. C'est bien plus l'aimer envers et contre tout, le soutenir quand il en a besoin et l'aider à devenir un adulte à son tour. Oui, pour Thérèse, c'est cela être mère. Mais, devant le regard clair et candide de Dominique, elle doit admettre que c'est aussi autre chose. Jamais elle n'aurait cru qu'un jour elle se retrouverait face à un tel dilemme. Doit-elle tout dire à ses enfants ou plutôt préserver le secret de peur de briser les liens? De peur de se voir rejetée par eux? Naïvement, elle s'imaginait que personne ne saurait jamais. Que personne n'aurait jamais à savoir. Pourtant, en ce moment, elle sent qu'elle ne peut se dérober plus longtemps. Dominique a le droit de savoir. Comme mère, elle a toujours enseigné à ses enfants que la vérité est la seule avenue possible. Même si parfois elle est difficile à emprunter. Alors, en soupirant, elle revient s'asseoir sur le bout de son lit, tout près de Dominique. Et, de tout l'amour qu'elle a pour sa fille, Thérèse essaie de trouver les bons mots. Elle l'aime tant, sa petite Dominique! Même si elle ne l'a pas portée pendant neuf mois, elle est un morceau de sa chair. Elle est sa vie et ses espérances, sa joie et sa fierté. Alors, par respect pour cette enfant qu'elle a toujours considérée comme sienne, Thérèse met toute sa tendresse dans sa réponse.

— Mais parfois, Dominique, même si on s'aime très, très fort, on n'arrive pas à faire des enfants. La... la nature est bien difficile à comprendre, tu sais. Bien capricieuse aussi. C'est un peu ce qui est arrivé avec ton père et moi. On s'aimait beaucoup, mais on n'arrivait pas à avoir de bébés. Alors, parce qu'on voulait avoir une famille comme tout le monde, parce que dans notre cœur il y avait plein d'amour à donner à un petit bébé, on a décidé d'aller te chercher.

Dominique n'est pas certaine de ce qu'elle vient d'entendre. Comment peut-on aller chercher un bébé? Il y a bien Jacinthe, son amie, qui disait qu'il existe des endroits où l'on peut acheter des bébés, mais jamais Dominique ne l'avait crue. Néanmoins, devant ce que sa mère essaie de lui expliquer, elle a un recul, une hésitation. Comment une telle chose peut-elle être possible?

— Me chercher? On... on peut acheter des enfants? On... Il y a des endroits où on peut avoir des bébés? Je ne comprends pas. Et moi, qu'est-ce que j'ai à voir là-dedans? Tu viens de me dire que toi et papa vous vous aimiez! Je...

Bouleversée, Thérèse met une main tremblante sur le bras de sa fille. Comment lui faire comprendre à quel point elle l'aime? Comment lui expliquer que c'est l'amour qui a fait qu'un jour Thérèse et René Lamontagne ont eu envie d'un petit être dans leur vie? Comme tous les couples du monde.

— Laisse-moi terminer, Dominique. Papa et moi, on n'avait pas le choix. La nature a fait en sorte que je ne pourrais jamais avoir d'enfant dans mon ventre. Mais ce n'est pas une raison suffisante pour ne pas être mère... Quand nous nous sommes mariés, ton père et moi, on rêvait d'avoir des enfants. On ne pensait jamais qu'il y aurait des problèmes... Comme je te l'ai dit, parfois, quand une jeune femme fait l'amour, elle tombe enceinte.

Après neuf mois, le bébé vient au monde. Ça, c'est dans la plupart des cas. Et quand le père et la mère sont ensemble, mariés et heureux, la venue d'un enfant est une grande joie. Mais tu sais, Dominique, une naissance peut aussi être une source de peine. Il arrive que la mère et le père ne soient pas mariés. Ils sont trop jeunes ou ne s'aiment pas assez pour envisager de vivre toute une vie ensemble, ou... Mais qu'importe? Quand une mère attend un bébé qu'elle ne peut garder, elle le confie à la crèche pour que des parents comme nous, ne pouvant avoir d'enfants, puissent aller le chercher. C'est un...

Ces quelques mots ont fait fondre le sourire de Dominique. Parfois, en riant, elle et ses amies se demandaient d'où venaient les bébés. S'en doutant vaguement, n'y attachant finalement pas encore beaucoup d'importance. Puis, en l'espace d'une demi-heure, la jeune fille qu'elle était vient d'apprendre qu'elle est une femme. Un jour, à cause de cela, elle aura envie de faire l'amour et pourra donner la vie. Mais, d'un même souffle, on lui dit que dans son cas les choses se sont passées autrement... Elle n'est pas le fruit de l'amour entre son père et sa mère. Elle n'a été, en fait, qu'un bébé non voulu, une indésirable que sa mère avait abandonnée... Dominique a l'impression que sa vie vient de s'arrêter. Que tout ce qui avait de l'importance à ses yeux n'était que mensonge et tromperie. Plus rien des émotions de son enfance ne vibre dans son cœur. Un vent de révolte balaie toute la candeur de son amour pour ses parents. Comment pourra-t-elle continuer à leur faire confiance?

— Ce que tu es en train de me dire, c'est que je ne suis pas ta fille?

En entendant le ton de reproche que Dominique a employé, Thérèse sent l'inquiétude envahir son cœur. Elle ne veut surtout pas que sa fille s'imagine qu'elle n'était qu'une laissée-pour-compte.

— Mais non, Dominique. Être la fille de quelqu'un, ce n'est pas uniquement être du même sang qu'elle, voyons. C'est tout ce que nous partageons depuis tant...

Mais Dominique est fermée à toute compréhension. Une seule chose est désormais importante à ses yeux: elle n'est pas la fille de Thérèse et de René. Brusquement, elle a l'impression d'être une inconnue dans sa propre maison. Elle en veut à cette femme de ne pas être celle qui l'a mise au monde. Injustement, cruellement. Inconsciemment... Alors elle s'acharne, impitoyable.

— Ce n'est pas cela que je veux savoir. Est-ce que tu m'as portée dans ton ventre pendant neuf mois, oui ou non?

— Non. Mais ce...

La réplique est sans appel. À son tour, Dominique se relève et, de la fenêtre, regarde la rue ensoleillée et les arbres frémissants dans la brise d'automne. Son monde, sa rue, sa maison... Mais rien de cela n'est plus vrai, car Thérèse n'est pas sa mère. Les parents qu'elle chérissait, en qui elle avait confiance, ne sont pas ses parents. Seule. Dans la réalité froide des faits, Dominique est seule au monde... Soudainement, elle est gênée de la conversation qu'elle vient d'avoir avec Thérèse. Terriblement embarrassée d'avoir abordé des choses aussi intimes avec une étrangère. Dominique n'écoute plus ce que lui dit Thérèse qui, torturée par la réaction de sa fille, essaie de lui expliquer le grand geste d'amour qu'a eu sa mère en la laissant à la crèche. L'adolescente laisse les mots glisser dans la pièce avant qu'ils s'envolent dans le jardin par la fenêtre ouverte sur la douceur de cette belle journée de septembre. Qu'importe ce que cette femme a à lui dire puisque pendant toutes ces années, elle l'a trompée. Jamais Dominique ne pensait qu'un jour elle souffrirait à ce point. Non, jamais. Profitant d'un instant de silence, elle sort de son mutisme pour poser la seule question qui ait de l'importance à ses yeux.

— Où est ma mère? Je... je veux la voir.

Thérèse ne répond pas tout de suite. La hantise de sa vie! Celle de se voir rejetée dans l'ombre au profit d'une inconnue qui avait eu la chance d'être mère. Les yeux pleins d'eau, elle tente de trouver les mots qui sauraient tout dire sans briser le lien existant entre elles. Mais c'est le vide... Qu'une douleur insoutenable qui lui fouille le cœur et lui arrache ses joies de mère les unes après les autres. Que des images de Dominique, bébé, qui lui encombrent l'esprit. Que l'amour qu'elle a toujours eu pour elle mais qui n'arrive plus à s'exprimer. En même temps que la peur de voir sa fille lui échapper lui oppresse la poitrine, elle comprend qu'elle doit à tout prix essayer de réconforter son enfant meurtrie. Sa fille doit savoir que sa mère l'aimait malgré le fait qu'elle l'ait abandonnée. Il n'y a que de cette façon que Dominique pourra réussir à vaincre sa colère et sa révolte. Savoir que le destin est parfois impitoyable et imprévisible. Alors, se laissant guider par l'amour autant que par l'angoisse qui l'habite, Thérèse lui dit d'une voix sourde:

— Ta mère t'aimait, Dominique. Comme toutes les mères du monde... Elle ne t'aurait jamais laissée, si elle avait eu le choix. Mais parfois, quand une femme met un enfant au monde, il y a des complications qu'on ne peut pas prévoir. C'est... c'est ce qui est arrivé à ta naissance. Ta... ta mère est morte, Dominique, te laissant seule au monde. C'est le Docteur Simard qui nous a demandé de t'accueillir chez nous. Comme cela faisait déjà des années qu'on essayait d'avoir un enfant sans y réussir, on est allés te chercher aussitôt qu'on l'a su. Tu... tu n'avais même pas un jour quand tu es arrivée ici.

Incapable de retenir ses larmes plus longtemps, Thérèse se relève et vient poser une main sur l'épaule de sa fille. Pitoyable réflexe de survie qui lui a dicté ce mensonge. Mais c'était plus fort qu'elle... Elle s'en veut et en même temps elle avoue, honteuse, qu'ainsi elle n'aura pas à craindre la présence de celle qu'elle a toujours vue un peu comme une rivale.

— Je t'aime, Dominique. Tout autant que si je t'avais mise au monde. Ce... ce n'est pas cela qui a de l'importance. Je t'aime, ma petite fille. Je n'ai jamais voulu te...

Dominique ne l'écoute plus. Tout ce qui reste dans son esprit et son cœur c'est que sa mère est morte. Peu lui importe maintenant que René et Thérèse Lamontagne l'aient toujours aimée. Que veut dire la chance d'avoir été recueillie dans une famille unie et heureuse si ce n'est pas celle qui lui était destinée? Quelle importance qu'elle n'ait jamais manqué de rien puisque, maintenant, elle sait que sa mère lui manquera toujours? En ce moment, Dominique est incapable de raisonner. Est incapable de laisser revivre les émotions de son enfance. Aujourd'hui, elle vient d'apprendre qu'elle est devenue une femme et qu'elle est orpheline. C'est trop. Beaucoup trop pour avoir envie de chercher un peu de réconfort dans les bras qui l'ont pourtant bercée et consolée depuis toujours. Repoussant la main légère posée sur sa tête, sans un mot, l'adolescente quitte la pièce et vient trouver refuge dans sa chambre. L'œil sec, la tête vide, l'âme déchirée... Et les sanglots bruyants qui traversent la cloison n'arrivent pas à briser son indifférence.

9

Philippe est heureux. La cueillette des pommes va bon train, la cidrerie fonctionne à plein régime et c'est ce matin qu'il va à la ville pour rencontrer les différents marchands qui aiment avoir une partie de leur production dans leur étalage. Le boulanger, le charcutier, le poissonnier et même le maraîcher préfèrent leur cidre à tout autre... Et Philippe doit admettre, en rougissant toutefois — car il est encore et toujours un homme timide —, oui Philippe admet qu'il aime bien aller se promener à la ville. Voir des gens affairés, des jolies filles, des enfants souriants. Cela le change de la routine du monastère et, d'une fois à l'autre, il attend sa sortie avec impatience. Même si, et il en est conscient, il serait incapable d'échanger sa vie présente contre une autre. Il serait complètement perdu s'il avait à décider de ses gestes de chaque jour. Il aime se promener quand on lui dit que c'est jour de promenade, mais il aime tout autant cueillir des pommes lorsqu'on lui demande de le faire. Comme un enfant heureux de donner satisfaction autour de lui. Fier de voir qu'on est content de lui. Philippe est comme un enfant. Oui, cela il le sait. Au fil des années, il a compris que son esprit était lent. Comme si une partie de son esprit refusait de s'éveiller, au même titre que les souvenirs qui dorment en lui. Souvent, Philippe a l'impression qu'un autre être habite en lui. Un homme fort et grand qui n'attend peut-être qu'un signe pour se dégourdir. Qui se manifeste parfois, certains matins quand il s'éveille. Comme si l'autre lui s'étirait, essayant de prendre un peu plus de place que celle qui lui est généralement dévolue. Invariablement, l'enfant finit toujours par s'imposer. Cette crainte incontrôlable qui anéantit toute tentative de réveil! Un réflexe en lui. Philippe l'a compris et a accepté l'enfant qui vit dans sa tête. Sans malice aucune, il ne ressent ni révolte ni même agitation devant cet état de choses. Il est ce qu'il est et peu lui importe si avant la guerre il était tout autre. Il prend la vie comme elle se présente à son regard, dans sa belle simplicité, et est heureux de ce qu'elle a à lui offrir. La promenade menant à la ville est agréable. Souvent, lorsque la température le permet, Don Paulo et lui préfèrent se rendre à Caen à pied. Goûtant l'un comme l'autre, à un niveau différent certes, la joie d'une escapade. Comme mordre au fruit défendu sachant la chose permise pour un instant... Philippe n'a pas assez de ses deux yeux pour faire provision d'images colorées qui seront la joie de ses longues heures de solitude dans sa chambre. Pas assez de ses deux oreilles pour emmagasiner toutes les chansons joyeuses qui le courtisent quand ils passent devant les cafés et qu'il s'amuse ensuite à fredonner lorsque le silence se fait trop lourd. Curieusement, Philippe a une excellente mémoire pour retenir l'air et les paroles d'une chanson. Pendant que Don Paulo prépare les commandes, il s'assoit dans un coin reculé du commerce et il regarde partout, l'œil vif tel un furet, l'oreille aux aguets, les mains agitées frottant convulsivement son pantalon. Don Paulo sourit quand il surprend son manège, sachant fort bien que c'est là l'expression d'un plaisir profond chez Philippe. Les commerçants haussent les épaules. Pour eux, cet homme entre deux âges n'est que l'idiot du monastère. Personne ne connaît vraiment son histoire. Seulement qu'il a été blessé à la guerre, laissé pour mort et recueilli par les moines. Alors une ombre de respect se glisse dans leur indifférence et il l'accueille à chaque fois avec le sourire. Dans le fond, qu'importe qu'il soit là ou pas? Il ne parle jamais, ou si peu, et ne dérange personne.

Pendant que Don Paulo discute livraison avec le boulanger, Philippe, assis derrière le comptoir, savoure les yeux mi-clos un croissant au chocolat que la patronne lui a offert. Il la trouve gentille, la patronne de la boulangerie. Elle s'appelle Marielle. Elle est blonde comme les blés et sent bon le pain frais et le lait. Puis, ses yeux d'azur ont toujours un sourire à lui offrir quand il accompagne Don Paulo. Un poste de radio, installé sur une tablette à côté des brioches, marmonne en sourdine une chanson qu'il ne connaissait pas: «C'est la valse brune du chevalier de la lune...». Philippe se laisse aller à la douceur de la complainte, fermant les yeux pour se concentrer afin de retenir la mélodie. Mais alors que la musique se tait, une voix d'homme ajoute: «C'était là une nouvelle chanson de Madame Juliette Gréco. Il...» C'est comme si

Philippe avait reçu une décharge électrique. Ce nom, Juliette... Ce nom lui éclate dans la tête comme un feu d'artifices. Juliette... Une bourrasque d'émotions brutales le soulève hors de lui-même. Une certitude absolue s'empare de son esprit. Il y a eu une Juliette dans sa vie. Et, cette fois-ci, ce n'est pas simplement une intuition, une vague prémonition qui s'amuse à l'agacer. Non. C'est une conviction profonde. Juliette... Et la patronne si blonde, si douce, avec son sourire de madone et ses yeux bleus qui le regarde gentiment. Brusquement, Philippe a l'impression qu'il a déjà connu la boulangère. Avant... Dans son autre vie. Une boulangère qui s'appelait Juliette... Cette odeur de pain qui l'enivre et celle des pommes, omniprésente dans sa vie... Cette attirance qui le guide vers ces odeurs, ce confort qu'il ressent... Une boulangerie et un verger... Mais, en répétant ces deux mots, le nom de Juliette s'impose, encore plus fort dans ses oreilles, plus lumineux sur l'écran de sa pensée. Des milliers de «Juliette» éclatent bruyamment dans sa tête. Et soudainement, douloureuse comme une brûlure, rapide comme l'éclair, passe l'image d'une maison blanche et rouge. Pareille à une flamme embrasant toute sa tête et sa pensée. Le temps d'un spasme. Une belle maison comme on en voit dans les campagnes... Alors, sans avoir à chercher, Philippe sait qu'il y a eu une ferme dans sa vie. Pas une boulangerie mais une ferme. Une évidence si puissante qu'il reste un moment surpris de ne pas s'en être souvenu avant. Fermant les yeux, il tente de faire revenir l'image. Mais elle se refuse à lui, s'estompe dans le brouillard de ses idées. Qu'une spirale qui sent les pommes, avec le nom de Juliette qui l'étourdit... Philippe se met à trembler, de tout son corps. Éperdu, fébrile, il cherche Don Paulo du regard. Mais ce dernier, en grande conversation avec le boulanger, lui tourne le dos. Alors Philippe referme les yeux pour éviter de tomber. Il est si étourdi, tout d'un coup. Sa tête fait si mal... Puis, aussi fulgurante que son apparition l'a été, le malaise s'en retourne. Subitement, d'un coup... Le tourbillon qui lui donnait la nausée se dissout peu à peu, les mains crispées sur ses cuisses se détendent. Lentement, Philippe lève le front. Rien n'a bougé dans la boulangerie. La propriétaire lui sourit en passant devant lui pour accueillir un client. Et Philippe lui rend son sourire. Le poste de radio chantonne maintenant le dernier succès de Gilbert Bécaud. La normalité des choses. Le calme rassurant de ce que l'on connaît bien. Pourtant, Philippe est endolori comme si on l'avait roué de coups. Et dans son cœur, dans sa tête, dans toute sa vie, tourne et retourne le nom de Juliette...

Sur le chemin du retour, il n'a pas desserré les lèvres, les yeux au sol fixant la pointe de ses souliers. Habitué à ses mutismes, appréciant lui aussi le silence soutenu simplement par les bruits de la nature, Don Paulo ne cherche pas à engager la conversation. Sans se douter que Philippe est à des lieux de la campagne française. Le cœur troublé, l'esprit en déroute. Lui qui ne voulait pas savoir. Qui ne désirait plus revenir dans le passé. À cause des années écoulées, de la crainte perpétuelle de ce qu'il risquait de découvrir. Philippe est bouleversé de voir que sa vie, si discrète jusqu'à maintenant, se décide finalement à soulever un coin de voile. Une crampe lui tord l'estomac. Il a peur. Une peur viscérale, sans raisonnement, froide. En arrivant au monastère, il bredouille une vague excuse et s'empresse de venir camoufler sa désolation dans la discrétion de sa chambre. De grosses larmes coulent sans retenue sur son visage meurtri. Maintenant que le dédale des souvenirs commence à s'éclaircir, il voudrait tout savoir. Un besoin, une envie instinctive en lui en même temps qu'une grande inquiétude. Que va-t-il faire si tout s'éclaire brusquement? Doit-il en parler à Don Paulo? Effrayé, tendu, il reste assis sur son lit, examinant sa chambre comme s'il la voyait pour la première fois. Essuyant machinalement son nez qui coule au revers de la manche de son chandail. N'être qu'un enfant. Il voudrait n'être qu'un tout petit enfant... Imperceptiblement, de minute en minute, le vide se fond à son angoisse et ses épaules s'affaissent, soulagées de reprendre leur pose habituelle. Le regard s'éteint tout doucement pendant que les sourcils se froncent dans la quête d'une mélodie. Se balançant d'un geste monotone, de gauche à droite, Philippe se met à fredonner, sans s'en rendre compte, le dernier succès de Juliette Gréco.

Et, le soir venu, il s'endort en tenant tout contre lui le carré de satin blanc.

Quand Don Paulo le lui avait remis, Philippe l'avait caché au fond d'un tiroir. Ce petit morceau de tissu lui faisait peur. Il supposait trop d'hésitation et de douleur dans sa fragilité. Par une curieuse cabriole de l'esprit, Philippe l'avait même oublié. Puis un jour, en cherchant un vieux chandail, il l'avait retrouvé. Perplexe, il l'avait longuement tenu dans le creux de sa main. C'était un beau matin de mai. Un de ces matins où Philippe était heureux, l'esprit plus clair, plus vif, comme il lui arrive parfois de l'être. Il avait alors décidé qu'il ne pouvait complètement effacer vingt ans de sa vie. Le carré de satin était là, fidèle sentinelle veillant sur ses souvenirs, réveillant un besoin qu'il n'arrivait plus à renier. Il l'avait donc lavé avec soin, repassé délicatement et, depuis ce jour, le carré de satin dormait en permanence sur sa table de travail. Chaque soir, avant de se mettre au lit, Philippe s'obligeait à le regarder. Avec respect. Trop de gens se cachaient derrière la douceur du satin pour le prendre à la légère...

Et hier, avant de s'endormir, il avait longuement suivi du doigt le «J» brodé au fil bleu pâle. Juliette...

Le jour n'est encore qu'une espérance. La cloche du monastère vient tout juste d'égrener deux coups. Deux heures. La nuit est sombre et froide. Recroquevillé sous ses couvertures, Philippe dort d'un sommeil agité. Il se tourne et se retourne sans cesse, grognant et gémissant. Le front strié de rides, comme sous l'effet d'une grande douleur ou d'un plaisir intense. En ce moment, Philippe est avec la boulangère. Ce n'est pas la première fois qu'il rêve de Marielle. À chaque fois, ils sont dans un champ immense, couvert de grands épis verts et barbus, d'une sorte qu'il ne connaît pas. Il lui donne la main et, ensemble, ils courent en direction du soleil. Les épis font la révérence comme s'ils les saluaient. Il est bien. D'un bien-être singulier qui lui donne une crampe dans le ventre. C'est très agréable quand la boulangère le rejoint ainsi. À chaque fois, c'est le même rêve, la même sensation de plaisir quand son sexe se met à durcir. Mais quand cela se produit, invariablement, la boulangère devient nuage et disparaît. Alors Philippe continue de s'élancer, seul, jusqu'à ce qu'il soit épuisé et tombe sur le sol... Mais voilà qu'aujourd'hui Marielle le retient. Elle lui fait signe qu'elle n'a pas envie de courir dans le champ. Elle se couche dans l'herbe, lui tend les bras. Sa robe est blanche, brodée de fils bleus, presque transparente, avec des rubans de satin si doux à toucher... Philippe ne peut résister au sourire de ses yeux couleur de ciel. À son tour il s'allonge auprès d'elle, laisse sa main glisser sur son corsage qui s'ouvre comme par magie sous la pression de ses mains... Et, tout d'un coup, ils sont nus. L'un contre l'autre. Le soleil est chaud. D'une chaleur étrange qui part de sa poitrine et l'enveloppe d'un voile d'irréalité, de sensualité. Un brouillard lumineux se glisse entre eux et le champ d'épis verts les soulève, les emportant dans un drôle de tourbillon qui lui donne le vertige. La boulangère, sans le quitter du regard, se met à effleurer son sexe qui durcit davantage, comme jamais cela ne lui est arrivé encore. Marielle lui sourit et Philippe est bien de ce sourire, de cette caresse lente et douce sur son corps... Mon Dieu, oui, comme il est bien! Il se rappelle maintenant qu'il a déjà connu pareille sensation. Avant. Il y a très, très longtemps... Et le vertige qui le transporte si haut dans le ciel. Ce vertige qu'il a déjà connu. Intense, provocant, attirant et douloureux en même temps... En poussant un cri de plaisir, Philippe s'éveille en sursaut, le cœur battant la chamade et les mains tremblantes, inconfortable... Gêné, il s'aperçoit que son pyjama est détrempé. Jamais, avant, les rêves avec la boulangère ne se terminaient ainsi... Consterné, Philippe se relève, se hâtant de retirer son vêtement souillé. Son premier réflexe est de penser au directeur. Que va dire Don Paulo quand il saura? Mais, aussitôt, Philippe hausse les épaules en avouant que cela ne le dérange pas. Non, pas du tout. Comme si ce rêve lui avait redonné une partie de sa confiance en lui. Comme si l'enfant dans sa tête était en train de devenir un homme. Et puis, il était trop bien, trop heureux pour que ce soit mal... Il vient à la fenêtre et en ouvre les deux battants. La nuit est opaque, sans lune ni étoiles. Philippe écoute grandir en lui un appel puissant. Le cri de détresse de son esprit qui voudrait tant s'éveiller. Qu'une sensation étourdissante et sans mots qui l'emporte loin, très loin de la France, de ce monastère, de son corps... La brise qui avait accompagné le jour s'est transformée, la nuit venue, en vent sournois, portant sur son souffle l'annonce de l'hiver. Malgré cela, insensible au froid qui l'agresse, Philippe reste longtemps à la fenêtre. Comme s'il avait besoin de faire provision d'air pur avant d'emprunter la route sombre et sinueuse qui se dessine devant lui. Un réflexe dans son esprit encore embrouillé. Il regarde, au loin vers l'ouest, les lumières d'une ferme étrangère qui clignotent à travers les branches d'un arbre secoué par la tourmente du vent... Quand il entend les quatre coups sonnés au clocher du monastère, Philippe sursaute, conscient tout à coup de son corps complètement glacé. En frissonnant, il revient jusqu'à son lit, se glisse entre les couvertures froides. Maintenant, les yeux grand ouverts sur la nuit, il se rappelle son rêve. C'est la première fois qu'il s'en souvient avec autant de précision. La main si douce qui le caressait, les seins blancs qui le frôlaient... Troublé, il se retourne sur le ventre pour camoufler un début d'érection, en murmurant un nom nouveau: Cécile... Oui, maintenant il s'en rappelle. Dans son rêve, quand la caresse de la boulangère l'avait foudroyé, c'est ce nom qu'il avait crié... Cécile...

Pendant plus de trois jours, Philippe a été malade. Les heures passées à la fenêtre dans le froid glacial d'une nuit d'octobre ont eu raison de sa santé, habituellement robuste. Inquiet, Don Paulo l'a veillé, écoutant son délire. Se demandant sincèrement si cet accès de fièvre n'était pas, en fait, une révolte du corps devant l'esprit. Un dernier soubresaut avant la clarté des souvenirs revenus. Car, dans son agitation, Philippe répète trois noms à l'infini: Jérôme, Cécile, Juliette... Murmurés inlassablement par les lèvres desséchées en raison de la fièvre. Et, tout en priant, Don Paulo remercie le ciel de lui avoir dicté la route à suivre. Maintenant que les nuages se dissipent dans la vie de Philippe, peut-être voudra-t-il reprendre là où la guerre l'avait laissé. Puis, pendant la troisième nuit, la fièvre a quitté Philippe. Son sommeil s'est fait calme et profond. Soulagé, Don Paulo a regagné sa chambre pour prendre un peu de repos lui aussi. Il se doute que la bataille n'est pas finie pour autant.

Philippe ouvre les yeux au premier appel de la cloche pour la prière du matin. Don Paulo est à ses côtés, lui tenant la main. Il ne sait combien de temps il a dormi mais, tout au long de son sommeil, il y avait une jeune fille à ses côtés. Une jeune fille toute blonde, au visage imprécis, qui lui tenait la main, comme le fait Don Paulo en ce moment, lui répétant de ne pas avoir peur. Qu'elle était là, pour lui, et qu'elle serait toujours là... Ils se tenaient debout, devant la grande maison blanche et rouge. La maison de son enfance... Maintenant, tout est clair dans sa tête. En se retournant, il aperçoit son pyjama roulé en boule contre le mur. Se souvient du rêve qui l'a emporté loin de la réalité du monastère. Du rêve qui a ranimé les souvenirs et l'homme qui sommeillaient en lui. Alors Philippe se met à rougir, oubliant pour un instant la révélation que lui ont fait ses jours de fièvre. Don Paulo, qui a suivi son regard, lui serre la main un peu plus fort.

— Ce n'est rien, cela, Philippe. C'est normal, vous savez...

Philippe ne répond pas. Qu'y aurait-il à répondre, de toute façon? Il le sait bien, lui aussi, que c'est normal. Ramenant les yeux sur la fenêtre, il fixe un moment le ciel noir et moutonneux, les rigoles qui coulent le long de la vitre. Les mêmes rigoles qui pleuraient avec lui quand il a pris le train pour Québec. Oui, maintenant tout a repris sa place dans sa tête. La Beauce, le campement en Angleterre, Pierre mourant dans ses bras... L'espace d'un sommeil et la vie de Philippe a basculé. Il n'est plus Philippe, ne l'a jamais été. Il est Jérôme, Jérôme Cliche... Pendant longtemps, il a eu l'impression que les vingt premières années de sa vie n'étaient qu'un trou noir étouffant, sans repères. Puis brusquement, ce matin, ce sont les douze années vécues au monastère qui deviennent le trou noir de son existence. Pour être bien certain que ce n'est pas uniquement un rêve, il plonge son regard dans celui de Don Paulo. Après un moment intense d'émotion, il énonce sa nouvelle réalité d'une voix monocorde:

— Je m'appelle Jérôme Cliche, numéro matricule 438527. Je suis né à Ste-Marie, au Québec, le quatre mai 1922. J'ai une fiancée qui s'appelle Cécile Veilleux et une fille que nous devons retrouver ensemble... Juliette... Elle s'appelle Juliette.

Épuisé, comme après un effort soutenu, Jérôme ferme les yeux. Deux larmes coulent doucement le long de ses joues, viennent mourir dans sa barbe de trois jours qui grisonne sur son menton. Pourquoi n'a-t-il pas retrouvé la mémoire en octobre 44, en même temps qu'il a ouvert les yeux? Pourquoi la vie lui a-t-elle joué ce mauvais tour? Il lui semble, tout à coup, qu'elle a été injuste envers lui, envers Cécile. Ils ne méritaient pas cela. Et, en repensant à sa jeune fiancée, il frissonne de désespoir. Où est-elle? Qu'a-t-elle fait de sa vie? Maintenant, il est trop tard pour réapparaître. Il ne peut revenir comme s'il ne s'était passé que quelques mois. Oui, il est bien trop tard... Mais, en même temps, il voudrait du plus profond de son âme que le rêve de l'autre nuit soit à nouveau réalité. Cécile... Et ses parents? Sont-ils encore vivants? Ont-ils gardé la ferme? Alors, sans ouvrir les yeux, il s'accroche à la main de Don Paulo et laisse tomber dans un souffle:

— J'ai peur, Don Paulo. J'ai tellement peur de tout ça...

Puis, levant les paupières, angoissé et essayant de puiser dans le regard de son ami un peu de réconfort, une raison valable d'avoir envie de continuer à se battre, il répète d'une voix rauque, terrifiée:

— J'ai peur. Aidez-moi, Don Paulo. Je vous en supplie, aidez-moi.

PARTIE 3

ÉTÉS 1957 ET 1958

10

Québec, le 3 juillet 1957

En chantonnant, Cécile prépare sa valise et celle de Charles. En chantonnant, parce qu'il y a fort longtemps qu'ils ne sont partis ensemble. Depuis plus d'un an, le travail avale toute leur vie. Grignote impitoyablement le temps et l'envie de se retrouver à deux. Et voilà que, d'un coup, Charles a proposé de partir. Comme cela, sans raison apparente, sauf celle de visiter son frère Gérard, à Montréal. «Un petit voyage d'amoureux», a-t-il dit en riant. Pourtant, le rire sonnait faux à cause de ce visage hermétique qui est le sien depuis quelque temps... Malgré cela, le projet a pris forme et, dans quelques heures, ils partent pour Montréal. Ils ont décidé de s'offrir une semaine de vacances. Théâtre, restaurants, Jardin botanique... Ils savent qu'ils ont grand-besoin de cette évasion... D'un commun accord, sans même en avoir parlé, ils ont compris que cette escapade était nécessaire pour leur ménage. Charles est de moins en moins présent à la maison et leur vie commune tire de l'aile. D'amants sages ils sont devenus, au fil des ans, de bons amis qui se retrouvent parfois dans le même lit. Cécile se demande si l'absence d'enfants n'a pas éteint la flamme qui a déjà brillé entre eux. Même si cette flamme n'a jamais été aussi étincelante qu'elle l'aurait souhaité. Alors, quand Charles a parlé d'une semaine de repos à Montréal, une pointe d'excitation dans la voix, Cécile a tout de suite accepté. Soulagée de croire que son mari aussi sentait ce besoin en lui. Prendre le temps de vivre ensemble, eux qui ne font que se croiser à la porte de la salle de bain, le matin, avant de partir pour l'hôpital. Constater que le quotidien n'est pas seulement un tourbillon fou qu'ils mènent chacun pour soi. Espérer qu'entre eux il y a encore de l'amour. Cette attirance qui fait trembler le cœur... Car Cécile, qui rêvait d'une existence entourée d'amour et d'enfants, souffre terriblement de ce manque de contacts entre elle et

Charles. Cette tiédeur qui enveloppe leur vie. Ce vide en elle, de plus en plus profond. Mais elle n'en dit rien. Qu'aurait-elle à lui reprocher, de toute façon? Charles n'est-il pas un bon mari? Il est vrai qu'à sa manière il est attentionné, l'a toujours été. Discret, courtois, prévenant... Jamais il n'oublie un anniversaire. Chaque vendredi soir il fait un détour par la boutique du fleuriste, juste au bout de la côte du Palais, sur la rue Saint-Jean, et revient de l'hôpital avec une gerbe de fleurs superbe et coûteuse. Souvent, quand il la voit fatiguée, il emmène Cécile au restaurant, au théâtre... Oui, Charles est un gentil mari... quand il est là. Mais, dans le fond, pourquoi serait-il différent? Qu'est-ce qui pourrait lui donner envie de passer plus de temps à la maison? «Pas grand-chose», constate Cécile. Alors, pour compenser, elle se donne corps et âme à son travail. Présente à ses patients comme s'ils étaient sa famille. Celle qu'elle n'aura jamais...

Le ciel est gris et lourd. Presque froid. La pluie attaque furieusement les carreaux et Cécile a un frisson en approchant de la fenêtre. L'horizon est bouché, sale. Un brouillard dense habille maisons et jardins et c'est à peine si Cécile distingue l'entrée de leurs voisins. Elle a un soupir de contrariété. Le voyage aurait sans doute été plus agréable sous un ciel bleu. Un bref instant de déception devant cette nature si peu favorable à un rapprochement, puis elle étire tout de même un sourire. Dans le fond, rien ne pourrait altérer sa bonne humeur. Peu lui importe la température, finalement, puisqu'elle sait fort bien que ce n'est pas cela qui va modifier leur projet. Charles est un bon conducteur et ils partent sitôt le dîner avalé, pour faire la route de clarté. Revenant vers son lit, Cécile ferme les deux valises et vient les porter dans l'entrée. Puis elle se dirige vers la cuisine pour préparer un repas léger qu'ils prendront à deux, avant de quitter Québec. Maintenant, c'est un large sourire qui illumine son visage. Dans quelques heures, elle pourra tenir Daniel dans ses bras. Le fils de Gérard, leur filleul...

* * *

— Cécile! Enfin vous v'là! Je me faisais du sang de cochon pour vous autres. Prendre la route avec un temps pareil.

Gérard étreint sa sœur avec soulagement, avant de tendre la main à son beau-frère. Puis, d'un coup de pied, il repousse la porte qui se referme en claquant sur une pluie diluvienne et un froid qui s'apparente bien plus à l'automne qu'à l'été. Même s'il n'est que sept heures, la nuit commence déjà à tomber. Le long couloir qui scinde son appartement en deux est déjà plongé dans l'ombre. Seule la lumière provenant de la cuisine, à l'autre bout du corridor, permet de distinguer les couleurs sombres des murs et du prélart.

— Venez, vous deux. Marie est dans cuisine en train de préparer un bon café...

Curieusement, Charles et Gérard ont immédiatement sympathisé, quand ils se sont connus au matin des noces de Cécile. Pourtant, rien ne semble fait pour les rapprocher. Gueulard, remuant, instable, Gérard est l'opposé de l'homme calme, pondéré et tranquille qu'est Charles. Pourtant, à chaque occasion où ils se rencontrent, les deux hommes deviennent intarissables. S'intéressant, l'un comme l'autre, à un monde qui leur est totalement inconnu. En ce moment, ils parlent moteur, et Cécile, éberluée, entend son homme discuter de soupapes et de bougies comme un véritable mécanicien, lui qui tempête à la moindre avarie, proclamant haut et fort que la mécanique est pire qu'un casse-tête chinois. Amusée, elle voit les deux hommes se relever vivement de la table, repousser leurs chaises et redescendre dans la cour pour examiner la nouvelle auto de Gérard. À la pluie battante! Les deux femmes ont un sourire complice quand le bruit de leurs pas se fond au silence qui revient alors se déposer sur la cuisine. Marie, encore intimidée devant sa belle-sœur (pensez donc! une femme médecin!), tousse discrètement, puis se relève.

— Un autre café, Cécile?

Mais cette dernière n'a pas particulièrement envie d'étirer le temps. Le but premier de son voyage ce n'était pas de se retrouver seule avec Charles. Bien sûr, cela aussi a son importance. Mais au-delà de sa vie de couple, un fond tenace résiste au passage du temps. Ce cœur de mère qui bat toujours en elle. Cécile se retourne vers Marie, en souriant. Puis sa voix se fait cajoleuse.

— Non, merci. Pas de café... Je... Je sais bien que Daniel est couché, à cette heure-ci, mais est-ce que je pourrais le voir? Je ne ferai pas de bruit. Promis! Je...

Marie éclate de rire, l'interrompant, déposant sur un rond du poêle la cafetière qu'elle avait déjà en main. En ce moment, Cécile a l'air d'une petite fille quémandant une gâterie.

— Bien sûr, Cécile... Pis même si tu le réveillais, ça serait pas ben ben grave, tu sais. Y dormira plus tard, demain matin...

Daniel dort paisiblement en suçant son pouce. Sa petite chambre bleue et jaune sent bon le bébé, la poudre fine. Cécile approche à pas feutrés jusqu'au lit blanc, se penche vers son filleul. Émue, elle constate qu'en grandissant, il ressemble de plus en plus à Gabriel, son petit frère qu'elle a tant aimé même si, aujourd'hui, elle ne le voit plus tellement souvent. Le bébé grogne dans son sommeil. Après avoir tourné son visage vers elle, il fronce les sourcils, cherche un moment puis reprend son pouce. Cécile a l'impression de revenir à l'époque où Gabriel ne dépendait que d'elle, avec le silence complice d'un père et d'un frère qui faisaient tout leur possible pour lui permettre de l'allaiter en secret. Mêmes joues rebondies, mêmes cheveux blonds doux comme la soie... Mon Dieu, que tout cela lui semble loin maintenant! Comme si cette époque n'appartenait plus à sa vie. Que ce n'était qu'un rêve à la fois doux et terriblement sensible pour son cœur. Mère... Elle aussi a déjà été mère... Deux larmes silencieuses lui montent aux yeux, mais Cécile est incapable de les laisser couler. Elles restent là, au bout de ses cils, suspendues entre rêve et réalité. À ses côtés, Marie admire son fils un instant puis, levant les yeux, elle croise le regard de Cécile, brillant d'une eau tremblante. Alors elle lui fait un petit sourire, complicité muette, timide... Il n'y a aucun secret entre elle et Gérard. Et, discrète de nature, Marie n'en a jamais parlé avec Cécile. Pourtant, elle sait le drame qui a traversé la vie de sa belle-sœur. Cette petite fille abandonnée contre sa volonté... Tirant silencieusement la berceuse, elle vient la placer près du petit lit.

— Tiens, Cécile, assis-toé, murmure-t-elle doucement. Je... Moé avec j'aime ça le regarder dormir...

Et, discrètement, elle se retire de la chambre, en refermant délicatement la porte sur elle. Qu'y a-t-il de plus beau, de plus apaisant qu'un enfant qui dort? Le regard que Cécile lui a lancé ne peut la tromper. Sa fille lui manque... Encore et toujours. Peut-on jamais oublier l'enfant qu'on a mis au monde? Alors, en regagnant la cuisine, Marie se dit que la présence du petit Daniel devrait combler une part de sa tristesse...

Combien de temps Cécile est-elle restée auprès du bébé endormi? Elle ne saurait le dire. C'est un peu comme si le temps avait arrêté sa course, lui donnant l'occasion de se repaître, de se rassasier. Des yeux et du cœur. C'est la porte s'ouvrant sur un

Charles échevelé et détrempé, qui la tire de sa méditation, la ramène de son voyage au cœur de ses émotions les plus vives. Celles qu'elle doit s'obliger de garder endormies si elle veut survivre, si elle veut protéger ce qui reste de son couple. Elle en est convaincue... Mais le regard qui se lève vers Charles est aussi éloquent qu'un fervent plaidoyer. Il le reçoit avec une douleur au cœur qui le surprend un instant. Même s'il le connaît ce regard à la fois triste et accusateur... Bref revirement des émotions. À peine un soupir de surprise. Puis rassuré, il sourit. Non, rien n'est mort entre eux. Son cœur emballé et ses mains légèrement tremblantes en sont la preuve. Il aime Cécile et il est encore temps de tout reprendre au point de départ. Au moment où, amoureux, ils voyaient la vie devant eux comme un grand rire... En ce moment, le cœur de Charles bat la chamade tant il aime sa femme. Comme un spasme à la fois douloureux et vertigineux. Si doux... Silencieusement, il la rejoint, plie les jambes pour se mettre à sa hauteur, se penche sur le berceau. Un sourire ému, amusé, se dessine sur son visage encore mouillé.

— Est-il assez beau, notre filleul, murmure-t-il attendri.

Mais Cécile ne répond pas. Si elle laissait les mots mettre de la couleur sur ses émotions, c'est toute sa vie qui déboulerait subitement entre elle et Charles. Et cela, elle s'est jurée que ça n'arriverait jamais. Ravalant ses larmes, elle se contente de hocher la tête, continuant de caresser, du bout du doigt, la menotte potelée qui s'est glissée entre les barreaux. Surprise, elle voit la main de son mari se joindre à la sienne pour frôler la peau douce du bébé. Lui qui ne montre habituellement aucune attirance pour les tout-petits... Puis, dans un murmure:

— Viens, Cécile. Il se fait tard. Nous devons rentrer à l'hôtel...

La voix de Charles vient de briser le charme. En soupirant, Cécile se relève pour suivre son mari.

Charles a choisi une très belle chambre, au Ritz Carlton. Grande et luxueuse. À l'image de tous les cadeaux qu'il lui offre. À peine son manteau retiré, éreintée, Cécile se laisse tomber sur le lit, les bras en croix, et ferme les yeux sur l'image du petit Daniel. Cette gravure de bébé endormi, si calme, si paisible et qui ne l'a pas quittée depuis qu'ils sont partis de chez Gérard, promettant de venir déjeuner avec eux, le lendemain. Une douleur sourde lui presse le cœur comme une main brutale écrasant toute chance de bonheur dans sa vie. Elle sursaute quand son mari la rejoint, s'allonge près d'elle, l'embrasse dans le cou...

— Je t'aime, Cécile.

Alors elle ouvre les yeux, surprise. Il est rare que Charles se laisse aller à la tendresse. Son cœur bondit dans sa poitrine. Elle qui a tant besoin d'affection... Heureuse de sentir la chaleur de Charles tout contre elle, Cécile cale son visage contre l'épaule de son mari.

— Moi aussi, je t'aime Charles.

Étendant le bras, Charles vient fermer la lumière. Seule la lueur de la ville derrière la fenêtre éclaire leur chambre, les enveloppe dans un cocon paisible qui donnerait envie de se confier. Oui, maintenant, dans une chambre inconnue, loin de ce qui est sa vie, Cécile aurait envie de tout dire à Charles. Tant d'espoir trahi ravage son cœur en ce moment... Oui, elle voudrait vraiment être capable de tout dévoiler. Profiter de ce qu'il a appelé en riant «leur deuxième voyage de noces». Ne rien négliger, ne rien laisser dans l'ombre. Repartir à neuf sur une base de complicité totale. Comme un besoin en elle d'être honnête et sincère jusqu'au bout. Pourtant, elle sait que les mots se refuseront à elle, comme si cette partie de sa vie n'appartenait pas à Charles. Ne serait jamais sienne. Cette peur en elle de le blesser... Malgré la tiédeur de leur union, Cécile sait qu'elle aime son mari. Alors, pour lui faire comprendre qu'elle tient à lui malgré tout, qu'elle a besoin de sa présence, elle se fait toute menue contre Charles. Et lui la presse bien fort dans ses bras. Sa petite Cécile... Sa toute petite Cécile, si douce, si tendre... Jamais il n'a eu autant besoin d'être près de quelqu'un. Jamais il n'a eu autant envie de dire «je t'aime» à quelqu'un. Lui, si calme, si pondéré en tout, sent grandir en lui l'envie de crier sur tous les toits qu'il a une femme merveilleuse, qu'il l'aime comme un fou mais qu'il n'arrive pas à la rendre heureuse. Un dur sanglot se forme dans sa gorge. Un petit garçon. Il n'est qu'un tout petit garçon qui aurait besoin qu'on le console. De la vie, de sa tiédeur, de ses erreurs. Pourtant, il referme encore plus son geste de protection autour des épaules de Cécile. La douce Cécile au regard triste. Ce n'est pas cela qu'il lui avait promis au matin des noces. Il voudrait tant la voir resplendissante de joie. Épanouie... Il n'est pas fou. Il sait bien que Cécile est malheureuse. Il le sent du plus profond de son être. Même s'ils s'aiment, se respectent, s'entendent bien... Même s'ils savent encore rire ensemble, et s'amuser, et jouer au golf, et sortir au restaurant. Mais cela ne suffit pas pour être heureux. Pas comme il le voudrait. Il a l'impression de ne vivre qu'en surface alors que c'est dans une autre dimension de l'âme que Cécile serait comblée. Lui aussi sent ce manque entre eux. Cette recherche au creux des émotions qui reste sans riposte, haletante... Alors Charles a peur. Persuadé qu'il n'est pas l'homme qu'elle espère. Oui, cela fait longtemps qu'il l'a compris. Et souvent il se répète que c'est Jérôme que Cécile a toujours recherché en lui. Un homme différent, qu'il ne connaît pas, et qu'il ne sera jamais. Cela l'attriste et le choque tout à la fois. C'est même un peu pour cela qu'il revient de plus en plus tard de l'hôpital. Pour ne plus se sentir coupable d'être ce qu'il est. Ne plus souffrir de ce regard abattu que Cécile promène dans leur grande maison silencieuse. Mais, ce soir, il a compris autre chose. Ce n'est pas d'un autre dont Cécile a besoin. Sentant son souffle court et chaud dans son cou, il sait bien qu'elle l'aime. Sincèrement. Une femme comme Cécile, quand elle dit l'amour, c'est que c'est vrai. Sans compromis. Non, c'est d'autre chose dont Cécile a besoin. Jamais avant il n'aurait voulu l'admettre aussi clairement. Mais ce soir, en voyant sa femme contemplant le petit Daniel, aussi immobile qu'une statue, comme pétrifiée, il a compris qu'elle avait raison. Il y a un manque dans leur vie. Celui d'une présence qui serait un trait d'union entre eux. Comme tous les couples du monde, en ce moment, il aurait envie de voir son amour envers Cécile se concrétiser en un être qui serait d'eux. C'est la première fois qu'il le ressent avec autant d'acuité. Comme une douleur qui lui creuse le ventre. Il voudrait lui faire l'amour, follement, et savoir qu'ils sont en train de fabriquer leur enfant. Un soupir tremblant traverse sa pensée. Pourquoi sont-ils incapables d'avoir un bébé? Pourtant, c'est la réalité. Leur réalité. Il semble bien que ce soit impossible. Et si cela le peine et l'agace, maintenant, il se fout de savoir la cause du problème. Qu'importe? Tout ce qu'il désire c'est voir Cécile heureuse. Et être heureux avec elle. Tout simplement... Se rapprochant d'elle, il la prend dans ses bras, frôle doucement ses longs cheveux.

— Cécile, j'aimerais qu'on ait un enfant... Un petit bonhomme qui ressemblerait à Daniel... Qu'en penses-tu?

Cécile n'ose plus respirer. A peine à croire ce qu'elle vient d'entendre. Charles? Charles est en train de lui dire qu'il veut un enfant. Pourtant, encore le mois dernier... Elle se revoit dans leur grande cuisine. La fenêtre s'ouvre sur le chant des oiseaux, les cris de joie des petits voisins. Et son mari qui dit, de sa voix catégorique quand il est certain d'avoir raison:

— Prête pour le golf, Cécile?

Puis, après un bref moment de silence:

— Te rends-tu compte de ce que ce serait si on avait un bébé? Tu ne pourrais pas m'accompagner. Dans le fond, c'est peut-être une bonne chose ce qui nous arrive. On aime tant sortir, nous deux...

Et finalement, en sortant de la pièce:

— Je t'attends dans l'entrée. Je sors nos sacs...

Est-ce bien le même homme qui vient de lui parler? Serait-il là ce bonheur qui la nargue depuis tant d'années, se tenant toujours à deux pieds, presque irréel, refusant de se laisser saisir à plein bras? Ce bonheur qu'elle appelle sans relâche aurait-il enfin décidé de se tenir à portée de main, d'être enfin disponible? Elle n'est pas habituée au bonheur, Cécile, se contentant depuis toujours de vivre pleinement ses petites joies sans attendre autre chose de l'existence. Elle se met à trembler. Ce peut-il, survivre à une si grande joie, brutale et imprévue, presque douloureuse? Elle se soulève sur un coude. Dans la pénombre, elle voit le regard de Charles qui brille étrangement, comme s'il pleurait. Et, du coup, toute sa maternité endormie s'éveille, frémissante. Elle se sent forte et grande. Prenant la tête de l'homme qu'elle aime, elle la pose sur son épaule en se recouchant. Caresse doucement ses cheveux...

— Es-tu bien sérieux, Charles, quand tu dis vouloir un enfant? L'autre matin tu affirmais que...

Le baiser passionné qu'il lui donne, en l'interrompant, est la plus éloquente des réponses. Puis, dans un souffle, il redit:

— Oui, Cécile, j'ai envie d'un enfant. Si... si nous ne pouvons en faire un ensemble, ce n'est pas cela qui va nous empêcher d'être heureux. Je... je ne veux pas te perdre, Cécile. J'ai envie de t'entendre rire, j'ai besoin de savoir que tu es heureuse pour l'être à mon tour. J'aimerais tant sentir des petits bras autour de mon cou et entendre une voix charmeuse qui m'appellerait papa! Oui, Cécile, j'ai envie d'un enfant. Même si ça va déranger nos habitudes. Tant pis pour le golf, pour le théâtre, pour tout...

Alors Cécile laisse enfin couler les larmes qu'elle retient depuis des heures. Larmes de bonheur qui sont si douces à son âme, lavant toutes celles de tristesse qui ont mouillé sa vie. Le passé n'a brusquement plus d'importance. Il se dilue dans un avenir qui s'annonce plein d'espérance... Curieusement, Cécile ne sent plus le besoin de lui parler. N'a pas l'impression de trahir qui que ce soit en taisant le drame de sa vie. Le silence qui lui est habituellement aussi lourd qu'un reproche, ce même silence se fait tout à coup complice. Les rapproche, les unit. Se coulant contre le corps de son mari, sans pudeur, pour la toute première fois avec lui, Cécile laisse éclater la sensualité naturelle qui est la sienne. Elle a envie de se donner à lui de toute la force de son amour. Se donner corps et âme à celui qu'elle a choisi. Faire ensemble, dans un geste d'abandon total, cet enfant dont ils parlent... Étonnée et heureuse, elle s'aperçoit que Charles répond avec fougue à sa passion. Retrouver cet éclatement de l'être qui vous emporte loin de toute réalité... Elle s'endort le cœur apaisé, un sourire aux lèvres. Et longtemps, dans la nuit grisâtre d'une grande ville trop éclairée, Charles la regarde dormir. Heureux comme il ne pensait pas qu'on puisse l'être...

11

Quand Jérôme avait demandé à Don Paulo de lui laisser un peu de temps pour décider ce qu'il allait faire de sa vie, celui-ci avait accepté sans l'ombre d'une hésitation. Il avait compris que, pour Jérôme, la vie reprenait en 1944. Les douze années vécues au monastère n'avaient plus la moindre importance. N'existaient plus. Pour lui, la guerre venait tout juste de finir. Il n'avait plus trente-quatre ans mais bel et bien vingt-deux. C'est hier que son copain était mort dans ses bras. Il avait des parents qui l'attendaient au loin, une fiancée toujours jeune et belle et une fille qui n'était encore qu'un bébé. Jérôme avait besoin de temps pour se faire à l'idée que sa vie venait encore une fois de basculer dans un monde imprévu, dérangeant, terrifiant. Besoin de comprendre les années écoulées sans lui, dans un pays qui était le sien. Loin, si loin de la France...

Oui, sa vie était à nouveau bouleversée dans le temps et dans l'espace. L'homme qui s'était endormi sur une plage de Normandie était avant tout un Canadien. Un jeune de la Beauce, fier de son pays et de tous ceux qu'il avait laissés derrière lui. Oui, c'était un homme qui s'était endormi sur la plage et voilà, qu'au réveil, il ne s'en rappelait plus. Il était revenu à la vie avec un cœur d'enfant. Un enfant qui refusait de céder sa place pour protéger l'homme blessé, caché derrière lui. En retrouvant la mémoire, Jérôme avait laissé renaître l'homme. Involontairement, instinctivement. D'abord une intuition de ce qu'il était, puis, peu à peu, une certitude. Il n'avait plus besoin de l'enfant craintif pour le défendre. Le petit garçon insécure s'est effacé, s'est fondu à l'homme fort qui sommeillait en lui. Au fil du temps, Jérôme a retrouvé son assurance et sa détermination. Et celui qui se tient devant Don Paulo, aujourd'hui, est à l'image de ce que ce dernier avait toujours imaginé. Un homme de cœur et de droiture... Un

homme bouleversé qui ne sait plus où est sa vie. À la demande de
Jérôme, Don Paulo a même continué de l'appeler Philippe.
Personne, au monastère, ne se doute que l'inconnu, entré chez
eux vers la fin de la guerre, a retrouvé la mémoire. Personne...

Mais en retrouvant sa vie, Jérôme en a perdu le sommeil.
Depuis plus de neuf mois, comme une lente et difficile gestation,
il passe de longues heures à la fenêtre de sa chambre. Scrutant le
verger et son avenir. Essayant d'écouter ce que son cœur a à lui
dire. Ne sachant s'il doit se fier à tous les tremblements de son
âme qui lui répètent qu'il n'a qu'un seul désir. Celui de retrouver
les siens. Leur dire qu'il est vivant, en bonne santé. Reprendre la
vie là où elle l'avait laissé tomber. Soigner le verger de son père,
entailler les érables quand revient le printemps, faire les labours...
Mais à chaque fois qu'il sent vibrer cet appel en lui, sa conscience
fait objection, se rebiffe. A-t-il le droit de revenir chez lui, comme
cela, sans préambule, sans préparation? Pour lui comme pour tous
les siens. Qu'est-elle devenue la vie de ceux qu'il aime tant? Ont-
ils besoin qu'un fantôme reprenne forme pour venir chambarder
le cours de leurs existences qui ont dû changer, grandir, évoluer,
se placer sans lui? Inquiet, il passe des heures à marcher dans la
nuit, essayant d'imaginer ce que serait son retour. Il revoit sans
difficulté la grande maison blanche et rouge, sur le rang du Bois
de Chêne. En pensée, et de tout son cœur, il en fait le tour, admire le champ de grands épis verts et barbus, qu'il appelle maintenant du maïs. Puis son regard se porte au-delà du grand croche,
en haut de la butte, et continue son chemin jusqu'au deuxième
rang. La grosse roche plate est-elle encore à son poste? Il passe devant elle et vient s'arrêter devant une maison blanche au toit de
tôle noire. Une jeune femme, debout sur la galerie. Cécile...
Qu'est-elle devenue? Est-elle mariée ou l'a-t-elle attendu? Mais,
en se disant cela, il sait bien que personne ne peut croire à un retour après tant d'années. Et Cécile n'est pas une femme à vivre
seule. Elle a toujours eu besoin de gens autour d'elle pour être
heureuse. Elle a dû le pleurer pendant quelque temps, puis se faire
à l'idée d'une vie sans lui. Maintenant, elle doit être mariée et heureuse, entourée d'une ribambelle d'enfants, elle qui rêvait d'en
avoir plusieurs... Et, quand il y pense, c'est la peur qui dévisage
son inquiétude. En fait un masque terrifiant le faisant reculer devant la vie qu'il souhaiterait plus que tout au monde. Que ferait-
il, lui, s'il fallait qu'il retrouve Cécile amoureuse d'un autre? Il ne

pourrait y survivre. Pour l'homme épris qui respire en lui, les douze dernières années n'existent pas. Il est incapable d'envisager de retrouver Cécile comme si elle n'était qu'une bonne amie. Quand il pense à elle, c'est l'homme de vingt ans qui tremble de désir en lui. Jérôme a peur. De lui comme de ce qu'il pourrait découvrir en revenant dans sa Beauce natale. Alors, il laisse le temps s'écouler, graine à graine, péniblement. Si, au moins, il pouvait avoir de leurs nouvelles... Être rassuré, savoir qu'ils sont à nouveau heureux. Même sans lui. Il pourrait peut-être prendre une décision. Peut-être... Et, plus le temps passe, plus il se dit qu'il n'y a qu'une seule avenue qui se présente à lui. Qu'une chose à faire pour éviter les peines et les douleurs. À lui comme aux autres. Mais elle est difficile à emprunter, cette route de l'amour et du respect...

La journée est triste et chaude. D'une chaleur humide, comme il en connaissait souvent dans la Beauce. Un ciel de plomb, lourd et étouffant, laisse deviner l'orage qui se prépare un peu plus loin, au-dessus de la mer. Le travail au verger est fini pour la journée et, sans se presser, Jérôme revient à sa chambre pour se changer. Mais, en cette fin de journée, il n'a pas envie de se retirer dans la fraîcheur invitante de la chapelle pour la prière du soir. N'a pas le goût de prendre encore une fois son repas au bout de la longue table de réfectoire, silencieux, comme s'il n'avait rien à dire. Il y a tant de choses en lui qui dérangent et s'agitent, qui se déplacent sans savoir où se poser. Il voudrait se lever et proclamer haut et fort sa mémoire revenue, sa vie retrouvée... Il aimerait se mêler à la foule de la ville. Marcher au hasard des rues, parler à des inconnus, prendre une bière ou un vin frais dans un café...

Ses pas l'ont amené jusqu'au cimetière militaire. Celui où reposent des centaines de jeunes Canadiens tombés au combat. Depuis l'automne dernier, c'est là que Jérôme se retire quand il a mal. S'assoyant devant la pierre tombale de Pierre Gadbois. C'est avec son copain, en lui parlant comme s'il était là, à ses côtés, que Jérôme arrive à maîtriser son mal du pays. Se rappelant ses jeunes années, revoyant son père et sa mère. Imaginant leur détresse, lui qui était enfant unique. Et quand il pense à eux, l'envie de revenir chez lui se fait plus que tentation. C'est une crampe douloureuse qui le transperce. Puis, invariablement, ses pensées se portent sur Cécile. Alors la douleur s'oblige à être sage. Et tout doucement, en parlant avec Pierre, le calme revient. Pour elle, pour la savoir heureuse et paisible, Jérôme est prêt à tous les compromis... Il laisse donc l'image de sa fiancée se faire discrète. Il s'oblige à regarder le paysage autour de lui, à regarder la vie qui est sienne depuis plus de dix ans... Et quand il retourne au monastère, à chaque fois, il constate que la campagne de Normandie ressemble étrangement à celle de la Beauce. Peut-être vient-elle de là cette absence de mémoire qui a duré si longtemps. Se sentir à l'abri dans un monde qui lui était familier... Lui qui a invariablement aimé le travail de la terre, il retrouve dans ce paysage la quiétude dont il a toujours eu besoin. Ces vallons qui ondulent contre le ciel bleu, le reflet d'une rivière qui scintille au loin, cette odeur de ferme, cet enivrement des fleurs de pommiers qui revient chaque année... Si ce n'était de la douleur de ne rien savoir des siens, Jérôme pourrait être heureux ici. Tout comme il l'aurait été chez lui, dans la Beauce. De cela, il est convaincu. Jusqu'à un certain point, la vie qu'il mène au monastère correspond à celle qu'il a toujours voulue. Une vie calme, sans problème, qui se déroule au rythme des saisons et de la course du soleil. Une vie proche de la terre dont il n'a jamais perdu le goût. Même quand il était malade, ne sachant pas qui il était. Cette attirance vers ce monde de la campagne, ses odeurs et son labeur... Oui, il pourrait rester ici, sans en souffrir vraiment. Permettant à une partie de son âme d'être véritablement en paix avec lui-même. Mais il y a Cécile... Alors, tout en revenant vers le monastère, il retrouve la déchirure de l'âme. À chaque fois la même. Celle qu'il a de plus en plus de difficulté à dominer. Qui lui donne le vertige... Dieu, qu'il aimerait la revoir, la prendre dans ses bras, lui faire l'amour! Fermant les yeux, il arrive presque à sentir le parfum de soleil dans ses cheveux, sur sa peau douce... Et cela aussi fait partie de ce qu'il est. L'homme passionné qui a sommeillé pendant tant d'années en lui ne veut surtout pas se rendormir. De plus en plus souvent, il rêve d'elle... Mais il n'a plus vingt ans et ne l'a pas quittée la veille. Tant de choses ont dû se passer depuis. Tant de choses et de gens dans sa vie... Ne souffriraient-ils pas, tous les deux, de ce retour que nul n'osait prévoir? Aujourd'hui, plus que jamais, il est sensible à cette souffrance qui pourrait naître de ses choix et de ses désirs. Alors, passant droit devant l'entrée du monastère, Jérôme continue sa route...

C'est en prenant un verre de vin blanc, assis à la terrasse d'un café que Jérôme s'aperçoit que, malgré lui, les dimensions de sa vie ne sont plus celles qu'elles auraient été en 1944. Même diminué, même sans identité réelle, Philippe était une partie de Jérôme. Tous deux, ils ont partagé un même corps, une même pensée, pendant plus de dix ans. Ils ne peuvent plus se dissocier. C'est ensemble qu'ils ont changé, se sont modifiés au fil des saisons, au gré des gens rencontrés. Il est là, assis sur la terrasse d'un café en France. Un café comme il n'en existe pas dans la Beauce... Autour de lui, les gens rient, s'interpellent, s'amusent et Jérôme ne se sent pas un étranger parmi eux. Grâce à Philippe, ce pays est aussi le sien. Jérôme est bien obligé de l'admettre... Le ciel s'est éclairci, contre toute attente, et le soleil brille à nouveau sur l'horizon, profitant d'une échancrure des nuages. La nuit tombe tout doucement sur Caen. Se calant dans sa chaise, puis allongeant ses longues jambes sous la petite table de fer forgé, Jérôme se surprend à sourire. Il est bien de ces gens autour de lui. De tous ces gens souriants, qui lui envoient la main quand ils reconnaissent en lui le drôle de pensionnaire du monastère. Jérôme comprend que, maintenant, il est un des leurs. Il a pris leurs habitudes, leur parler chantant. Il aime cette terre de France et l'odeur du cidre dans le cellier. Pourquoi risquer de souffrir plus qu'il ne serait capable de supporter? Pourquoi revenir chez lui? Mais sachant les siens probablement heureux sans lui, une pointe de jalousie inévitable lui perce le cœur. Eux aussi ils font partie de sa vie, de ses espérances comme de son passé... Pourtant, la douleur serait peut-être moins grande, moins vive, vécue au loin... La peur d'être mortellement blessé obscurcit toute sa pensée. Il ne veut plus avoir mal. Il a eu sa part de tristesse et de souffrance. Tout comme ses parents et Cécile ont dû avoir la leur. Jérôme ne veut surtout pas faire pleurer celle qu'il aime... Les yeux bleus de sa fiancée ont déjà versé beaucoup trop de larmes. Oui, beaucoup trop...

C'est en revenant finalement jusqu'au monastère qu'il prend sa décision. En fait, il n'y a qu'une chose à faire pour être sincère avec tout ce qui a de l'importance à ses yeux. Il sait maintenant vers où diriger ses pas pour être en paix avec lui-même. Et laisser en paix tous ceux qu'il aime... Soulagé de voir la lumière briller dans le bureau de Don Paulo, il se dirige immédiatement vers la pièce plongée dans la lueur paisible d'une lampe de lecture. Il lui faut parler pendant que la douceur du vin lui délie la langue. Sinon, il risque de ne plus avoir de courage.

— Don Paulo? Je peux vous parler?

Le directeur relève la tête, étire un large sourire en reconnaissant Jérôme.

— Bien sûr, Philippe. Entrez et fermez la porte...

Comme un rituel entre eux depuis ces derniers mois. Il n'y a que lorsque la porte est refermée sur leur intimité que Don Paulo s'autorise à l'appeler Jérôme. Respectant les volontés de son ami, jamais il n'a parlé de son secret à qui que ce soit. De toute façon, la conversation porte rarement sur les pensées de Jérôme. Don Paulo a compris qu'il pouvait faire confiance à l'intelligence de Jérôme pour prendre une décision qui, finalement, lui appartenait. Se relevant pour l'accueillir, il lance de sa voix joviale:

— Alors, Jérôme, une partie de dames?

Mais ce dernier ne lui répond pas. Comme s'il ne l'avait pas entendu, Jérôme s'aproche de la fenêtre. Celle qui donne vers l'ouest où ne subsiste qu'une faible lueur orangée se glissant entre deux nuages noirs et un ciel marine. Un restant de jour. Comme une espérance qui disparaît. Un spasme lui serre le cœur.

— Non, Don Paulo. Je n'ai pas envie de jouer aux dames, ce soir. Je... J'aimerais plutôt vous demander quelque chose.

Alors, comprenant à l'intonation de la voix de Jérôme que celui-ci est à un point tournant de son existence, Don Paulo se rassoit.

— Alors, venez prendre place, Jérôme. Dans votre fauteuil...

Mais à nouveau, Jérôme ignore les propos de Don Paulo. Après un bref silence, lui tournant toujours le dos et concentré sur la tombée du jour, il dit d'une voix très douce, très calme:

— Non, Don Paulo, pas Jérôme mais Philippe. Mon nom est et restera Philippe.

Un silence lourd s'abat sur la pièce. Le directeur se demande un instant s'il a bien compris. Qu'est ce qui a bien pu se passer pour que Jérôme désire à nouveau disparaître dans l'ombre? Il se souvient de la voix angoissée qui appelait Cécile dans son délire... Alors, il ose demander:

— Mais pourquoi? Maintenant que vous...

D'un geste du bras, Jérôme l'interrompt. La décision a été assez difficile à prendre. Il n'a pas envie de se justifier. Pas devant un homme qui a choisi le célibat. Comment Don Paulo pourrait-il savoir ce que c'est que d'aimer une femme plus que soi-même? Comment pourrait-il accepter que Jérôme choisisse de souffrir loin d'elle plutôt que de mourir lentement près d'elle, témoin d'un bonheur où il serait étranger? En ce moment, Jérôme n'a besoin que de compréhension et d'amitié pour être capable d'assumer sa décision jusqu'au bout.

— Je vous en prie, Don Paulo. Je vous en prie...

Mais le directeur, malgré tout le respect qu'il porte à Jérôme, ne peut accepter une telle chose sans au moins savoir ce qui la provoque. Il se permet de reprendre, insistant, ignorant la dernière demande de Jérôme:

— Avez-vous pensé à vos parents, Jérôme? Ils ont le droit de savoir que vous êtes toujours vivant.

À ces mots, Jérôme échappe un soupir. Comme s'il ne pensait pas à eux... Mais le problème n'est pas là. Bien sûr qu'il sait que Gabriel et Mélina Cliche seraient les plus heureux du monde de voir revenir leur fils. Mais, malgré cela, Jérôme ne pourra jamais leur dire qu'il est vivant. Revenir à eux, c'est aussi revenir à Cécile. Et, cela, il est incapable de le faire. Il n'a pas le droit de trahir celle qu'il aime en l'obligeant à des choix qui ne pourraient être que déchirants. Alors Jérôme se répète que si ses parents ont réussi à se faire une vie heureuse en dépit de tout, ils ne souffriront pas de ce qu'ils ne savent pas. Un compromis entre Philippe et Jérôme. Essentiel à la survie de l'homme qu'il est devenu au fil du temps.

— Le droit? Oui, peut-être. Vous avez raison. Mes parents auraient sûrement le droit de savoir... Et si vous saviez à quel point ils me manquent! Savoir ce qu'ils deviennent... C'est toute ma vie qui...

Jérôme échappe à nouveau un soupir. Long, bruyant, douloureux. Puis, d'une voix qu'il tente de garder ferme:

— Malheureusement, il n'y a pas qu'eux. Je ne peux retrouver mes parents sans retrouver aussi Cécile. Et cela...

Jérôme s'interrompt à nouveau. Par amour pour cette femme qui lui a donné les plus beaux instants de sa vie, Jérôme taira à jamais son retour à la vie. Oui, du plus profond de son cœur, il est prêt à ce sacrifice. Au sacrifice de sa vie et de sa liberté. Depuis douze ans, Jérôme Cliche est mort pour tous et, ce soir, il a décidé qu'il le restera. Désormais, il s'appellera Philippe. Alors, se retournant enfin, il plante l'éclat décidé de son regard dans celui du directeur.

— Ma décision est prise, Don Paulo. Je désire rester ici avec vous. Je n'ai ni passé ni identité. Je suis Philippe et je veux demander aux autorités françaises de me reconnaître comme un des vôtres.

Sa voix reste ferme malgré l'ombre de la souffrance qui passe dans son regard. Une souffrance plus grande que les mots, plus forte que la pire des douleurs. Alors Don Paulo comprend et accepte. Cette douleur dans le regard porte en elle l'amour le plus sincère qu'il n'ait jamais vu. Qu'il ne reverra jamais. Se relevant, il laisse tomber d'une voix sourde:

— Vous l'aimez donc à ce point?

Et cette interrogation n'est rien de plus qu'une marque de profond respect. Incapable de répondre, Jérôme se retourne vers la fenêtre, se contentant de hocher la tête. Alors deux larmes glissent le long de son visage anguleux, tremblent un instant sur son menton, avant de venir mourir sur sa poitrine. À l'ouest, là où Jérôme sait que la mer s'efface, là où se trouvent son pays et les siens, la nuit est maintenant aussi noire que de l'encre.

12

Québec, été 1958

Les années se suivent mais ne se ressemblent pas toutes. Depuis août dernier, Cécile a l'impression que sa vie a pris un tournant fulgurant. Un petit Denis est venu bouleverser une existence qu'elle avait toujours trouvée trop calme. Un galopin de quatre ans qui juge que tous ceux qui l'entourent ne sont là que pour son bon plaisir. Un jeune garnement au regard clair comme le ciel après la pluie, au sourire désarmant de candeur. Un amour de petit bonhomme qui donne aux regards entre Cécile et Charles une complicité qui leur fait battre le cœur. Cette chaleur entre eux qui continue de croître... Qui fait du bien. Pourtant, la vie au quotidien ne se déroule pas sans heurt. Tant bien que mal, Cécile a réussi à cumuler son rôle de mère à celui de médecin, conciliant son horaire chargé à celui d'un gamin de quatre ans. Même s'il lui arrive parfois de penser qu'elle se devrait d'être plus présente chez elle, Cécile est incapable de se décider à abandonner la pratique. Une jeune fille s'occupe maintenant de la maison et du jeune homme turbulent qui n'a aucune considération pour les bibelots de sa mère. Mais, comme le dit si bien Charles: «Ce n'est qu'un signe de bonne santé!» Jamais Cécile n'aurait pu croire que son mari prendrait son rôle de père avec tant de sérieux et d'amour. Lui qui n'était qu'une ombre de passage dans la maison depuis quelques années, se fait un devoir de présider au repas de tous les soirs, amenant même Denis au golf avec lui. Heureuse, Cécile découvre un tout autre homme. Cette dimension qu'elle recherchait chez Charles et qui lui faisait regretter la fougue de Jérôme, maintenant elle l'a trouvée. Alors, elle mord avec gourmandise dans sa vie. Une vie enfin comblée, paisible dans ses émotions. Même si souvent elle repense à Juliette, la blessure lui semble moins vive. Tout comme au jour où elle avait tenu Gabriel dans ses bras, la présence de Denis a posé un baume sur ses attentes.

Août est là avec sa promesse de vacances pour la famille Dupré. D'un commun accord, Cécile et Charles ont décidé d'aller à la mer avec leur fils. Se réjouissent à l'avance de sa joie d'enfant quand il découvrira les vagues, l'immensité de la plage et de l'océan. C'est même avec cette promesse qu'ils lui ont fait accepter le départ de leurs voisins, les meilleurs amis de Denis, partis pour un mois à leur chalet. Pourtant, le jeune homme trouve les journées longues, surtout que Gaétane, sa jeune gardienne, est meilleure ménagère que copine! Les journées s'enfilent lentement et il lui semble que le chiffre entouré sur le calendrier recule au lieu d'avancer. Quand on nous a promis une plage de sable, le carré dans le fond de la cour nous paraît plutôt insignifiant. D'autant plus qu'il n'y a personne pour partager l'attente avec lui. En prévision de leur absence prochaine, Cécile et Charles reviennent, plus souvent qu'autrement, uniquement à l'heure de son coucher. Et, dans sa logique d'enfant, Denis trouve que sa vie actuelle est moins drôle que celle qu'il connaissait avant. Dans son autre maison, où il y avait tant d'amis pour jouer avec lui. Une maison où il y avait plein de gens, de bruit, de rires. Avec de longs corridors où il faisait bon glisser sur ses bas quand on venait tout juste de les cirer. En soupirant, Denis regarde la cour détrempée et il n'y a que cette image qui lui revient en tête: un long couloir brillant. Il fait une journée toute grise, pleine de pluie et d'ennui. Gaétane est à préparer la lessive et ne veut pas être dérangée car, comme elle lui a dit: «C'est dans quatre dodos que vous partez. Alors, Denis, il va falloir que tu t'occupes tout seul aujourd'hui. Moi, je n'ai pas le temps de jouer avec toi. Va dans ta chambre.»

Mais Denis n'a pas du tout envie de passer encore une fois une journée seul. Il connaît presque par cœur les livres qui alourdissent son étagère et, franchement, jouer avec des blocs sans copains pour partager ses projets, c'est ennuyant. Il n'a pas envie non plus de dessiner ou de faire des casse-tête. Pour un petit garçon actif comme lui, cela n'a aucun attrait. Si seulement Jean-Pierre et Martin étaient là! Chez eux, on ne s'ennuie jamais. Tout le sous-sol de la maison est à leur disposition. C'est une demeure où l'on peut bouger, crier et courir. Pas comme ici, où il doit toujours faire attention pour ne rien casser. À nouveau, Denis échappe un grand soupir quand il repense au long couloir brillant de son ancienne résidence. Que ne donnerait-il pas pour s'y retrouver, là, maintenant. D'un coup, il se souvient du nom de son copain d'alors. Richard... Oui, il s'appelle Richard. Habite-t-il encore là? Pourtant, Denis sait fort bien que, maintenant, c'est ici qu'il habite. Que Charles et Cécile sont ses parents et, comme sœur Marie-des-Anges l'a dit, qu'il est un petit garçon bien chanceux de s'être trouvé une belle grande maison pour lui tout seul. Mais sûrement que sœur Marie-des-Anges, en disant cela, ignorait qu'il y avait autant de choses fragiles et qu'il ne fallait pas crier dans cette belle maison. De cela, Denis est convaincu.

Un gros sanglot d'ennui lui gonfle le cœur. Oui, comme cela, sans motif autre que l'ennui, l'enfant se met à regretter cette vieille religieuse qui était si gentille. Puis aussi son ami Richard, avec qui il a tant et tant joué. Aux billes, aux cow-boys, aux blocs, sur les balançoires grinçantes... C'est la première fois qu'il repense véritablement à eux. Sinon une autre fois, quand son papa l'emmenait avec lui en auto et qu'il avait demandé comment on faisait pour aller à son ancienne demeure. Charles avait eu un drôle de sourire devant sa curiosité. Puis, affectueusement, il avait demandé:

— Tu n'es pas heureux, Denis? Tu t'ennuies de tes amis?

— Oui, des fois je m'ennuie. Mais je suis bien pareil avec vous deux, tu sais.

Alors son père était parti à rire et lui avait dit:

— C'est normal... Viens, je vais te montrer ton ancienne place. Tu vas voir, ce n'est pas tellement loin de chez nous.

Et, au bout de quelques instants seulement, la grande bâtisse de briques était apparue aux yeux de Denis. Il n'avait pu retenir un sourire en entendant tous les enfants qui jouaient dans la cour, en ce beau samedi matin. Et en plus, c'était bien vrai, il n'habitait pas vraiment loin de là. Son papa avait dit la vérité. Rassuré, Denis avait tourné son sourire vers Charles.

— C'est bien, maintenant. On peut aller faire les commissions...

Mais Charles avait insisté.

— Tu es certain que tu ne veux pas aller les voir?

— Non. Ça va... Je voulais juste voir la maison.

Et il n'en avait jamais reparlé, satisfait de voir que la bâtisse était toujours là, que ceux qu'il avait connus l'habitaient encore probablement. Comme une assurance dans son cœur d'enfant. Et c'était pour lui plus que suffisant.

Mais voilà que, ce matin, il repense encore à eux. Il aimerait bien passer la journée avec ses amis, au lieu de s'ennuyer tout seul dans sa chambre. C'est à cet instant qu'il se décide... Gaétane est à la cave, ses parents ne seront pas là avant le souper, au mieux, et il sait que son ancienne maison n'est pas très éloignée. Alors, il n'en faut pas plus à un petit garçon de «pas-tout-à-fait-cinq-ans» pour être convaincu que son idée est la bonne. Pourquoi rester seul quand toute une bande d'amis va sûrement être heureuse de le revoir? Pourtant, un curieuse sensation de «pas permis» lui fait descendre l'escalier sur le bout des pieds, enfiler son imperméable et ses bottes sans faire de bruit, refermer la porte comme sa mère aimerait bien qu'il le fasse à chaque fois. Sans hésitation il remonte la rue, comme son père l'avait fait l'autre jour. Puis il tourne à gauche et se rend jusqu'à l'intersection, là où il y a l'épicerie. Mais après... Est-ce à la première rue qu'il faut bifurquer ou à la seconde? À peine une hésitation. Ça n'avait pris que quelques instants avec papa l'autre matin. C'est sûrement qu'ils avaient pris la première rue. Confiant, Denis attend sagement que la lumière tourne au vert, puis il s'engage dans la première rue venue.

Une heure plus tard, il se retrouve devant le *Dominion*, là où sa mère a l'habitude de faire l'épicerie. Mais la peur de s'être perdu aidant, la crainte d'être grondé dominant sa pensée, Denis ne sait plus s'il doit continuer ou rebrousser chemin pour revenir à la maison. Et c'est tout ce qu'il désire en ce moment: revenir à la maison avant qu'on s'aperçoive de son absence. Il vient de comprendre que ce n'est pas si facile de se retrouver dans un tel dédale de rues. Comment son père s'y est-il pris l'autre jour? Cela, il l'ignore et ne veut plus du tout le savoir. La crèche et ses longs corridors, les copains et leurs jeux, même sœur Marie-des-Anges et son sourire ne veulent plus rien dire pour lui. Le visage barbouillé de larmes, une crampe dans le ventre et le cœur serré, il n'a qu'un mot en tête: Maman. Maman...

Ce n'est que vers une heure quand Gaétane l'appelle pour dîner, qu'elle s'aperçoit de son absence. Elle avait bien trouvé curieux qu'il soit aussi silencieux mais, heureuse d'avoir la paix pour faire son travail, la jeune fille n'avait pas cherché à savoir ce qu'il faisait dans sa chambre. Tant mieux si pour une fois Denis accepte d'être tranquille... Maintenant, elle se tord les mains d'inquiétude. Pour Denis, qu'elle aime bien malgré tout. Mais aussi pour sa place. Un bon emploi, avec de bonnes gages. Et puis, elle était logée et nourrie... Une place en or comme il y en a peu.

Gaétane ne veut surtout perdre son travail. Alors la colère remplace aussitôt son inquiétude. Ce n'est pas à cause d'un petit morveux de quatre ans qu'elle va tout perdre! Décidée à contrôler la situation avant le retour de ses patrons, elle enfile à son tour son imperméable. Un gamin de cet âge ne peut sûrement pas aller très, très loin... Et, en remontant la rue, elle se promet bien de lui faire la leçon. Assez fort pour qu'il n'ose pas en parler à ses parents...

Mais, deux heures plus tard, après quelques milles à tourner en rond, elle doit admettre qu'il n'y a pas de petit garçon en larmes l'attendant au coin d'une rue. Toute colère tombée, la peur lui creusant un drôle de vide dans l'estomac, Gaétane revient à la maison. L'étrange silence qui l'accueille lui fait regretter les cris habituels de l'enfant. Sans plus hésiter, elle prend l'acoustique du téléphone et signale le numéro de «Madame» qui est habituellement à son bureau à cette heure-là. C'est d'une voix blanche, dénuée de toute expression, que Cécile lui dit qu'elle revient immédiatement.

Jamais Cécile n'aurait pu imaginer qu'elle aurait mal à ce point. La douleur qui lui fouille le cœur est de celle qu'on n'oublie jamais. Denis, son petit garçon, son fils... Rien d'autre n'a d'importance en ce moment. Même toutes les grandes tristesses qui ont traversé sa vie ne sont plus que pâles souvenirs comparé à cette souffrance qui lui laboure le cœur. Un regard glacial a mis un terme aux explications de Gaétane.

— Restez ici, au cas où il reviendrait. Moi, je vais essayer de le retrouver en voiture. Je ne comprends pas que... Tant pis! On en reparlera plus tard... Si je ne le retrouve pas, on appellera la police... et Charles.

À son tour, Cécile arpente les rues autour de la maison. Malgré la pluie qui continue de tomber, elle l'appelle régulièrement par la fenêtre grande ouverte. Sa voix est cassée, modulée des larmes qu'elle s'efforce de retenir pour voir où elle va. Jamais elle n'aurait pu imaginer qu'on pouvait avoir peur comme cela pour quelqu'un. Denis, c'est toute sa vie... C'est sa certitude de vie, ses espoirs et l'apaisement de ses attentes. C'est son petit homme et, en ce moment, elle sacrifierait volontiers sa vie pour la sienne. Pourquoi, pourquoi est-il parti? Où cherchait-il à aller quand il a quitté la maison? Un enfant comme lui ne fait jamais rien pour rien. C'est un enfant intelligent, qui ne cesse de poser des questions, curieux de tout. Il avait certainement un but devant lui, pour se risquer à partir comme cela sans en parler. De tout l'amour qu'elle a pour lui, Cécile tente de trouver dans son intuition de mère. Laisser son instinct lui dicter le chemin. Se calmer. Ne pas permettre à la panique de s'emparer de ses pensées. «Denis, mon petit, mon tout petit garçon...»

C'est en tournant au coin de la rue Belvédère, sur le chemin Ste-Foy, que l'intuition devient certitude.

— La crèche!

Bien sûr! Comment se fait-il qu'elle n'y ait pas pensé avant? Il n'y a que là où Denis ait pu avoir envie d'aller.

D'un seul coup, fulgurant comme l'éclair, Cécile comprend ce que doit vivre un petit homme comme lui, habitué au bruit et aux amis. Leur grande maison doit lui sembler bien lugubre... Comment a-t-elle pu croire qu'il serait heureux avec eux, à de telles conditions? Est-ce pour cela qu'elle est allée chercher un enfant? Juste pour calmer sa grande attente devant la maternité? Pour se faire plaisir? Brusquement, elle comprend qu'être mère ce n'est pas seulement porter un enfant. C'est surtout l'aimer, essayer de le comprendre, accepter ce qu'il est, trembler pour lui... chercher à le rendre heureux. Elle, si souvent confrontée à la culpabilité, vient de comprendre qu'elle a probablement commis la plus grave erreur de sa vie. On ne va pas chercher un enfant uniquement pour parader à ses côtés. Elle voulait une famille, à elle de s'en occuper. Le bonheur d'un enfant qui ne lui avait rien demandé en dépend. De grosses larmes de regret coulent sur son visage. C'est à ce moment qu'elle aperçoit, à quelques pas devant elle, sur le trottoir, une petite ombre en imperméable un peu trop grand et en bottes noires. Sans attendre, elle stationne son auto le long de la rue puis, à pied, remonte rapidement vers Denis.

— Eh, bonhomme!

C'est un visage souriant à travers ses larmes qui se tourne vers elle. Maman! Maman est là. Pour Denis, rien d'autre n'a d'importance. Tant pis pour les remontrances, tant pis pour la punition. Brusquement, il est heureux. Totalement, farouchement heureux et soulagé. En courant, il s'élance vers les bras qui se tendent. Maman, *sa* maman est venue le chercher. Il savait bien, tout au fond de lui, qu'elle finirait par le retrouver.

— Mon bonhomme! Mon tout petit bonhomme... Qu'est-ce qui s'est passé, Denis? Pourquoi es-tu parti comme cela?

La voix de Cécile est toute douceur. Comme si l'inquiétude enfin apaisée permettait à l'amour de prendre toute la place. Le petit garçon y puise l'assurance dont il a besoin pour oser dire les choses. Surtout, oui surtout, elle n'a pas l'air fâchée.

— Je m'ennuyais, maman. J'avais juste envie de retrouver mes amis.

Puis, après un bref instant:

— Je serais revenu, tu sais. Je... je t'aime, maman.

Alors, Cécile le serre bien fort contre elle. Tout est dit. Tout est là, à portée de cœur et d'amour. Il y a un enfant, son fils, et elle l'aime. Tout comme elle a aimé Juliette et continuera de l'aimer. Pour Cécile, maintenant, il y a deux enfants dans sa vie. Sa fille et son fils. Aussi importants l'un que l'autre. Chacun à sa manière... Chacun sollicitant une partie de son cœur. Sa vie, désormais, sera à l'écoute de ses émotions. Plus rien d'autre n'a d'importance à ses yeux. Elle vient de rejoindre l'espérance de ses vingt ans. Oui, maintenant, elle a une famille à aimer. N'était-ce pas là le but qu'elle s'était fixée, avoir autour d'elle des êtres à choyer? C'est en se jurant que plus jamais Denis ne s'ennuierait qu'elle revient à son auto. Puis, elle l'installe sur le siège arrière et l'embrasse avant de refermer la portière. Non, plus jamais Denis n'aura envie de quitter sa maison. Il a un père et une mère maintenant. Et toute une vie à remplir de souvenirs joyeux devant lui. À Cécile de voir à ce que son fils et son mari soient heureux.

Partie 4

1976 – 1984

13

L e temps des giboulées est revenu. La saison girouette, comme Cécile s'amuse à décrire le début du printemps. Un matin il fait beau comme un espoir d'été. Puis, le lendemain, le temps a l'air chagrin d'un automne ou il frissonne comme l'hiver. En ce moment, il neige à plein ciel. Un ciel lourd, presque blanc, qui frôle les toits et se fond à la fumée s'échappant des cheminées. Pour un peu, on se croirait à la veille de Noël. Même s'il est déjà huit heures, Cécile doit allumer le plafonnier quand elle entre dans la cuisine pour préparer le déjeuner. En baillant, elle approche machinalement du réfrigérateur pour prendre les oranges... Se demandant sincèrement si elle ne ferait pas mieux, tout compte fait, de retourner dans son lit. Puis, elle pense à Charles et persiste dans son geste. Il se doit d'être à l'hôpital pour neuf heures. Elle entend d'ailleurs le pas de son mari à l'étage. Alors, elle sort le presse-jus de l'armoire...

Charles a quitté la maison en coup de vent. Une réunion importante au laboratoire... Et le labo, comme il dit, c'est ce qu'il y a de plus précieux dans sa vie, ou presque... Cécile se sert un second café, puis elle décide de s'installer au salon. Elle a tout son temps. Rien ni personne n'a besoin d'elle, ce matin. Cédant à un caprice, elle dépose sa tasse de café sur une table basse et va jusqu'au foyer pour allumer une bonne flambée. Le vent butant contre la vitre et la blancheur trop crue du jardin lui donnent le frisson. Elle craque une longue allumette de bois. La bûche résiste, fume un peu, puis se met à crépiter. Quand le feu est bien pris, s'enroulant dans la couverture de laine qu'elle laisse en permanence sur la berceuse, Cécile s'assoit sur le divan. Avec un soupir de contentement, elle s'étire longuement. Puis, elle reprend sa tasse de café à deux mains, pour se réchauffer. Il lui tarde que l'hiver se décide à plier bagage pour de bon. Elle s'ennuie de ses roses, du potager. Pourtant, ce matin, retirée dans le salon, devant un feu qu'elle sera seule à admirer, elle se sent bien. Elle qui jadis se plaignait du silence de sa grande maison, leur fils étant parti pour étudier à Sherbrooke, sait maintenant apprécier tout le confort feutré. Depuis deux ans, elle et Charles ont réappris à vivre à deux. Goûter au plaisir de laisser le temps leur dicter ses volontés sans toujours avoir à concilier les horaires de l'un et de l'autre, avec un enfant à la maison qui faisait trembler vitres et bibelots sur son passage... Souriante, elle se rappelle le jour où Denis est entré dans leur vie...

De retour de Montréal, Charles n'avait pas perdu une minute. Dès le lundi matin, il avait téléphoné à la crèche pour prendre des renseignements. Le lendemain, lui et Cécile se présentaient à la supérieure pour faire une demande d'adoption en bonne et due forme. Saint-Justin avait été remplacée par une autre directrice et Cécile en avait soupiré de soulagement. Malgré ce fait, il lui était impossible de se contenir et elle tremblait de la tête aux pieds. Se retrouver dans ces lieux, revoir ces longs corridors, croiser ces jeunes femmes enceintes... Un tourbillon de souvenirs l'avait emportée loin de la conversation qui s'étirait entre Charles et la religieuse. Toutes ces heures à veiller les petits de six mois, les repas pris au réfectoire en compagnie de plusieurs autres jeunes filles qui, comme elle, attendaient un enfant qu'elles se devaient de cacher... Brusquement, la brume que le temps laisse sur les choses et les souvenirs se dissipait. C'était un peu comme si tout cela avait eu lieu la veille. Elle se rappelait distinctement le visage ingrat de la petite Rolande, sa démarche malhabile d'enfant promenant devant elle un ventre disproportionné pour son âge. Cette tristesse dans le regard, cette répulsion dans la voix... Et, surtout, cette agressivité naturelle devant les gens. Comme une seconde peau qui lui collait au corps et à l'âme à cause de ce besoin permanent de se défendre. Comme elle avait souffert, sa jeune amie! Que la vie avait été cruelle envers elle... Perdue dans ses pensées, Cécile avait vaguement entendu la voix de la religieuse les invitant à la suivre jusqu'à la pouponnière. Comme un avertissement qui la rejoignait dans le brouillard d'idées qui l'enveloppait. Cécile avait sursauté. Brutalement, le présent la rattrapait, se fusionnant à son passé. Elle avait eu un instant de recul. Elle ne voulait pas se retrouver devant la vitre qui avait tracé un trait indélébile sur sa vie. Ce moment unique qui avait divisé le cours de son existence en deux parties si distinctes que l'une d'entre elles était restée secrète, presque illicite... Elle était persuadée qu'elle souffrirait terriblement d'être à nouveau confrontée à l'enfilade des petits lits blancs, tous identiques. N'y chercherait-elle pas encore le nom de sa fille? «Bébé Veilleux...» C'est à contre-cœur qu'elle avait emboîté le pas à son mari. Puis, un soupir de soulagement... Ils se dirigeaient non pas vers la pouponnière de l'hôpital, mais bien vers celle de l'orphelinat. Une pouponnière différente, qui ne l'avait jamais blessée et n'était rien de plus qu'une chambre de bébés comme celle qu'elle croisait tous les jours à l'Hôtel-Dieu... Alors, les yeux grands ouverts sur son passé, le cœur enregistrant les moindres détails, elle avait suivi Charles dans le dédale des couloirs pour finalement se retrouver devant une autre vitre, grande comme une devanture de magasin. Derrière Cécile, s'allongeait le long corridor où s'ouvraient les salles des enfants plus vieux...

Pendant un moment, elle avait regardé les bébés. Un peu décontenancée, incapable d'être froide et lucide. Et Charles, en bon médecin, qui discutait hérédité avec la sœur! Comment peut-on choisir un enfant comme on choisit une paire de souliers? Sur des critères de bonne santé? Allons donc! Tant d'émotions se disputaient les faveurs de sa pensée et de son cœur. Sa grande envie d'un tout-petit jaillissant comme une fontaine trop longtemps retenue soutenait la douleur d'une enfant à jamais perdue pour elle. L'ambivalence d'un passé qui la poursuivait toujours même si, depuis une semaine, il se faisait plus discret. Conciliant presque les deux parties de sa vie. Mais là, devant ces minois de nouveau-nés, Cécile avait connu, encore une fois, la grande douleur d'être confronté à un choix. Le déchirement de se dire qu'un seul d'entre ces bébés allait avoir la chance d'échapper à la vie d'orphelinat. Mais comment, comment fait-on pour décider quand l'enjeu est si grave, si décisif? Impulsivement, c'est tous les enfants qu'elle aurait voulu emmener avec elle. Leur donner cette chance que la vie leur avait enlevée. Celle de grandir dans une famille normale... C'est à cet instant, écoutant l'amour qui vibrait en elle, que Cécile avait enfin compris que sa fille avait été chanceuse. Dès son premier souffle, elle avait connu l'assurance d'un foyer. Elle n'avait pas été choisie, elle. Sa petite Juliette avait été acceptée, comme on accepte l'enfant que l'on porte. Peu importe qui elle était, qui elle serait, des parents avaient pris la décision de l'accueillir chez eux, avant même sa naissance. Elle avait été doublement attendue et désirée. Un grand vent de douceur avait balayé son cœur. Comme une réconciliation avec la vie... Puis, un grand éclat de rire avait ravivé le présent... Charles venait de se pencher sur un gamin de trois ans qui tirait sur le bord de son pantalon.

— C'est toi, mon papa?

Un regard entre Cécile et Charles. Un seul regard entre eux et la décision était prise. À son tour, Cécile s'était accroupie pour se mettre à la hauteur du blondinet aux yeux bleus.

— Est-ce que tu aimerais ça, mon bonhomme, que l'on soit ton papa et ta maman?

Le petit Denis n'avait pas répondu. Mais le sourire qu'il avait lancé à la religieuse avait suffi à ancrer son image dans le cœur de Cécile. Deux semaines plus tard, le gamin venait les rejoindre pour apporter enfin un peu de vie dans la grande maison silencieuse. Et, de ce jour, un ouragan permanent avait régné sur l'univers de Cécile et de Charles. Un ouragan de joie et de rires, de pleurs et de disputes, de revendications et d'amour. Le passage bruyant d'une vie familiale normale... Cécile avait peu à peu abandonné ses patients. Surtout après cette fugue où elle avait compris que Denis était tout pour elle. Maintenant, elle avait un fils. Elle voulait se donner toute entière à son travail de mère. N'était-elle pas là, cette vie qu'elle recherchait tant? Et les années avaient passé... D'enfant espiègle, Denis s'était transformé en adolescent tapageur, puis en collégien remuant. Malgré cela, il était un élève brillant et le jour où il avait dit à son père qu'il voulait faire sa médecine, comme eux, Charles avait eu une larme d'émotion. Aujourd'hui, Denis est parti pour l'Université de Sherbrooke. La grande maison ne vibre plus que lors de ses visites... Et maintenant âgée de cinquante-deux ans, Cécile en soupire d'aise. Le repos mérité devant la certitude du devoir accompli. Elle est heureuse de ce calme revenu dans leur vie. Comme elle a été heureuse d'être bousculée par leur fils qui les obligeait sans cesse à se remettre en question. Comme elle a profité de ces folles histoires racontées auprès du feu. Ainsi qu'elle a abusé de ces longues séances de patinage dans la cour, sur le carré de glace que Charles s'entêtait à gratter, arroser et entretenir dès décembre revenu, au détriment d'une pelouse qui refusait de reverdir l'été suivant. De même qu'elle a mordu avec gourmandise dans chacune de ces escapades annuelles au bord de la mer à chercher des coquillages dans les rochers, à jouer des heures durant dans les vagues froides avec son fils qui criait de joie et de plaisir. Oui, Denis a apporté à leur existence cet élan de vie qui leur manquait. Le temps d'un sourire, le temps, surtout, d'une grande inquiétude et le petit garçon au regard d'azur était désormais son fils. Aussi irrévocable dans sa vie que sa fille l'avait été...

Cécile a profité de cette journée de solitude pour se gâter. Ne faire que ce qu'elle aime... Il est quatre heures et le journal vient d'arriver. Chaque jour, elle l'épluche avant le retour de Charles, sachant fort bien que celui-ci en fera sa propriété exclusive dès qu'il posera le pied dans l'entrée. Elle est assise à la cuisine. Le ciel s'est allégé et un rayon timide se glisse jusqu'à elle, lui caresse le dos. Le tic-tac de la pendule égrène le silence de la demeure qui n'est rompu que par le bruit des feuilles de papier que l'on retourne... Puis, brusquement, alors qu'elle s'apprête à refermer la dernière section du journal, c'est le vide dans ses oreilles. Il n'y a plus que le vacarme de son cœur qui emplit toute sa tête. Là, devant elle, accrochée en bas de page, un peu perdue à travers les annonces classées, une nouvelle rubrique lui bouleverse le cœur. L'interpelle jusqu'au fond de son âme, joint implacablement son passé à son présent. «Retrouvailles», titre le quotidien. Une demi-page de petites annonces pour tenter de retracer soit un père, soit une mère, soit un enfant... Avide, Cécile se met à lire tous les avis. Un après l'autre, lentement, n'omettant aucun mot. S'il fallait qu'elle y trouve le nom de sa fille, sa date de naissance, les circonstances de son adoption... D'un coup, plus rien n'a d'importance pour elle. Que l'espérance revenue, née follement d'un article de journal. Que l'attente, dormant en latence au fond de son cœur, qui s'éveille aussi fulgurante qu'au premier jour. N'avait-elle pas promis de tout faire pour retrouver sa fille? Ne l'avait-elle pas juré à Jérôme dans sa dernière lettre? Il lui semble que c'est là un signe du destin. Que toutes ces lignes ne sont écrites qu'à son intention. Du bout du doigt, Cécile suit chaque demande, chaque mot. Impatiente, inquiète, tremblante... Mais rien. Il n'y a aucune annonce qui soit susceptible de correspondre à Juliette. Elle a un long soupir. Comme une déception et un soulagement en même temps. Une incroyable bousculade des émotions... Le silence revient dans la cuisine et dans le cœur de Cécile. Alors, le triste craquement de la pendule reprend sa course monotone, pendant que Cécile sent monter des larmes de tristesse. Comment se fait-il que sa fille ne veuille pas la retrouver? Dans son cœur de mère, qui a déjà tant pleuré, il lui semble impossible que Juliette n'ait pas, elle aussi, envie de la connaître... Le temps qui a fui n'existe plus. Elle a l'impression d'avoir à nouveau dix-huit ans et d'attendre Jérôme pour reprendre leur vie interrompue par la guerre... Assise dans sa cuisine bleue et blanche, accrochée quelque part dans le passé, loin derrière le moment présent, Cécile n'écoute plus que le bruit de la pendule qui marque la course des années. À aucun moment, elle n'a songé à regarder si quelqu'un aurait pu rechercher Denis.

Ce n'est que le lendemain, en retrouvant la même rubrique que Cécile pense à son fils. Avec un sourire amusé. Denis fait tellement partie de sa vie... Elle l'aime depuis toujours, lui semble-t-il. Alors, il lui arrive souvent d'oublier qu'il est adopté. Maintenant, oui, depuis qu'elle a élevé et aimé un fils, Cécile comprend que d'être mère, ce n'est pas uniquement mettre un enfant au monde. Oui, cela elle l'a compris il y a bien des années déjà. Pourtant, malgré cette attitude, il n'y a pas eu une seule journée où elle n'a pas songé à sa fille. Souvent, quand elle était seule, elle ressortait la photo jaunie d'une gamine aux boucles sombres souriant à l'infini. Et, avec elle, Cécile laissait le passé refaire surface. Délicatement, comme on manipule une dentelle fatiguée par le temps. Une douce nostalgie guidait le geste de son doigt caressant l'image de Juliette, courtisait sa pensée quand elle retrouvait à travers elle le sourire de Jérôme. Mais là, devant ces quelques mots qui ne s'adressent pas à elle, c'est le regret pur et dur qui revient l'envahir. Le regret d'une femme qui se retrouve subitement dans la peau d'une adolescente perdue et malheureuse. Le besoin de savoir... L'envie de tenir tout contre elle la chair de sa chair. Si puissant, qu'elle en tremble presque. À nouveau, elle en oublie son fils. Ne voit que les lignes qui ne sont pas écrites pour elle. Et en souffre...

Sur une impulsion, Cécile a pris sa voiture et est venue jusqu'à la rue Saint-Olivier. La grande demeure grise, étroite et austère, est toujours là. Derrière les carreaux du deuxième étage, Cécile imagine le salon de sa tante Gisèle, et un peu plus loin, au bout du couloir, à l'arrière, la cuisine ensoleillée qui sentait toujours bon le repas mis à cuire, la soupe inépuisable qui mijotait sur un rond du poêle. Elle emprunte le long escalier, tourne à gauche, ouvre une porte. Sa chambre... Cécile soupire. Maintenant, ce sont des étrangers qui habitent la maison. Qui l'ont habillée de leurs meubles et de leurs habitudes. Pourtant, Cécile est certaine que l'âme de Gisèle est restée accrochée aux armoires. Qu'elle se cache toujours au fond des placards, soupirant et disputant, ripostant de tout et de rien... Cécile voudrait tant que sa tante soit encore là, capable de la rassurer, de la consoler. Entendre à nouveau sa voix brusque qui disait l'amour, la foi en la vie. Mais Gisèle n'est plus... Et, brusquement, c'est toute une partie de la vie de Cécile qui disparaît avec elle. Cette partie de vie qui, depuis hier, lui fait mal à crier. Pourtant, de se retrouver là, devant cette maison banale un peu délabrée, mais qui a pris tant d'importance dans sa vie, de revoir en mémoire les années qu'elle y a passées, Cécile est apaisée. Le baume du souvenir d'un vieille tante aimante se pose sur sa douleur. Il lui semble entendre à nouveau la voix rauque répétant qu'il n'y a qu'en soi où l'on peut puiser la paix. Où l'on peut trouver la réponse à toutes ses interrogations. Qu'on a simplement à écouter son cœur pour savoir... Assise dans son auto, la tête appuyée contre le dossier, Cécile laisse voguer son regard sur une rue trop longue qu'elle ne voit plus. Devant elle, c'est «ma tante» Gisèle qui se tient, grande et autoritaire. Et sa voix forte lui parvient aussi claire qu'autrefois:

— Ma p'tite fille, je l'dis assez souvent: faut pas chercher midi à quatorze heures. Quand c'est que tu vas comprendre que t'as le droit de laisser parler tes émotions, hein ma poulette? Si c'est important pour être heureuse de r'trouver ta fille, ben fonce, ma belle!

— Mais Charles, lui?

— Quoi, Charles? Arrête de te mettre des bâtons dans les roues, Cécile. Y'est pas là le problème... Pis tu l'sais, à part de ça. C'est pas la gamine de dix-huit ans, qu'y a marié, ton Charles. C'est la femme qui avait souffert et vécu qui l'a séduit. Ça fait que tu devrais arrêter d'avoir peur de lui pis toute y dire. Chus sûre qu'y va comprendre. C'est pas la première fois que j'te l'dis...

Oui, c'est ainsi que Gisèle lui parlerait si elle en était encore capable. De cela, Cécile est persuadée. Gisèle était une femme qui vivait d'émotions, de respect, mais aussi de gros bon sens. Avec elle, toute vérité était bonne à dire en autant qu'elle ne blesse pas gratuitement autour de soi. Cécile est convaincue que «ma tante» Gisèle lui conseillerait de retrouver sa fille, sachant quelle importance elle a toujours eue à ses yeux. Alors...

En entrant dans sa maison ensoleillée, cette maison qui sent

153

bon, elle aussi, la soupe aux légumes et les fleurs que Cécile cultive amoureusement, la mère en elle a pris sa décision. C'est facile, finalement, quand on s'en remet au cœur pour décider. Du plus profond de son âme, elle a envie de voir cette enfant qui est femme maintenant. La connaître, la regarder, lui parler. Lui apprendre l'amour qui existait entre ses parents, malgré les apparences. Et ce désir qu'ils avaient de la garder. Oui, que Juliette sache ce qui a engendré sa vie. Un don d'amour et de confiance en la vie... Avec elle, Cécile voudrait se rappeler Jérôme... Qu'importe si aujourd'hui c'est une femme qu'elle va retrouver. Pour Cécile, elle sera toujours sa petite fille. Sa petite Juliette quel que soit le nom qu'on lui a donné à sa naissance... «Oui, «ma tante» Gisèle, je vais écouter mon cœur. Tu as raison. Je ne laisserai pas le regret envahir à nouveau ma vie. Plus jamais...» Et, en même temps, il y a une autre mère qui parle en elle. C'est la mère de Denis. La mère adoptive qui a peur de voir son fils lui préférer quelqu'un d'autre. Une crampe lui barre l'estomac. Mais rien de plus... Ses émotions se jouent sur deux tableaux et elle les accepte toutes. La peur comme l'espérance. Elle les comprend, maintenant. Avec son fils, Cécile doit être juste. Denis, aussi, a le droit de retrouver ses parents s'il en a envie. Alors, d'un pas décidé, elle se dirige vers le téléphone. Brusquement, il lui est essentiel de parler à son fils avant même de rédiger les quelques lignes qui permettront peut-être de boucler la boucle du bonheur. Et, au souper, elle parlera à Charles. Curieusement, nulle inquiétude ne l'effleure. Maintenant, elle sait que le temps est venu. Le temps de remettre tous les morceaux de sa vie en place. Avec tous ceux qu'elle aime.

* * *

Dominique est à la fenêtre de sa cuisine, regardant les arbres se débarrasser par lourdes galettes de la neige tombée la veille. Hier, en lisant le journal, elle a vu la rubrique «Retrouvailles». Depuis, elle est songeuse. Un peu triste, même. Dépossédée devant la chance des autres. Nostalgique comme on l'est à l'anniversaire d'un événement malheureux. Toute la journée, elle a été attentive à ses deux enfants comme jamais cela ne lui était arrivé avant. Leurs rires faisaient naître un drôle d'écho dans son cœur. Comme une gratitude de les voir beaux, en santé, heureux et une envie de pleurer en même temps. L'amertume qui avait souligné la révélation concernant sa naissance était revenue, entière, douloureuse, dérangeante. Lui rappelant que sa place à elle aurait pu être tout autre, ailleurs. Pas comme ses deux fils qui n'ont que la destinée qui est la leur. Elle, Dominique, si le hasard l'avait voulu, sa vie aurait pu être tellement différente... Pourtant, jamais elle n'avait pu imaginer que sa vie aurait très bien pu être moins facile, moins belle. Que la différence qui lui sautait aux yeux, lancinante injustice... Elle revoyait son adolescence où elle ne trouvait ni feu ni lieu à sa mesure. Écartelée entre la vie qui était la sienne depuis toujours et le rêve de celle qu'elle essayait de deviner. Que d'agressivité et de révolte avaient marqué cette époque de sa vie! Sa façon à elle de crier le rejet d'une existence qu'on lui avait imposée. Sa manière de dire son incompréhension, sa douleur. Ce besoin grandissant de connaître cette vie qu'on lui avait ravie et ce mal d'être, c'est à Thérèse qu'elle l'imputait. Il en avait fallu du temps avant qu'elle pardonne à Thérèse d'être restée silencieuse si longtemps... Comme une blessure en elle qui refusait de cicatriser, gardant toujours une certaine sensibilité. Et, pour cela, jamais elle n'en avait reparlé avec ses parents. Elle n'aurait pas été à l'aise avec eux. Un jardin secret fleurissait en elle et Dominique en gardait jalousement l'accès. Le monde de ses rêves et de ses déceptions n'appartenait qu'à elle. Qu'auraient-ils pu répondre, de toute façon? Quand elle avait entendu les révélations de celle qui se disait sa mère, un lien avait été dénoué et pendait lamentablement... sans que personne ne sache que faire pour le rattacher. Toute son adolescence s'est passée comme si elle était ballottée par une mer orageuse. À certains moments, elle vivait avec des inconnus qu'elle ne voulait surtout pas connaître. Alors qu'à d'autres occasions, elle avait envie de leur sauter au cou tant elle les aimait, mais ne savait comment le leur dire. Une longue et lente période d'ambivalence et de recherche au creux de ses émotions les plus sensibles qu'elle essayait de débroussailler le mieux possible. Puis, un matin, elle a été mère à son tour... Et ce jour-là restera pour elle le plus éprouvant de sa vie. Connaître à la fois une joie immense et une tristesse infinie. Jamais elle ne s'est sentie aussi proche de celle qui l'avait mise au monde. Pendant de longues heures, tenant son fils blotti contre son cœur, elle avait parlé à Cécile comme si elle était là. Et elle s'était vidée le cœur de toute l'amertume qui maquillait péniblement son existence depuis des années. Cette mère inconnue avait-elle eu le temps de voir sa petite fille avant de mourir? Avait-elle souffert? Avait-elle pleuré, sachant ses heures comptées? Oui, en cet instant où elle connaissait cette joie incroyable de l'être qui efface tout ce qui n'est pas le moment présent, en cet instant unique dans la vie d'une femme, celui où l'on fait connaissance avec son enfant, Dominique pensait à sa mère. Et elle pleurait cette absence que rien ne saurait combler. Morte. Sa mère était morte... À travers les joies de la maternité elle acceptait et pleurait enfin le deuil d'une mère qu'elle aurait tant aimé connaître... Puis, tout doucement, au fil des jours de labeur et des nuits de veille, elle avait compris à son tour. Être mère, c'est tellement plus que ces quelques mois d'attente et ces quelques heures de souffrance... Alors, la paix était revenue entre elle et Thérèse. Elle avait fini par accepter. Par pardonner ce qui n'était finalement qu'un geste de défense fait au nom de l'amour. Oui, elle pouvait comprendre ce qui avait motivé Thérèse à ne pas vouloir parler. Cette angoisse que sa mère ressentait devant ses enfants. Cette peur qu'elle a encore et toujours de les perdre... Seul le temps avait permis de tirer un trait sur sa tristesse et sa colère. Mais voilà que cet article de journal avait remué ses vieux souvenirs... Cette impression d'injustice face à la vie. Même si elle n'est pas vraiment fondée. Même si René et Thérèse sont les meilleurs parents qu'elle aurait pu souhaiter...

C'est un coup frappé à sa porte qui la tire de sa mélancolie. Son père est là. Comme à tous les soirs avant l'heure du souper. Habitant à quelques maisons de là, il a pris l'habitude de venir voir ses petits-enfants à chaque jour, s'amusant avec eux pendant que Dominique prépare le repas du soir.

— Bonjour Dominique. Les petits sont là?

La jeune femme se retourne en souriant. C'est vrai que René Lamontagne est le meilleur père qui soit.

— Oui, ils sont dans la salle de jeux. Attends, je vais...

Mais son père ne l'écoute plus vraiment. Il vient d'apercevoir le journal, ouvert à la page des annonces classées. Lui aussi, ce matin, a vu la rubrique. Un peu surpris, un peu inquiet. Alors, il s'est dépêché de cacher le quotidien pour que Thérèse ne le voit pas. Il sait quelle serait son angoisse si elle savait que ses enfants, peut-être... Il ne désire pas davantage savoir si ses enfants recherchent leur mère. Cette vieille blessure en lui quand il se dit qu'ils ne sont pas de son sang. Pourtant... Pourtant, oui, il pourrait comprendre cet appel plus fort que la raison. Alors, il relève le regard vers sa fille, s'aproche d'elle.

— Tu as vu? fait-il en montrant la table du doigt. Est-ce que tu veux... Est-ce que tu as...

Mais Dominique ne le laisse pas terminer. La blessure est encore sensible. Plus qu'elle ne le pensait. Alors elle cache sa souffrance derrière la révolte. Dominique, l'adolescente, n'est pas si loin, finalement. De toute façon, pourquoi lui pose-t-il une question aussi idiote? Cela ne fait que renforcer cette sensation amère qui la guette depuis hier, la picosse à chaque fois qu'elle y repense. Sa voix est agressive quand elle répond:

— Mais non! Pourquoi est-ce que je perdrais mon temps? Ma mère est morte, voyons... L'aurais-tu oublié?

Au tour de René de rester un instant sans voix. Morte? Il hésite un moment devant sa fille. Puis l'intuition lui redonne la parole. Il voudrait se convaincre qu'il s'agit d'un malentendu. Mais il connaît sa femme... Il sait la hantise qui est la sienne. Celle de perdre l'affection de Dominique, de Claude et de Francine. Pourquoi ne veut-elle pas comprendre qu'elle y gagnerait en respect et en amour aussi? Il peut comprendre sa femme, oui. Mais, pour lui, la vérité est encore plus importante. La justice aussi. Alors, qu'importe ce qui a pu se passer jadis. Aujourd'hui, il est temps de rétablir les faits...

— Morte? Mais qu'est-ce que c'est que cette histoire-là? Qui t'as mis une idée pareille en tête? Elle n'est pas morte. Pas que je sache, en tout cas...

C'est comme si Dominique venait de recevoir une décharge électrique. Elle se retourne franchement vers son père, le dévisage un instant, se demandant si elle a bien entendu. Sa voix fend l'air quand elle lui répond.

— Pas... Elle n'est pas morte? Mais... Pourquoi?

— C'est ta mère, n'est-ce pas, qui...

Dominique ne le laisse pas terminer. Brusquement, elle a l'impression que son cœur bat tellement fort qu'il va sortir de sa poitrine. Jamais colère et incompréhension n'ont été aussi proches de la rage qu'en ce moment. Elle lance un regard farouche à son père et, d'une voix dure:

— Elle n'est pas morte? Mais quelle sorte de parents êtes-vous donc?

À ces mots, René a un soupir. Long, bruyant, douloureux...
Puis, d'une voix triste:

— Juste des êtres humains, Dominique. Avec des faiblesses comme tout le monde... Mais peut-être que je peux essayer de me reprendre, tenter de réparer les erreurs du passé?... Ta mère n'est pas morte. Elle a même demandé de tes nouvelles lorsque tu avais dix ans. Nous... nous lui avons donné une de tes photos quand tu étais bébé. Si je me rappelle bien, ton père était décédé et ta mère voulait être bien certaine que tu ne manquais de rien avant de se marier.

Alors, la dureté de Dominique se transforme aussitôt en colère. Une rage sourde et froide. Pourquoi lui avoir fait tant de mal? Qu'est-ce que Thérèse visait, en lui mentant de la sorte? Elle a l'impression que plus rien de son enfance n'a la moindre importance. Comment peut-on croire ceux qui vous ont menti aussi effrontément, sachant qu'ils vous faisaient mal? Jamais une mère ne pourrait agir ainsi. Jamais elle, Dominique, ne pourrait mentir à ses enfants. Pas ainsi...

— Pourquoi, alors, maman m'a-t-elle dit qu'elle était morte? C'est... c'est méchant. Je n'aurais jamais pensé cela de vous deux.

À ces mots, René comprend brusquement ce qui avait tant blessé sa fille quand elle avait su. Et, devant la colère contenue de sa fille, il saisit la peur de sa femme. C'est une impulsive, Dominique, malgré sa timidité naturelle. Il comprend que sa femme ait pu avoir des craintes face à leur fille. Il ne l'approuve pas, mais la comprend. Tout d'un coup, il s'en veut terriblement de ne pas être intervenu à l'époque. De ne pas avoir suivi son instinct qui lui soufflait que Dominique était bien plus malheureuse que ce qu'elle aurait dû être. Pris entre l'arbre et l'écorce, c'est vers sa fille qu'il a envie de se tourner. C'est à elle qu'on a menti. Et, cela, il a de la difficulté à l'accepter. Thérèse n'avait pas le droit de se protéger par un mensonge. Personne n'a le droit de faire souffrir un enfant. Surtout un enfant qu'on a promis d'aimer envers et contre tout... Incapable de résister au chagrin mêlé de haine qu'il voit briller dans le regard de sa fille, il fait un pas vers elle, lui tend les bras.

— Dominique, ma petite fille. Jamais je ne pensais que... Ce n'est pas ainsi qu'on aurait dû agir. Je regrette... infiniment...

Dominique a un geste de recul. Une hésitation à comprendre les véritables émotions qui se querellent en son cœur.

Mais elle a tant besoin de chaleur, de réconfort... Incapable de résister à l'amour débordant qui s'offre à elle, Dominique se jette dans les bras qui l'invitent. Elle n'est plus mère ni femme. Elle est à nouveau enfant... Elle a besoin d'avoir confiance en cet homme qui lui donne tant depuis sa naissance. Voilà des années qu'elle cherche, autour d'elle, une raison d'avoir confiance. Par-delà son mari et ses enfants, plus fort encore que sa propre famille, celle qu'elle a fondée avec André, demeurent les liens de ses racines. Les racines qu'elle connaît. Celles que Thérèse et René lui ont offertes spontanément, comme on aime l'enfant qui vient de naître. Pourquoi s'entêter à chercher ailleurs? Elle est là, sa famille. Accessible, disponible, aimante... Mais le besoin de savoir d'où elle vient et le pourquoi restent quand même bien présents dans son âme. Mettre un nom sur ceux qui étaient là avant soi. Tout ce qui a pu engendrer sa vie... C'est tout cela que Thérèse lui avait enlevé, inconsciemment peut-être. Mais le deuil de Dominique n'en était pas moins réel. Si sa mère lui avait dit la vérité, si elle avait su tout de suite qu'elle avait été abandonnée, peut-être que la pilule aurait été plus facile à avaler. Si on lui avait parlé alors qu'elle était encore toute jeune... Puis, brusquement, son esprit fait volte-face. Une cabriole qui fait oublier le passé et se retourner face à l'avenir. Sa mère est toujours là, bien vivante. Plus rien maintenant ne l'empêche de la retrouver. Alors, essuyant ses yeux envahis de larmes, elle regarde son père avec un sourire tremblant.

— Je peux... je peux donc essayer de la retrouver?

Jamais René n'aurait pu imaginer que ces quelques mots lui feraient mal à ce point. Un peu comme si sa fille le reniait. Néanmoins, elle n'est pas seule à vouloir toucher ses origines. Il y en a des centaines, juste dans le journal de la petite ville de Québec... Lui le premier, s'il était un enfant abandonné... Alors, il ne laisse rien voir de cette douleur pourtant légitime. Lui faisant un sourire à son tour, il serre Dominique à nouveau dans ses bras.

— Oui ma grande... Si c'est là ton souhait, tu n'as qu'à écrire au journal... Mais je te demanderais de ne rien dire à ta mère. Thérèse serait folle d'inquiétude, si elle savait...

— Mais pourquoi? Ça ne lui enlève rien, à maman. C'est... c'est juste normal que je...

— Oui, je le sais. C'est un droit que tu as. Mais Thérèse ne le comprendrait pas. Je t'en prie... Je suis certain qu'elle serait vraiment malheureuse de savoir que... S'il t'est difficile de le faire pour elle, je peux le comprendre. Mais alors, fais-le pour moi. Je t'en prie, Dominique, n'en parle pas à ta mère...

C'est ainsi que, deux jours plus tard, paraît l'annonce tant espérée par Cécile. La sienne, elle ne l'a pas encore envoyée. Indécise, craintive... À cause de la réaction de Denis quand elle l'avait appelé.

— Mais pourquoi veux-tu que je fasse des recherches pour trouver une femme qui n'a pas voulu de moi?

Ces mots, Cécile avait l'impression que c'est sa fille qui les lui disait. Le reproche qu'elle entendait dans ces quelques paroles. Elle était blessée jusqu'au fond de l'âme. Brusquement, il lui fallait expliquer, faire comprendre. Pour elle, tout autant que pour l'inconnue qui avait donné la vie à Denis.

— Mais voyons, Denis! Ne parle pas comme cela... Tu ne sais pas ce qui s'est produit. Ta mère n'avait peut-être pas le choix. À cette époque, il y...

Mais Denis l'avait interrompue.

— Peu importe... Je n'ai qu'une mère et c'est toi. La seule qui a voulu de moi et celle que je veux... Je t'aime, tu sais. Alors, ne m'en parle plus. S'il te plaît...

Cécile avait raccroché en lui disant qu'elle l'aimait beaucoup. Les yeux pleins d'eau... Le cœur tellement serré, comme au jour de la naissance de son enfant... Et si sa fille pensait la même chose? «Juliette, si tu savais comme je t'aime. Si tu savais...» Alors, elle n'avait pas parlé à Charles. Ayant peur de blesser maintenant autant son fils que son mari. Craignant de souffrir davantage. Pourtant, elle avait continué d'attendre le quotidien avec anxiété. N'épluchant désormais, depuis quelques jours, que les dernières pages, le cœur aux abois. Ne sachant trop s'il espère un signe ou préfère le silence. Et voilà qu'elle est là, cette annonce... Les mains de Cécile se sont mises à trembler et son regard s'est embué. «Née le 11 janvier 1943, à l'hôpital de la Miséricorde. Adoptée et baptisée le même jour à la crèche Saint-Vincent de Paul, sous le nom de Dominique Lamontagne.» Plus de dix fois, elle a relu les quelques lignes qui permettraient de mettre fin à l'attente durant depuis tant d'années. Cécile sait qu'il s'agit de sa fille. Son instinct lui crie haut et fort que c'est elle. Combien de bébés, nés cette journée-là, ont quitté la crèche le même jour? Il n'y a aucun doute. Pourtant, elle reste prostrée pendant un moment. «Dominique. Elle s'appelle Dominique...» Pendant trente-trois ans, elle a imaginé cet instant. De mille et une façons, avec des rires et des larmes de joie. Et voilà que, maintenant qu'il est à portée d'un simple coup de téléphone au mouvement Retrouvailles, elle ne sait plus. Elle a peur... Et si elle n'était pas à la hauteur des attentes de Dominique? Si sa fille était déçue de voir quel genre de femme était sa mère? D'un coup, elle a l'impression d'être assise sur un nid d'épines. Cécile se relève, monte à sa chambre. Dans le coin d'un tiroir, elle retrouve la photo qui date maintenant de trente ans. Cette frimousse souriante d'enfant heureuse... Elle n'était alors qu'un bébé. Pourtant, Cécile est convaincue que sa fille ressemble encore et toujours à Jérôme. «Dominique... Juliette s'appelle Dominique...» Il n'y a que ces mots qui s'acharnent à détruire toute autre pensée dans sa tête. Qu'une spirale folle qui l'emporte loin. Si loin de sa chambre, de sa maison, de sa ville... En ce moment, elle renierait toute sa vie pour avoir Jérôme à ses côtés. Quelle serait grande leur joie, si c'est lui qui était là, avec elle! Alors, c'est la nostalgie qui lui gonfle le cœur. Elle ne peut résister à la tentation de revenir dans le temps. Impatiente, elle fouille sous ses vêtements pour retrouver la lettre qu'elle avait envoyée à son fiancé alors qu'on le croyait disparu. Cette lettre qui lui était revenue quelques années plus tard, quand l'armée avait finalement remis tous les effets de Jérôme à ses parents. Tremblante, elle l'ouvre, reconnaît son écriture de jeune fille avec émotion. Que de temps passé, depuis! Que d'eau coulée sous les ponts! Elle se revoit, assise sur la Terrasse, confiant ses espoirs et ses craintes à ce même papier qui allait traverser la mer pour rejoindre celui qu'elle n'oublierait jamais. Et cette phrase qu'elle avait écrite: «Et, à mon tour, je te dis que nous allons fouiller le monde pour la retrouver.» Cette promesse faite au nom de l'amour... Cette attache qui la relie toujours à Jérôme. Oui, sa petite fille, Dominique, avait traversé le temps avec elle. Presque toute une vie... Elle est enracinée dans ses souvenirs comme dans son âme. Alors, pourquoi ne veut-elle plus la connaître? Comment expliquer ce tremblement du cœur qui l'angoisse? Lentement, elle relit la lettre en entier, s'attarde sur ses ambitions de jeune fille. Cette vie qu'elle voulait réussir, pour que Jérôme et Juliette soient fiers d'elle. Ne l'avait-elle pas finalement bien menée? Sur ce point, elle n'a pas à rougir de ce qu'elle est. Elle peut se présenter la tête haute et le cœur fier. Mais que pourrait-elle offrir de plus à sa fille? Est-ce cela que Dominique espère trouver en la cherchant? Que veut-elle découvrir, sinon un cœur entièrement libre de l'aimer comme elle le mériterait? Et c'est en se disant cela que Cécile referme les bras sur sa poitrine, sur ce cœur qui n'ose pas tout dévoiler. Ce cœur qui craint d'être jugé et condamné. Qui a peur de faire mal à deux êtres qui ne le méritent pas. Qui tremble devant l'espérance enfin comblée, mais qui ne sait comment l'accueillir. Ce cœur de mère qui a tant pleuré qu'il ne sait plus, maintenant, comment on fait pour se réjouir. Pourtant, il suffirait de si peu... Oui, de si peu pour être pleinement heureuse...

Pendant près d'une heure, elle est restée immobile recroquevillée dans la berceuse de sa chambre. Inconsciente des minutes qui filent. En ce moment, c'est toute sa vie qui se crée et se recrée devant ses yeux fatigués. La grande maison blanche au toit de tôle noire, ses frères et sœurs... Jeanne, sa mère, si douce, silencieuse... Eugène, son père, autoritaire et froid, qui savait si bien cacher sa sensibilité... Brusquement, elle se revoit, assise sur la grosse roche plate à la croisée du deuxième rang et du rang du Bois de Chêne. Le soleil tape fort, mais elle ne le sent pas, tellement elle a envie de crier de douleur. Son gémissement monte lentement dans l'air poudré d'or. Son père vient de lui apprendre qu'elle doit partir pour la ville. Jamais un enfant illégitime ne viendra salir le nom des Veilleux. Jamais! Même si Cécile et Jérôme veulent se marier. Que diraient les gens du village dans six mois? Eugène, tout comme Cécile, serait la risée de toute la paroisse...

Impulsivement, Cécile remonte les genoux entre ses bras. Se referme sur ce ventre qui, finalement, n'aura porté qu'un enfant. Elle qui rêvait d'une ribambelle de gamins... Les douleurs de l'enfantement lui reviennent avec tant de précision qu'elle échappe un cri. Oui, elle avait souffert pour mettre sa fille au monde. Comme toutes les femmes. Mais, à elle, on avait interdit la joie qui fait oublier la douleur. Jamais elle n'avait pu tenir son bébé dans ses bras. Jamais elle n'avait pu la voir. Qu'un petit frère qui avait créé l'illusion de cet enfant qui était le sien. Le petit Gabriel, que sa mère lui avait confié en mourant. Lui aussi avait été important dans sa vie. Si important, qu'il en avait changé tout le cours... Jérôme partant pour l'armée, se désignant volontaire pour aller se battre, disparaissant en Normandie... Là, présentement, Cécile ressent en elle cette impulsion qui lui a si longtemps suggéré que Jérôme n'était pas mort. Un vertige fort et intense lui fait tourner la tête. Lui emprisonne le cœur dans un étau de souffrance. Non, Jérôme n'est pas disparu de ses pensées. Et c'est probablement pour cela qu'elle hésite à parler de sa fille à Charles. Lui dévoiler l'existence de Dominique, c'est en même temps lui dire l'amour qu'il y aura toujours en elle pour son fiancé perdu. Et Charles ne mérite pas cela. Pas après tant d'années de bonheur à deux... Car, nul doute pour Cécile: elle aime son mari. Profondément, sincèrement. Mais d'une autre façon... Et si jamais Jérôme revenait, là, maintenant, elle a l'honnêteté de se dire qu'elle serait incroyablement bouleversée, déchirée dans ses rêves les plus secrets comme dans le choix qu'elle a fait pour sa vie.

Elle sait que tout son être serait porté à choisir Jérôme. Malgré le temps passé... Malgré les différences engendrées par le passage de la vie. Mais Cécile est aussi une femme de paix et de sagesse. Alors, par respect pour Charles, elle sait aussi qu'elle lui serait fidèle. Même en étant profondément malheureuse pour le reste de ses jours. Cela, elle le réalise. Les yeux perdus dans le vide, Cécile essaie de comprendre tout ce que son cœur a à lui dire. Peut-on aimer deux hommes à la fois?

Quand Charles revient de l'hôpital, il la retrouve toujours assise dans leur chambre. Le regard sec et vague. À des lieux de leur demeure... Elle n'a même pas entendu la porte qui se refermait sur son mari. N'a pas entendu le son de ses pas lourds montant l'escalier, sa voix qui l'appelait. Cécile n'est pas là. La femme que Charles retrouve est en train d'arpenter inlassablement une plage de Normandie en appelant un fiancé qui n'est plus. À ses côtés, une petite fille de trois ans gambade en souriant de toutes ses dents...

Quand il s'approche d'elle, lui entourant les épaules de son bras, Cécile sursaute. Clignote des paupières comme au sortir du sommeil. Puis, elle a un sourire. Triste et las. Oui, maintenant, c'est Charles qui partage sa vie. Depuis bien plus longtemps que tout ce qu'elle a vécu avec Jérôme. Et elle l'aime. En croisant son regard, à la fois tendre et anxieux, un grand calme se fait en elle. Comme lorsqu'on revient d'un long voyage et que l'on retrouve avec contentement le confort rassurant de sa maison. Oui, Cécile revient de loin. De très loin... En imaginant cette plage de France, en recherchant quelqu'un qui n'y est plus, Cécile a enfin fait la paix avec ses souvenirs. Jérôme est mort depuis tant d'années maintenant... Et de savoir que leur fille est ici, à portée d'espérances, permet à Cécile, enfin, de respirer librement. Oui, elle se sent libérée. Comme une acceptation de ce qu'elle est et a été. C'est son passé qui a façonné son présent et la femme qu'elle est devenue. Une femme qui se sait aimée par l'homme généreux qui se tient, inquiet, à ses côtés. Alors, Cécile refait un sourire pour Charles. Le temps de parler est venu. Péniblement, comme on ressent et accepte les douleurs de l'enfantement, elle a fini par admettre qu'il est important pour elle de retrouver sa fille. Dans le dédale incroyable de ses émotions, de ses souvenirs et de ses peurs, Cécile a compris et accepté la nécessité pour elle de voir son enfant. Elle ne peut tourner le dos à une impulsion aussi vive, aussi vraie, aussi viscérale. Ne pas le faire serait une trahison à ce qu'elle est. Une trahison à l'amour que Charles lui porte. Cécile serait incapable de traduire clairement ce qu'elle ressent, mais elle sait qu'elle doit être sincère. Elle doit aller jusqu'au bout de ce qu'elle s'est toujours promis. Retrouver sa fille. Lui dire qu'elle l'aime.

* * *

Assise dans une salle de conférences blanche, froide et impersonnelle, Cécile attend. Elle attend le moment le plus important de sa vie. Celui qu'elle espère depuis trente ans... Dans quelques minutes, sa fille doit venir la rejoindre. À ses côtés, Charles se tient droit comme un piquet, aussi nerveux qu'elle. Quand elle lui a parlé, il n'a été que tendresse, chaleur et compréhension. Lui reprochant simplement le si long silence. Essayant, du mieux qu'il pouvait, de la consoler, la réconforter. Lui montrant qu'il ne l'aimait que mieux, maintenant qu'il comprenait ses regards tristes et ses silences. C'est même lui qui, enthousiaste, avait pris l'initiative d'entrer en communication avec le mouvement Retrouvailles. Et voilà qu'en cet instant, il attend presque aussi anxieux que Cécile, le moment où la porte s'ouvrira sur une femme qui est la fille de celle qu'il aime...

Puis, la porte bouge un peu. Des voix dans le corridor, des pas qui se rapprochent. Cécile est incapable de se relever... Ses jambes n'existent plus, son sourire est figé, plus proche des larmes que du rire, à peine perceptible. Il ne reste que son cœur qui bat fort, si fort dans sa poitrine et ses oreilles... Le battant de métal gris s'entrouvre sur la travailleuse sociale qu'elle a déjà rencontrée. La jeune femme lui sourit.

— Vous êtes prête?

Cécile est incapable de répondre. Elle se contente de hocher la tête en avalant péniblement sa salive. Puis, le temps s'arrête... Dans l'embrasure de la porte, une grande femme aux cheveux bruns, au regard d'azur, au sourire un peu timide... Personne n'a besoin de dire à Cécile qu'il s'agit de sa fille. Car, devant elle, c'est Jérôme et Cécile qui se tiennent ensemble, unis pour toujours dans les yeux de cette femme... Un long silence réunit les deux femmes pendant un moment. Un silence où deux regards se cherchent, se trouvent et reconnaissent leur unique expression. Dominique a les mêmes yeux que sa mère. Cette étincelle malicieuse, cette sagesse, cette couleur d'océan par temps calme... Cécile savait bien qu'elle saurait distinguer sa fille entre mille. Et voilà que l'instant espéré du plus profond du cœur devient réalité... Juliette ou Dominique, qu'importe? Sa fille, son bébé est avec elle. Jamais Cécile ne pensait qu'elle pourrait être aussi heureuse sans en mourir. Impulsivement, elle se relève, tend les bras malgré sa timidité naturelle. Dominique fait un pas vers celle qu'elle se languissait tant de connaître. Pourtant, en elle, quelque chose résiste. Comme si la place occupée par Thérèse était justement trop bien remplie. Tout d'un coup, Dominique comprend les réticences de sa mère adoptive. Cet appel qu'elle ressent en elle, en même temps que cette impression de désertion. Et puis, par-dessus tout, sa mère naturelle est tellement différente de tout ce qu'elle aurait pu imaginer. Toute petite, si blonde, alors qu'elle-même se cache sous une cascade de boucles noires... Mais il y a ce regard... Le même que celui retrouvé dans la glace, chaque matin... Oui, Dominique a un instant de déception. Si bref, qu'elle en est à peine consciente. Qu'un instant d'hésitation en découvrant le vrai visage de sa mère. Est-ce bien elle? Cette femme encore blonde, toute menue, alors qu'elle-même est si grande. À l'image de Thérèse... Un léger flottement pose son malaise sur la salle de conférences. Puis, d'un élan, Dominique et Cécile se retrouvent dans les bras l'une de l'autre...

Et, en tenant Dominique tout contre elle, Cécile ferme les yeux sur l'image de Jérôme. Comme sa fille lui ressemble... Comme tout ce qu'elle avait imaginé au fil du temps ressemble à ses espérances! Que la vie est belle et bonne, finalement.

Pendant cette première rencontre, elles ne parlent presque pas. Que des regards, à la dérobée, qui disent l'envie de mieux se connaître. Que des mots sur la banalité de leurs vies actuelles. Puis, avant de se quitter, l'échange de leurs numéros de téléphone et la promesse de se revoir. Cécile est revenue chez elle sur un nuage. Silencieuse, enfin comblée... Puis, brusquement en entrant dans sa maison, elle se retourne vers Charles qui est demeuré presque silencieux pendant le trajet. Ému, discret, conscient soudainement de ce que cette révélation cachait pour lui. Cette enfant que Cécile avait mise au monde, alors qu'ensemble... Pourtant, Cécile ne remarque pas son regard fiévreux, déçu. Maintenant, elle a envie de parler. Parler comme un moulin qui tourne. Elle fait un pas dans l'entrée, pirouette sur elle-même, s'arrête devant le miroir qui lui renvoie l'image d'une femme souriante, aux joues rougies par la joie. Subitement, elle comprend que ce grand bonheur c'est à son mari qu'elle le doit. Seule, elle n'aurait probablement jamais osé. Elle se connaît assez pour savoir que la peur l'aurait paralysée devant le geste à poser. Oui, Charles vient de lui faire le plus beau cadeau qui soit. Le cadeau d'un amour sincère, débordant les frontières de l'égoïsme naturel qui fait que l'on cherche d'abord et avant tout son propre bonheur. Elle revient à lui, passe les bras autour de son cou. Et ce geste de complicité amoureuse permet à Charles de revenir à la joie du moment. D'oublier ce qui l'attristait un instant plus tôt.

— Si tu savais comme je suis soulagée... Ça fait trente ans que j'espère ce moment. Trente ans avant de savoir si mon enfant était beau et en santé. Te rends-tu compte de ce que ça veut dire? C'est... c'est grâce à toi, Charles, si je suis aussi heureuse. Sans toi, je ne sais pas si j'aurais eu le courage de... Merci. Du fond du cœur, merci. Je... je t'aime tant...

Alors Charles se penche sur elle, effleure ses cheveux d'un baiser léger, ferme les yeux sur son parfum. Il a eu la chance de partager sa vie avec une femme si merveilleuse... Une femme de cœur et d'émotions qui a gardé pour elle son lourd secret par respect pour lui. Il en est certain. Si Cécile n'a pas parlé plus tôt, c'est en grande partie à cause de lui. Jamais il n'aurait pu croire que Cécile l'aimait à ce point. Jamais il n'a été aussi heureux qu'en ce moment.

— Moi aussi, je t'aime. Et c'est moi qui ai envie de te dire merci, Cécile. Merci pour notre vie que tu sais rendre belle. Merci pour notre fils dont je suis si fier. Merci aussi pour cette belle grande fille que tu avais cachée si longtemps. Mais je ne t'en veux pas. C'est la vie, c'est notre vie qui voulait que ce soit ainsi. Et ça n'a pas d'importance...

Puis, après une brève hésitation:

— Je crois... je crois que tu as gardé silence par amour pour moi, n'est-ce pas?

Cécile se coule encore plus étroitement contre Charles, sans répondre. Entre eux, les mots sont inutiles. Il a fort bien compris pourquoi Cécile avait tant hésité à lui parler. Cette vérité qui lui aurait éclaté dans le cœur, éclaboussant sa fierté, s'il avait connu avant sa stérilité... Aujourd'hui, l'âge et la raison font en sorte qu'il peut accepter. Mais, plus jeune, Charles sait très bien quelle aurait été sa réaction. Et Cécile l'avait si bien deviné... Cette délicatesse, découlant d'un amour sincère, lui fait monter les larmes aux yeux. C'est tout cela qui fait qu'ils sont bien ensemble...

Longtemps, ils restent enlacés dans l'entrée d'une grande maison silencieuse où le tic-tac de la pendule sonne les secondes d'un bonheur presque insoutenable tant il est grand.

14

Cécile et Dominique ont pris l'habitude de se voir une fois par semaine. Parfois seules, parfois en compagnie de leurs maris. Jamais très longtemps à la fois. Toujours en des endroits impersonnels, qui n'engagent que le moment présent. Un restaurant, un parc... Elles doivent apprendre à se connaître. Prendre le temps, ne rien brusquer. Même si elles sont du même sang, la vie s'est amusée à en faire des inconnues. Elles doivent s'apprivoiser tout doucement. D'une semaine à l'autre, elles découvrent les mille et une facettes de leur personnalité. Parfois surprise, parfois déception. Pourtant, rien ne pourrait les séparer désormais. Comme une soif enfin désaltérée. Chacune à sa manière... Et, curieusement, la nostalgie de ce qui aurait pu être n'existe pas. Cécile n'arrive plus à imaginer sa vie ailleurs qu'à Québec, avec un autre que Charles. Cette vie à la campagne qu'elle voyait comme une réalité n'était en fait qu'un mirage dilué par le départ de Jérôme. Et cette vie-là n'existe plus depuis qu'elle a retrouvé Dominique. Même le nom de Juliette ne sonne plus comme autrefois à ses oreilles. Le présent lui apporte assez de joie pour ne pas avoir envie du passé. Enfin, Cécile s'est réconciliée avec sa vie. Même qu'à certains matins, elle sent resurgir le désir de retourner à l'hôpital. Elle est encore assez jeune pour être utile... Pourtant, il y a une ombre au tableau: deux êtres qui ont le droit de partager son bonheur. Et ce sont les parents de Jérôme... Pour eux aussi, cela permettrait sans doute de refermer une plaie qui doit être très souffrante, à l'occasion. Elle en a parlé avec Charles et il est d'accord avec elle: Mélina et Gabriel Cliche seront sûrement heureux de connaître leur petite-fille. Pourtant, quand Cécile a demandé à Dominique si elle aimerait aller en Beauce avec elle, celle-ci a refusé. Pour Dominique, ce qui importait c'était de retrouver sa mère. Peut-être un père, aussi. Mais certes pas toute une famille... Sa famille, c'est Thérèse et René avec Claude et Francine. Ce sont là les liens indispensables à son équilibre. Indissociables de ses souvenirs les plus heureux. Ceux de l'enfance... Curieusement, depuis qu'elle connaît Cécile, Dominique se sent plus proche de Thérèse qu'elle ne l'a jamais été. L'hérédité est devenue pour elle une question d'habitudes communes que l'on retrouve avec plaisir, avec assurance. Cette complicité que la vie a tissé entre des êtres qui n'avaient rien en commun au départ... Cette attitude face aux gens et aux choses qu'elle tient de ses parents. Cet amour qu'elle comprend mieux maintenant et qu'elle a envie de partager. Alors, quand elle entend Cécile lui parler des parents de son père, elle lui répond qu'elle n'est pas prête. Pas encore... Peut-être même jamais. Elle n'a pas envie de renouer avec des êtres qui lui sont étrangers, aussi gentils soient-ils.

Cécile est revenue de cette rencontre le cœur lourd. Elle désirerait tant que l'univers entier partage son trop-plein de bonheur. Pourtant, elle peut comprendre ce qui retient Dominique. La vie de sa fille a des droits que même la présence de Cécile ne peut détruire ou atténuer. Ses parents, finalement, ce sont Thérèse et René Lamontagne. Cela Cécile l'accepte et elle ne veut surtout pas que Dominique l'oublie. Alors, si pour elle de retrouver des grands-parents ne veut rien dire, Cécile va devoir s'y faire. Entre elle et Dominique, ce sera d'abord et avant tout une relation d'amitié. Ce matin, en se promenant dans le jardin de Jeanne d'Arc, sur les Plaines, Cécile l'a compris. Une belle amitié partagée avec Charles. Partagée aussi avec André, le mari de Dominique, qui a accueilli Cécile à bras ouverts. Partagée, en plus, avec deux petits-fils qu'elle ne connaît pas encore mais qu'elle a hâte de serrer tout contre elle. Pourtant, en ce moment, Dominique hésite. Thérèse ignore toujours que sa fille a retrouvé sa mère et celle-ci a peur que ses gamins soient incapables de garder un tel secret. Il reste aussi Denis à mettre dans la confidence. Mais Charles a promis à Cécile qu'ils se parleraient entre hommes. Lui a simplement dit de ne pas s'en faire. Denis est un garçon droit et fier. Un garçon solide. Il va comprendre...

Et, devant tout cela, Cécile s'aperçoit finalement que tout se passe bien. Elle sait par certains reportages à la télévision et dans les revues, que plusieurs parents et enfants sont déçus par des retrouvailles qui ne ressemblent en rien à ce qu'ils avaient espéré.

Alors, elle se compte chanceuse de pouvoir continuer à créer des liens avec Dominique. Une seule chose aurait encore de l'importance pour que sa joie soit complète. Mais Cécile devine que Dominique ne serait pas d'accord. Elle garde donc pour elle cette envie qu'elle aurait de connaître les parents adoptifs qui ont su si bien aimer sa fille. Qui ont permis à l'enfant qu'elle chérissait de grandir, de s'épanouir. Elle aurait tout simplement envie de leur dire merci.

* * *

Les semaines ont passé. L'automne bat même de l'aile, résistant de moins en moins souvent aux assauts d'un hiver qui s'annonce rude et arrogant. Bientôt ce sera Noël et Cécile aimerait tant réunir tous ceux qu'elle aime autour d'une même table. Mais, conforme à ce qu'elle est, elle n'a pas encore ouvert son cœur à sa fille. Ses aspirations à rencontrer Thérèse et René Lamontagne sont restées un secret qu'elle ne partage avec personne. Comme une habitude chez elle de taire ses émotions. De craindre la réaction des autres...

Pourtant, c'est Dominique qui a fait les premiers pas. Elle aussi aimerait réunir tous ceux qu'elle aime. Et elle se dit que Noël serait l'excuse idéale pour le faire. Le prétexte qui permet de rejoindre les gens dans ce qu'ils ont de plus sensible, sans trop faire mal. C'est René qui le lui a fait remarquer. Plus elle y pense, plus Dominique est convaincue qu'il a raison. En riant, elle admet que, encore une fois, René a su lire en elle comme dans un livre ouvert. Oui, plus le temps passe et plus Dominique a envie de lever le voile sur toutes ses joies. Les partager avec Thérèse, comme elle apprend à les vivre avec Cécile. Il y a eu trop de cachettes dans sa vie. Désormais, elle a envie de vivre au grand jour face à tous ceux qu'elle aime.

— Cécile, que dirais-tu si je t'invitais à rencontrer mon père?

Elles sont dans un restaurant. La foule est bruyante autour de leur table. Enveloppe la demande de Dominique d'un voile de surprise. Cécile reste un instant silencieuse. Étonnée, heureuse. Contrite, aussi, d'avoir tant hésité, alors que Dominique partageait un même besoin. Combien elles se ressemblent, toutes les deux, finalement! Cette pudeur devant les sentiments, ce respect devant les gens. Toutes ces petites choses qu'elles découvrent l'une de l'autre et qui les rapprochent. Cécile fait finalement un grand sourire.

— Il n'y a rien qui me ferait plus plaisir. Ça... ça fait des mois que je n'ose te le demander. J'étais gênée, ou je ne sais trop... Mais pourquoi ton père?

Au tour de Dominique de sourire. Si Cécile connaissait ses parents, jamais elle n'aurait posé une telle question.

— Parce que mon père sait que je t'ai rencontrée. C'est même lui qui m'a aidée à rédiger la demande pour le journal. Tu vois, mes parents sont... Comment dire? Mon père est plus ouvert que ma mère sur ce sujet-là. Dans le fond, je crois que ça aurait été préférable que ce soit lui qui m'apprenne que... Mais qu'importe! Quand j'ai su que j'étais adoptée, on aurait dit que ma mère avait peur de m'en parler. Qu'elle avait peur que je cesse de l'aimer. C'est complètement ridicule, mais je lui en ai voulu pendant des années pour la façon dont elle m'avait prévenue. Puis, dès que je t'ai vue, j'ai compris ce qu'elle avait dû ressentir. Cette hantise de tous les jours... Je n'ai pas été une adolescente facile, tu sais. Juste à cause de cela... Je n'arrêtais pas de me répéter que la vie était injuste. Que mes parents n'étaient pas mes parents. J'en ai tellement souffert... Mais, en même temps, ma mère aussi souffrait terriblement de ma réaction. Je refusais carrément tout l'amour qui avait pu exister entre elle et moi... pendant des années. Maintenant, oui, je la comprends. Alors, de lui dire que je t'ai retrouvée, elle ne pourrait l'accepter. Ce serait comme revenir à cette époque où tout dialogue était impossible entre nous. Et je ne le veux pas. Ça me peine, mais c'est comme cela et je n'y peux rien... Mais, pour papa, c'est différent. Il sait bien que, dans le fond, ça ne lui enlève rien. Il a compris que ce qui existe entre lui et moi restera toujours aussi fort, aussi solide.

Puis, après un rire, presque confuse, le rouge lui montant aux joues:

— En fait, je dois te dire la vérité. C'est lui qui m'a confié qu'il aimerait te rencontrer. Moi, je crois que jamais je n'aurais osé... C'est idiot, n'est-ce pas?

— Non, ce n'est pas idiot. Je... J'aurais fait la même chose...

Ensemble, elles éclatent de rire. Un regard entre elles. Une compréhension des états d'âme. Oui, comme elles se ressemblent! Malgré la vie, malgré l'absence, malgré tout ce qui les a séparées pendant si longtemps.

Mais, René Lamontagne réserve une surprise à sa fille comme à Cécile. Quand il a su que cette dernière acceptait avec plaisir de le rencontrer, il a décidé qu'il était temps que sa femme comprenne qu'elle se refusait probablement la plus belle joie qui soit. Celle de pouvoir dire de vive voix ce qu'elle avait toujours gardé dans son cœur. Dire merci à celle qui lui avait permis d'être mère. Tout comme lui a envie de le faire. Ce n'est que pour cette raison qu'il veut enfin connaître celle que Dominique lui décrit comme étant une femme calme. Une femme de douceur et de demi-teinte. Une femme de nuances et d'émotions. Et à écouter sa fille, il comprend mieux l'enfant et l'adolescente qu'elle a été. Cette enfant réservée et rieuse en même temps. Impulsive et secrète... C'est cela qu'il a tenté de faire comprendre à Thérèse. Et, contre toute attente, celle-ci n'a pas refusé. Longtemps elle a gardé silence, puis elle a levé les yeux sur lui.

— Comme cela, Dominique a fini par... Je m'en doutais un peu, vois-tu... C'est fou ce qui a pu se passer entre nous deux... Jamais Claude et Francine n'ont eu de réactions aussi vives, aussi emportées que leur sœur. Ils ne voyaient que la chance qu'ils avaient eue de ne pas habiter à l'orphelinat.

Puis, après un rire:

— Tu avais beau essayer de cacher le journal, j'avais vu l'annonce du mouvement Retrouvailles. Francine aussi m'en a parlé. Pour me dire de ne pas m'inquiéter. Qu'elle et Claude n'avaient aucune envie de retrouver leur mère.

René s'est approché d'elle, l'a prise dans ses bras.

— Pour Claude et Francine, c'est bien différent. Ils sont deux. Ensemble, ils forment une famille de sang bien réelle. Ils ont des attitudes qui leur sont propres. Des points de repère... Alors que pour Dominique, il n'y avait personne à qui se rattacher. Je n'ai jamais mis en doute l'affection qu'elle a pour son frère et sa sœur, mais je suis certain que, par moments, elle devait être jalouse de leur intimité. Surtout qu'elle croyait sa mère décédée...

À ces mots, Thérèse se met à rougir. S'il y a une chose qu'elle regrette, c'est bien celle-là.

— Oui, une belle erreur n'est-ce pas? Comment ai-je pu être à ce point idiote? Je n'arrive même plus à comprendre ce qui a pu me pousser à faire un mensonge aussi énorme. J'avais si peur de la perdre, ma petite fille! Je... je crois que je pensais qu'en sachant sa mère morte, elle se dirait qu'elle avait eu de la chance d'être avec nous...

Puis, après un soupir:

— C'est exactement le contraire qui s'est produit. Ça l'a éloignée de nous. J'en ai si souffert, René. Je m'en suis tellement voulu... Mais, malgré cela, je n'arrivais pas à faire marche arrière et à lui dire la vérité. Pourtant je l'aime, ma Dominique...

René referme les bras autour des épaules de sa femme. Il le sait bien, lui, que Thérèse n'a jamais voulu de mal à qui que ce soit.

— Et cela nous le savons tous... S'il y a une chose que notre fille n'a jamais remis en question, c'est bien celle-là. Alors, tu es prête? Je peux dire à Dominique que nous voulons rencontrer sa mère?

Thérèse lève un regard inquiet vers son mari. Bien sûr qu'elle irait jusqu'au bout! Mais la crainte d'être comparée dans ses qualités de mère lui fait battre le cœur. Si cette Cécile était meilleure qu'elle? C'est en se répétant que c'est complètement idiot qu'elle acquiesce silencieusement. Puis, René a eu une phrase. Imprévue, rassurante...

— Tu sais, la mère de Dominique doit connaître les mêmes craintes que nous. Elle aussi a adopté un enfant. Un fils...

Alors, Thérèse se permet de sourire. Peut-être bien, après tout, que cette rencontre va bien se passer. Ce qu'elle veut, surtout, c'est faire plaisir à sa fille. Lui prouver qu'elle l'aime envers et contre tout. Qu'elle l'a toujours aimée. Malgré ses maladresses et ses erreurs...

C'est par un après-midi pluvieux et froid que la rencontre doit avoir lieu. Chez Dominique. Un souper du dimanche soir, tous ensemble partageant un même repas. Et, pour Cécile, l'événement est doublement important. Elle va enfin connaître ses deux petits-fils... Jamais elle n'a été aussi nerveuse. Combien de fois dans sa vie a-t-elle essayé d'imaginer cette femme qu'elle voyait un peu comme une rivale? Celle qui lui avait volé sa place auprès de sa fille. Certes, aujourd'hui elle ne la considère plus comme une ennemie. Bien au contraire... Elle est pleinement consciente de la chance de Dominique d'avoir une telle famille pour y vivre. Mais la crainte reste bien réelle en elle. C'est le cœur battant à tout rompre qu'elle se présente chez sa fille. Charles, toujours aussi droit et fier, cache bien son jeu. Pourtant, il n'en mène guère plus large que sa femme. Il devine ce qu'elle doit vivre en ce moment et il a peur pour elle. Peur de la déception qui pourrait être la sienne si la communication s'avérait impossible avec Thérèse. Cécile est une femme de paix, une femme de compromis. Elle serait profondément malheureuse et blessée si cette rencontre était un fiasco. Quand Dominique leur ouvre la porte, il s'aperçoit que celle-ci est au moins aussi anxieuse que Cécile. Mais personne ne montre rien. Sinon les sourires qui sont un peu plus larges, un peu plus tendus qu'ils ne devraient l'être. Puis, brusquement, c'est l'invasion... François et Frédérik viennent d'arriver dans le salon. Et eux, ils ne sont nullement embarrassés par la situation. Seule l'excitation de savoir qu'ils ont une grand-mère de plus a de l'importance. À six et quatre ans, on ne s'encombre pas de politesse, de manières et de façade. Allant droit au but, ils s'approchent de Cécile. La regardent franchement, sans méfiance. Et, après un clin d'œil entre eux, lui offrent leur plus beau sourire.

— Ainsi, c'est toi, notre nouvelle grand-mère? T'es belle. Pis t'as l'air gentille... Est-ce qu'on va aller chez toi, aussi, le dimanche?

François se tait ensuite. N'écoutant pas la réponse que Cécile est en train de lui donner, il essaie de se rappeler les recommandations que sa mère lui a faites. Puis, brusquement, jugeant son intervention permise, il ajoute:

— Nous deux, les bonbons qu'on préfère ce sont les «Smarties».

Tout le monde éclate de rire dans le salon. Alors, rouge comme une tomate, le petit François s'empresse de déguerpir en direction de sa chambre. Suivi de près par Frédérik qui, lui, n'a rien compris, sinon que maintenant ils auront droit à leurs bonbons préférés chez leurs deux grands-mères. Quelle aubaine!

Et, quelques instants plus tard, ce sont encore les deux gamins qui permettent à tout le monde d'être à l'aise. Presque détendus... Cette merveilleuse franchise de l'enfance. Quand la sonnerie de l'entrée se fait entendre, Frédérik s'empresse d'aller ouvrir. Puis, tirant sa grand-mère Thérèse par la main, avant même qu'elle ait pu enlever son manteau, il lance sans cérémonie:

— Regarde, mamie... Maintenant, on a une autre grand-maman comme toi. Pis elle sait qu'on aime les «Smarties». Elle aussi, on va aller souper des fois chez elle le dimanche. Toi, mamie, tu vas venir avec nous?

La tension tombe d'un coup. C'est en riant que Dominique

fait les présentations. Et Thérèse doit admettre que Cécile n'est pas du tout la femme qu'elle imaginait. Toute petite, l'air si doux, le sourire si lumineux... Elle lui tend une main franche. Ne partagent-elles pas ce qu'il y a de plus important dans leur vie? Ne sont-elles pas les femmes qui ont tenu les rôles les plus déterminants dans celle de Dominique? Puis, alors que tout le monde se rassoit, Cécile, elle, se relève, vient jusqu'à Thérèse et, la regardant droit dans les yeux, lui dit tout doucement:

— Merci, madame. Souvent, dans ma vie, j'ai pensé à un moment qui ressemblerait à celui-ci. Sans vraiment oser y croire... Mais, aujourd'hui, je suis heureuse d'avoir la chance de vous voir. Et de vous dire merci d'avoir aimé Dominique à ma place.

La timidité naturelle de Cécile n'a pu résister à cet appel du cœur. Cette femme... aussi brune que sa fille l'est, aussi grande aussi. Comme si le ciel avait permis cette ressemblance entre elles pour rendre la vie plus normale. Un curieux hasard qui a probablement bien fait les choses. Mais, maintenant qu'elle a dit ce que son cœur lui suggérait, elle se met à rougir. Les larmes lui montent aux yeux. Il y a trop d'émotions en elle pour qu'elle arrive à toutes les contrôler. De toute façon, Cécile a toujours été incapable de cacher ses sentiments. Alors, deux grosses larmes de joie glissent sur ses joues, tremblantes. Larmes de joie et de regret aussi, quand elle pense que c'est cette autre femme qui a profité de chacun des sourires de son bébé, de ses premiers mots, ses premiers pas... Comme une dernière flèche que sa lente et pénible quête au creux des souvenirs lui imposerait... Devant ce visage bouleversé, René se lève, et, se rapprochant d'elle, lui place une main sur l'épaule. Oui, il comprend ce qui doit se passer dans l'âme de Cécile en ce moment. Les émotions qu'il lit dans ce regard de mère rejoignent si bien les siennes! Alors, d'une voix sourde, il ajoute:

— Et nous aussi nous vous disons merci. Si Dominique est ce qu'elle est, ce n'est pas uniquement à cause de l'amour que nous lui avons donné. C'est aussi grâce à ce que vous lui avez légué à sa naissance. Alors, merci pour la vie qui a été la nôtre... C'est grâce à vous que nous avons pu être heureux...

Et Thérèse, incapable de parler, la gorge serrée sur sa joie et le soulagement, se contente de prendre la main de Cécile. Et de la serrer fort, très très fort dans les siennes...

ÉPILOGUE

MAI ET JUIN 1984

«Il y aura toujours nous deux,
à quelque part dans le monde.»

Cécile, juin 1943

É puisée, Cécile se laisse retomber, accroupie sur les talons. Met une main sur ses reins en grimaçant.

— On n'a plus vingt ans, marmonne-t-elle.

Pourtant, elle continue de sourire. Ça fait plus de deux heures qu'elle est à quatre pattes, sarclant et plantant quelques boîtes de fleurs annuelles qui embelliront le terrain du cimetière pendant tout l'été. Depuis que Charles est décédé, elle vient chaque année passer quelques heures en compagnie de celui-ci. Elle lui parle, tout en travaillant, comme s'il était bien présent. Et, quand elle retourne à la maison, éreintée mais heureuse, elle a l'impression qu'il était là, pas trop loin, la regardant faire et y prenant plaisir.

Le soleil est bien présent, lui aussi. Mais Cécile ne s'en plaint pas. Elle aime sentir sa chaleur sur son gilet, comme le ferait un bras autour de ses épaules. Maintenant que les deux hommes de sa vie se sont retrouvés, quelque part dans l'au-delà, elle peut enfin penser à eux en paix, sachant que sa vie n'aurait pu se dérouler autrement. Deux fois par année, au printemps et en automne, elle vient travailler au cimetière Belmont et s'offre ces quelques heures de bonheur auprès de Charles, se permettant parfois de glisser un mot à Jérôme dans le fil de ses pensées. Elle mord avec gourmandise dans le bonheur de ses souvenirs, comme elle laisse couler l'envie de leur parler de ses projets. Cécile a toujours eu besoin qu'on la conseille, qu'on l'approuve dans ses décisions. Alors, elle est bien de ces moments où elle partage ses espoirs et ses joies avec Charles. C'est toujours vers lui, finalement, qu'elle se retourne pour avoir un conseil. C'est lui qui a partagé sa vie... Elle revient à chaque fois de sa visite au cimetière, le cœur léger et l'âme heureuse. Surtout qu'elle sait que son mari est mort sans souffrance, dans son laboratoire, penché sur une boîte de Pétri. Un arrêt cardiaque que rien n'avait annoncé. Aussi foudroyant que décisif. Et, comme médecin, Cécile sait qu'il n'y a pas de plus belle mort... Après une période de larmes et de tristesse, elle avait repris sa vie en main. Vendre la grande maison, se trouver un appartement à sa convenance, changer d'auto... Oui, lentement, elle avait réussi à se refaire une existence belle et bonne. Denis habitant maintenant Québec, avec femme et enfants, Cécile partage son temps entre l'hôpital, où elle agit à titre de consultante, et ses deux enfants, Dominique et Denis. Puis il y a Gérard, qui habite toujours Montréal, mais qu'elle visite de plus en plus souvent. Et aussi les cousins Fernand et Raoul avec qui elle voyage l'hiver... Oui, Cécile a réussi à se créer une vie à sa mesure, qui sait la satisfaire.

C'est en se relevant pour ramasser ses outils de jardinage que Cécile a un instant de clairvoyance. Bref, précis, mais vite envolé. Comme une idée qui traverse son esprit, ne laissant derrière elle qu'une vague présence. Elle vient de vivre deux heures de joie en compagnie de son mari. Parlant à l'occasion à Jérôme quand elle pense à Dominique. Puis, brusquement, l'idée obscure se fait précise. Qui fleurit la tombe de Jérôme? Personne. Il n'y a personne pour venir se recueillir sur ses souvenirs... Et, en se précisant, l'idée se fait tentation. Pourquoi n'irait-elle pas en France? Elle qui avait toujours dit qu'elle ne mettrait les pieds dans ce pays que le jour où elle pourrait librement se pencher sur son passé. Ne serait-il pas venu, ce jour qu'elle espérait? Mais, comme toujours, Cécile hésite. Finalement, c'est ce qu'elle trouve de plus pénible dans sa solitude forcée. Prendre seule des décisions d'importance. Doit-elle ou non aller en France? Ne risque-t-elle pas de souffrir devant une tombe où nul nom ne rappelle Jérôme? Que la mention de soldat inconnu. Probablement... Elle revient à sa voiture à pas lents, toute concentrée sur cette idée qu'elle n'est plus sûre de trouver si bonne. Pourtant, elle se connaît et sait pertinemment qu'elle ne sera soulagée qu'à l'instant où elle aura vraiment fait le tour de la question.

Après deux jours de discussions avec elle-même, de volte-face et de reculs, Cécile se décide enfin à appeler Dominique. Ne s'agit-il pas de son père, après tout? Celle-ci, contre toute espérance, se montre enthousiaste au projet de sa mère.

— Tu veux aller en France? Mais pourquoi pas? C'est une bonne idée. Et puis, tu sais, il n'y a pas qu'un cimetière à visiter en France. C'est un merveilleux pays à découvrir...

— Oui, sûrement. Mais seule, je ne...

Dominique ne la laisse pas terminer sa phrase. Elle se doute bien de ce que sa mère essaie, selon son habitude, de lui demander sans trop en avoir l'air. Comme elle sait aussi l'importance que Jérôme a toujours eu dans la vie et les pensées de Cécile. Alors, elle s'empresse de la rassurer.

— Comment, seule? Tu ne veux pas que je t'accompagne? lance-t-elle malicieuse...

C'est ainsi qu'à la fin de mai, elles s'embarquent toutes deux dans l'avion qui permettra à Cécile de voir enfin cette plage de Normandie. Marcher sur le sol qui a reçu l'empreinte des derniers pas de l'homme qu'elle a le plus aimé dans sa vie. Maintenant, plus rien ne bâillonne cet amour qui a traversé le temps. Elle admet que, sans Charles, elle n'aurait été que l'ombre de ce qu'elle est. Mais, par-delà cette certitude, il lui reste la conviction que Jérôme a toujours été celui qui a eu la plus belle part de son cœur. Cet abandon sans limite, ce don total de l'être...

Elles commencent leur voyage par quelques jours à Paris. La ville éblouit Cécile et transporte Dominique. Puis, c'est le retour dans le temps... Dans le train qui les emmène en Normandie, Cécile laisse les souvenirs refaire surface. Elle n'a plus à les contenir et peut se repaître sans réserve de leur présence douce-amère. Les yeux brillants de larmes contenues, elle découvre un paysage qui ressemble étrangement à la Beauce. «Dommage que Jérôme n'ait pas eu le temps de le voir, pense-t-elle attristée. Il aurait sûrement aimé ce coin du monde.» Tous ces vallons qui se courtisent, cette mer qui brille au loin, comme la rivière Chaudière de son enfance, ces vergers odorants qui se multiplient, clôturés ici de haies plutôt que de perches de cèdre... Oui, la Normandie plaît immédiatement à Cécile qui y retrouve une senteur propre à faire vivre ses plus beaux souvenirs. Ceux du temps où, amoureux, elle et Jérôme avaient promis de tout faire pour être heureux ensemble. Maintenant, elle est une femme vieillissante, qui en a plus long derrière elle que devant. Pourtant, en ce moment, le nez écrasé contre la vitre du train, Cécile a de nouveau vingt ans. Toute sa vie avec Charles s'estompe comme un rêve merveilleux qui se devait de finir. C'est son cœur de jeune fille qui bat en elle. Ses émotions de jeune femme qui font trembler ses mains. Le jour du départ de Jérôme, elle lui avait promis qu'ils vieilliraient ensemble et c'est exactement ce qu'elle s'apprête à faire. En venant en France, c'est le fiancé qu'elle vient retrouver. Celui qui l'a suivie dans l'ombre pendant toute sa vie et que, désormais, elle a envie de présenter au grand jour. Sans masque, sans faux-fuyant. Aujourd'hui, elle sait que l'on peut aimer deux hommes dans une vie. Avec une égale ferveur. Sans être malhonnête, sans mentir ni tricher. Son seul regret, en ce moment, c'est que Mélina Cliche ne puisse être avec elle. Elle aussi, elle a traversé la vie avec la présence de Jérôme dans son cœur, dans le creux de chacune de ses émotions. Âgée de plus de quatre-vingts ans et veuve depuis peu, celle-ci lui a remis une lettre quand Cécile est allée la voir avant de partir.

— T'es ben chanceuse de pouvoir faire ce voyage-là, ma Cécile. Moi, j'suis ben que trop vieille, astheure. Mais c'est pas grave... J'vas penser à toi. Ben ben fort. Pis j'ai préparé une lettre pour mon Jérôme. Pour y présenter sa sœur. Tu la mettras sur la tombe du soldat inconnu. Moi pis toi on sait qui c'est le soldat inconnu... Pis si moi j'peux pas y aller, Gaby va t'accompagner, lui. Tu peux être sûre de ça. J'y ai parlé avant de dormir hier, pis sa pensée va rester avec toi.

Oui, dans son cœur, Cécile porte tous ceux qui ont connu et aimé Jérôme. Et, à ses côtés, il y a Dominique. Cécile a tenu promesse. Elle a retrouvé leur fille comme ils rêvaient de le faire.

Pendant deux jours, Cécile et Dominique ont visité Caen. Les abbayes, les églises de Saint-Pierre, Saint-Nicolas et de Saint-Étienne épargnées par la guerre. Caen est une ville curieuse, reconstruite après le conflit où le modernisme est tempéré par ces clochers anciens. Où l'on sent la proche présence des vergers. Cette odeur de cidre, de camembert et de calvados qui enivre aussitôt Cécile. Et ces cafés où tout le monde semble se connaître, cette langue mélodieuse qui chante, cette senteur de mer qui s'infiltre à travers les conversations... Si Cécile avait à choisir, c'est dans une ville comme celle-ci qu'elle aimerait vivre...

Pendant de longues heures, Cécile et Dominique ont marché sur la plage de Bernières-sur-mer. Celle qui portait le nom de code de Juno au moment du débarquement. Silencieuses. Puis, le six juin au matin, Cécile s'est présentée au cimetière militaire. Exactement quarante ans plus tard. À la main, elle a une gerbe de roses rouges. Comme elle en aurait eu une, si elle avait épousé Jérôme. Il y a plusieurs personnes dans le cimetière. Des Français reconnaissants qui se rappellent. Qui n'oublieront jamais. D'autres femmes, aussi, de son âge, recueillies devant une tombe. Peut-être des Canadiennes, tout comme elles. Des veuves... Toutes ces plaques blanches, identiques, qui portent un nom, deux dates... Brusquement, Cécile revoit la pouponnière avec ses rangées de petits lits blancs, tous pareils... Lentement, elle fait le tour du cimetière, Dominique se tenant à quelques pas derrière elle, respectant le silence de sa mère. Puis, doucement, cette dernière ralentit le pas, fronce les sourcils en reconnaissant un nom. «Pierre Gadbois, 1921 – 1944.» Cécile se rappelle que Jérôme lui en avait parlé dans sa dernière lettre. Étaient-ils morts ensemble? Qu'avaient-ils vécu dans ces derniers instants, loin de leur pays, loin de tous ceux qui les aimaient? Jérôme avait-il eu le temps de penser à sa Cécile? Brusquement, elle souhaite que non. Surtout qu'il n'ait pas souffert. Ni dans son corps, ni dans le regret de ce qui aurait pu être. Cécile s'arrête, se retourne, cherche Dominique du regard.

— Regarde, Dominique... C'est la tombe d'un ami de ton père. Jérôme m'avait écrit qu'il était heureux de l'avoir retrouvé en Angleterre. Que, grâce à lui, il se sentait un peu moins seul. Je... J'ai envie d'y laisser mes fleurs. Dans le fond, le corps de ton père n'est à nulle part ici. On ne l'a jamais retrouvé. De donner mes fleurs à celui qui a partagé ses derniers instants, c'est comme si je les offrais à Jérôme, n'est-ce pas?

Dominique s'est approchée de sa mère. Elle entoure ses épaules d'un bras affectueux.

— C'est une excellente idée, ça, Cécile. Je...

Pendant un moment, Dominique reste perdue dans ses pensées. Elle aussi, elle est bouleversée par tout ce que sous-entend cette visite. Jamais elle n'a été aussi proche de ce que sa vie aurait pu être si le destin en avait décidé autrement. Là, tout près d'elle, il y a sa mère. Cette femme qu'elle aime dans ce qu'elle a de doux et de tendre. Une femme qui a eu à se battre pour arracher un peu de bonheur à la vie. Une femme que le destin n'a pas épargnée et qui, malgré cela, n'a toujours voulu que le meilleur pour ceux qui l'entourent. Maintenant, c'est à son tour de se faire parler d'amour. Alors, s'assoyant dans l'herbe, devant une pierre tombale au nom de l'ami de son père, Dominique laisse tomber d'une toute petite voix:

— Assieds-toi, maman. Viens déposer les fleurs qu'on a apportées pour papa. Et la lettre que sa mère t'a donnée...

À travers ses larmes, Cécile laisse fleurir un sourire. Aussi franc, aussi éclatant que les roses qu'elle tient à la main. C'est la première fois que Dominique l'appelle maman. Jamais elle n'aurait pu penser être à ce point heureuse... Silencieusement, main dans la main, elles restent là, assises, accrochées à leurs rêves qui doivent certainement se rejoindre quelque part dans le temps et l'espace...

Elle n'ont pas vraiment remarqué le bruit des pas feutrés qui se sont arrêtés à quelques pieds d'elles. Il y a tant de gens, ici, ce matin. Pourtant, surpris sans vraiment l'être, un vieil homme voûté attend que les deux femmes se retirent pour venir se recueillir sur la tombe de son ami. C'est la première fois qu'il aperçoit quelqu'un devant l'épitaphe de Pierre. Peut-être est-ce une cousine? Ou peut-être est-ce cette fiancée dont son ami avait parlé? Comment s'appelait-elle encore? Germaine? Gilberte? Gertrude? Incapable de se souvenir, Philippe reste un moment en retrait. Il n'aime pas tellement parler avec des étrangers. Sa vie au monastère l'a amené à être de plus en plus discret au fil des années. Cette vie de silence qui a été la sienne. Cette vie de recueillement au creux des souvenirs... Mais, voyant que les deux dames ne semblent nullement pressées de s'en aller, Philippe se décide à venir tout près d'elles.

C'est à cet instant que Cécile relève la tête et remarque l'homme qui se tient à quelques pas derrière, regardant fixement la plaque où est inscrit le nom de Pierre. «Probablement quelqu'un qui l'a connu juste avant qu'il ne meure», songe-t-elle aussitôt. Puis, son esprit s'emballe. Peut-être a-t-il connu Jérôme? Pourquoi pas? Impulsivement, elle se relève, vient à lui.

— Monsieur? Je... Je ne sais trop comment... Je vous vois là, devant cette tombe. Euh... Est-ce que vous connaissiez ce jeune soldat?

Philippe hésite un instant. S'il fallait que ce soit la fiancée de Pierre? Comment dire qu'il le connaît sans se faire reconnaître à son tour? Pourtant, aussitôt, il répond, envoûté par cette voix douce à l'accent du Québec, qui lui parle au cœur comme une pluie fait reverdir un jardin.

— Oui, madame, je l'ai connu. Pierre est mort dans mes bras, sur la plage...

Puis, retombant dans son mutisme, il recule d'un pas. Mais Cécile ne veut pas s'en tenir à cela. Il lui semble que cet homme a aussi connu Jérôme. Qu'il pourrait peut-être enfin mettre un terme à tant d'incertitude. Elle revient vers lui, insistante.

— Vous... vous êtes Français? Je... Je veux dire... Vous faisiez partie de la Résistance? Probablement, à votre accent... Je... Mon Dieu que c'est difficile à dire...

Philippe hausse les épaules. Il peut parler sans se compromettre. Que cette femme soit une cousine ou une amie, elle ne pourra jamais le reconnaître. Et puis, qu'importe maintenant? La vie suit son cours. La sienne comme celle des autres. Pourtant, au fond de lui, vibre l'envie de l'entendre à nouveau lui dire quelque chose. Il aime ce parler qui le ramène un peu vers les siens.

— Oui, je suis de nationalité française. J'étais sur la plage, il y a quarante ans.

Puis, levant les yeux vers le ciel, il ajoute:

— Une journée qui ressemblait étrangement à celle-ci. Mais en même temps tellement, tellement différente... Tous ces cris, ces bruits d'armes...

C'est la première fois qu'il reparle de cette matinée d'enfer où sa vie a pris un cours imprévu. Brusquement, il aurait envie de dire qui il est. Partager ses peurs et ses espoirs avec cette femme à l'accent de chez lui. Jamais le mal du pays ne l'a tant fait souffrir. Alors, il se permet de raconter. Autant par besoin que par délicatesse, pour celle qui semble tant vouloir savoir. Tout raconter sans rien dire, finalement.

— Oui, j'étais là ce matin de juin 44. Le jour venait de se lever, mais la plage disparaissait dans la brume et la fumée de l'artillerie allemande. L'eau était froide, glaciale. Pierre était là, étendu sur le sable mouillé, abattu par une rafale de mitrailleuse... Rassurez-vous, il n'a pas eu le temps de souffrir. Qu'un instant de surprise et de rage. Puis il est mort, en pensant à sa fiancée... Peut-être est-ce? Qu'importe... Vous le connaissiez, n'est-ce pas? Seul cela a du sens. Il y a tant d'années, maintenant. Un tel silence autour de cela...

Cécile n'a rien dit. Elle l'écoute, attendant presque l'instant où le vieil homme français va lui dire qu'il a aussi retrouvé Jérôme. Puis, voyant qu'il se tait, elle hausse les épaules. Ce n'était qu'un beau rêve... Mais, alors qu'elle s'apprête à revenir sur ses pas pour rejoindre Dominique qui l'attend toujours assise sur la pelouse, le vieil homme poursuit:

— Si cela peut vous intéresser, j'ai gardé un souvenir de ce matin-là...

Impulsivement, il lui faut partager sa vie avec cette femme qui semble heureuse de l'entendre parler. Lui dévoiler une partie de ses souvenirs et de ses espérances. Elle pourra ainsi en emmener une partie dans ses bagages et les laisser s'envoler dans le ciel de son pays. Et puis, que veulent dire les souvenirs d'un étranger? Elle ne se doutera jamais et lui sera heureux d'avoir parlé de ses rêves les plus secrets. Plongeant une main dans sa poche, il poursuit:

— C'est tout ce qui me reste du débarquement...

Et, tendant la paume, il offre, comme un présent, un petit bout de ruban de satin blanc. Cécile sent sa gorge se serrer. Son intuition ne l'avait pas trompée. Cet homme a connu Jérôme. Mais les mots refusent de dépasser son émotion. Elle reste là, immobile et les bras ballants, les yeux agrandis par la joie et la souffrance entremêlées. C'est à cet instant que Dominique s'approche. Un regard sur sa mère, sur l'homme. Puis, doucement:

— Qu'est-ce qui se passe, maman? Tu es si pâle tout à coup...

Alors, Cécile se retourne vers elle.

— Je... je crois que cet homme a connu ton père. Regarde ce qu'il tient. Ce... ce ruban... C'est... c'était...

— C'est ce bout de satin dont tu m'avais parlé?

Puis, devant la blancheur cireuse de Cécile, elle se permet de hausser la voix. Elle n'aime pas voir sa mère dans un tel état. A peur du tour que des émotions trop fortes pourraient lui faire. Elle dit donc froidement:

— Voyons, Cécile, il faut te ressaisir. C'est peut-être une chance de sav...

Cécile? C'est au tour de Philippe de perdre ses couleurs. Cette belle grande femme l'a-t-elle vraiment appelée Cécile? C'est à cet instant que Philippe la reconnaît, confus de ne pas l'avoir fait plus tôt. Et c'est à ce même instant que Philippe s'efface à jamais dans le cœur de Jérôme. Il n'entend plus, maintenant, que cette voix douce qui lui chante à l'oreille. C'est la même qu'il retrouve dans ses rêves les plus fous. Ce regard, aussi, d'océan au lever du jour. Comment, comment se fait-il qu'il ne l'ait pas reconnue au premier regard? La main tendue avec le ruban au creux de sa paume se met à trembler... Et cette femme qui l'a appelée maman. Serait-ce Juliette? Le cœur débattant comme un fou, il ose un nom. Un seul.

— Cécile?

Des yeux emplis de larmes se lèvent vers lui. Cherchent fébrilement son regard noisette.

— Jérôme?... Mais non, c'est impossible. Jérôme est mort depuis si longtemps...

Pourtant, cette attente folle qui n'avait jamais vraiment réussi à être sage se pose en conquérante et l'envahit d'un coup. Cette certitude en elle que tous avaient cherché à éteindre. Cet instinct qui lui disait, envers et contre tout, que peut-être... Et ce regard qui s'illumine, que jamais Cécile n'avait oublié. Ce sourire qui lui rappelle la folie de ses dix-huit ans.

— Jérôme? Est-ce bien toi? C'est impossible... Pourtant oui, c'est ton regard. Mon Dieu, je rêve... Dominique, dis-moi que je rêve...

Mais ce n'est pas Dominique qui lui répond. Jérôme s'approche d'elle, se retient pour ne pas la prendre contre lui et la serrer de toute la force de son attente à lui. La raison de sa présence ici, ce matin, n'a plus la moindre importance. Elle est là. Jérôme ne voit plus ses cheveux blancs, ni les rides qui ont marqué son visage. Il n'y a que son regard qui s'accroche au sien, comme au matin où ils se sont quittés sur le quai de la gare.

— Non, on ne rêve pas Cécile. C'est moi. C'est bien moi...

Cécile frissonne. Elle a de la difficulté à reconnaître en lui le fiancé qu'elle a tant espéré. Cette intonation de la voix... Cet accent qui lui est étranger. Pourtant, elle sait qu'elle ne rêve pas. Mais, malgré cela, elle est loin de ressentir la joie qui devrait être la sienne. Elle a peur de savoir. Peur de connaître la vie de celui qu'elle avait fini par croire mort. Jérôme est mort. Sa tante l'a dit, son père aussi. Et même l'armée... Elle s'obligeait même à le répéter inlassablement quand son instinct lui faisait faux bond et revenait la harceler en chuchotant que jamais son corps n'avait été retrouvé... Que s'est-il passé pour que Jérôme, son Jérôme, reste ici? Pourquoi n'avoir jamais donné de ses nouvelles? Une curieuse douleur la fait reculer d'un pas. Elle ne sait plus si elle est heureuse, si elle doit lui faire confiance. Trop d'émotions contradictoires se disputent en elle le peu de logique qu'il lui reste.

— Pourquoi? Pourquoi?

C'est le seul mot qui lui vient à l'esprit. Le seul qui sache dire à la fois la joie, la douleur, la surprise, l'incompréhension, l'injustice. Pourquoi ce silence? Et, devant son visage blême, Jérôme comprend. Il a le silence de toute une vie à expliquer. À combler...

— Je crois que j'ai bien des choses à raconter... Mais... mais sache que jamais je n'ai voulu te faire de peine. Bien au contraire... Je... Viens. Viens avec moi au monastère. Je vais t'expliquer.

— Au monastère?

— Oui, ce sont eux qui m'ont recueilli sur la plage. Je... J'ai été blessé et, quand je suis revenu à moi, j'avais perdu la mémoire. Pendant plus de dix ans, j'ai essayé de me rappeler ce qu'était ma vie avant, mais c'était le noir absolu. Accompagne-moi, je vais te présenter à Don Paulo.

Alors, sans vraiment bien comprendre, Cécile devine que Jérôme n'y est pour rien dans ce silence. Que lui aussi a probablement souffert de l'absence tout autant qu'elle. Intimidée, elle s'approche quand même de lui. D'une main tremblante, elle saisit la sienne.

— Avant, il faut que je te présente quelqu'un... Jérôme, c'est Juliette, notre fille. Elle... elle s'appelle Dominique.

La jeune femme s'est approchée d'eux. Fait un sourire à cet homme qui lui ressemble, maintenant qu'elle le regarde bien. Puis, comme si la tension tombait d'un seul coup, Cécile se met à rire. Un bref instant avant de retomber dans le silence. C'est la vie qui est en train de les rattraper. Leur vie. Celle qu'ils avaient envie de bâtir à deux. Brusquement, peu lui importe ce qui a pu se passer. L'homme qui se tient à côté d'elle a le même regard franc qu'autrefois. Et c'est cela qui a de l'importance. Cet amour qu'elle y lit encore. Le même qu'il y a quarante ans. Comme si, loin l'un de l'autre, les saisons n'avaient pu l'user. À l'avance, elle sait qu'elle va comprendre ce qui s'est réellement passé. Alors, s'approchant encore plus de lui, elle ose poser la tête contre son épaule. Cette confiance l'un dans l'autre qui a su défier le temps...

— Te souviens-tu Jérôme de ce que je t'ai dit quand tu es parti pour l'armée? Qu'il y aurait toujours nous deux à quelque part dans le monde. Eh bien, je crois que j'avais raison. Même... même si tu étais mort, tu aurais continué de vivre en moi. Jamais je ne t'ai oublié...

Cécile laisse le silence faire son nid entre eux. Elle sent la main de Jérôme qui tremble dans la sienne. Il y a tant de choses qui auront à être dites et confiées. Tant de mots à mettre sur ces quarante ans d'absence. Alors, il faut laisser les jours décanter les émotions. C'est un peu comme si la vie leur donnait une seconde chance. Comme s'ils avaient à nouveau vingt ans et le monde entier devant eux. Levant le front vers lui, elle ajoute:

— Tu m'avais promis de revenir, Jérôme. Je crois qu'il est temps de tenir ta promesse... Je... Moi aussi j'ai bien des choses à te dire. Maintenant, on a deux vies à mettre en commun... Jamais je n'ai cessé de penser à toi... Puis, tu sais, ta mère est toujours là. Reviens, Jérôme. Reviens chez nous...

Dominique s'approche de ses parents et, posant la tête sur l'épaule de Cécile, elle fait un sourire à Jérôme. Elle comprend maintenant d'où lui viennent ses cheveux si frisés et ses grandes jambes. Au-dessus d'eux, une famille d'hirondelles cabriole dans le ciel de France. Un ciel au bleu délavé, presque gris, comme souvent il l'est dans la Beauce.

BIBLIOGRAPHIE

Dictionnaire de la langue québécoise, Léandre Bergeron, VLB Éditeur, 1980.

Dictionnaire de la langue québécoise, précédé de la Charte de la langue québécoise, Léandre Bergeron, VLB Éditeur, 1981.

Dictionnaire le petit Robert, 1977.

Expressions tirées de la tradition orale, non répertoriées.

MEMBRE DE SCABRINI MEDIA

Québec, Canada
2006